在海邊醫院對她說過的那些故事

Hiroshi Ishikawa

石川博品

Several things I talked to her
at the beach hospital

CONTENTS

Several things I talked to her at the beach hospital

輕文學
Light Literature

Illust./米山 舞

第一章

關於疾病

Several things I talked to her at the beach hospital

原本困在車窗中的大海，現在整片在眼前遼闊地拓展開來。

上原蒼站在車站月台，凝視夏日陽光下閃閃發亮的大海。

單線鐵路旁是順著鐵路延伸的國道，國道那頭就是大海。毫無遮蔽視線之物，天空連一片雲也沒有。大海太遼闊了，和這個小鎮相差甚遠。

走下同班電車的中年女性走過他身邊，她手上有束小花束。大概視手拿蛋糕店紙袋的他為同類吧，她稍微點頭打招呼，但他沒回應。

凝視一段時間，大海的蒼藍刺痛他的眼。他摘下眼鏡點了眼藥水。用掌心擦去溢出的眼藥水，一轉眼就被海風吹乾了。

穿過無人的驗票口，在國道上前進。人行道狹窄，感覺快要與呼嘯而過的車輛擦撞。沒看見其他行人，只有他一人承受著正午熱燙的日曬。

對開車的人來說，僅僅只是路過這裡罷了，但對他來說，這塊土地是生活的中心也是目的地。此處雖是寂寥之地，不過與他居住的城市與高中附近那樣慶典般浮躁的氣氛相較，他更喜歡這裡。

醫院被包圍在防風林中，建築物仍舊破爛。原本的白色外牆因海風吹拂而泛黃，因日曬龜裂。

門口的警衛看到他朝他微笑，他以眼神回禮。

醫院的大廳與外觀正好相反，相當新穎。接待櫃檯的木紋也很鮮豔，感覺都能聞到護木漆的味道。

行政人員在櫃檯那頭朝他揮手。

「小蒼，要我幫你廣播叫遙夏下來嗎？」

「不用啦，等一下她就會來了。」

他在大型軟糖般的方形沙發坐下。剛剛在車站擦肩而過的女性就坐在大廳另一頭。她雙手在腿上交握，握著花束。差點要對上眼時，他轉過頭去。

大概是剛剛待在豔陽下的關係，自己的皮膚看起來有點黑，似乎是短短沒多久就曬黑了。他摸了一下汗水開始乾燥的手臂。T恤和牛仔褲又冷又濕。

他凝視地板，地板上畫著白線，指示前往住院大樓及看診科別的方向，似乎在催促他這裡只是中繼點，不可在此久留。

白色拖鞋滾到腳邊。白皙的腳趾勾起鞋底朝天的拖鞋，將其翻正。

他抬起頭，見到初鹿野遙夏在對面坐下，沙發發出洩氣聲音。類似洋裝的水藍色病人服，綁繩在身側固定。綁繩打出的蝴蝶結，是素色衣服上唯一的裝飾。印著名字和條碼的手環，是飾品的替代品。她把黑髮往耳後勾時，從寬大的袖口隱約看見她的腋下。

「唷！」

他微微一笑，遙夏沒回應，只是翹起腳，趾尖勾住拖鞋晃呀晃的。

「那什麼？」

整齊修剪成一直線的瀏海下，細長的眼睛一亮。她的視線聚集在他腿上的紙袋。

「這是泡芙。」

「欸，不錯嘛。」

「燒賣口味的泡芙。」

「什麼？你在耍冷嗎（註1）？」

被她怒瞪，他笑了。

「真的耶，發音好接近。」

「你為什麼買那種東西啦，收銀員也嚇到了吧。」

「每週都買，已經買到只剩這種可以買了。」

「怎麼可能？你可別小看甜點業界啊。」

遙夏從口袋拿出手機滑了一下，喃喃說著：「哇……還真的有燒賣口味……」皺起臉。

「身體怎樣？有發燒嗎？」

他問完後，她把手機收進口袋。

「今天沒有。」

「平常呢？」

「有時有，有時沒有。」

她別開視線。順著她的視線看去，窗外的松林閃耀著深綠。

「世間眾生正享受著夏日吧。」

「欸？」

他轉向正面，和她對上眼。

「怎麼樣？你有在準備考試嗎？」

「有啦，可以的話希望能推甄時就確定。」

他回答，她輕輕點頭後開始玩指甲。他覺得自己說出無趣的話而低下頭，往紙袋裡看。

前往住院大樓的走廊上，兩個並排的腳步聲響起。

黑暗中，遙夏的肌膚襯得更白，露出病人服衣領外的脖子纖細。

蒼覺得自己汗濕的T恤有臭味，稍微與她拉開距離。

從對面走來的熟識醫生發現他，輕輕抬手致意。

「身體怎樣？」

「普普通通。」

註1：燒賣日文為「Shuumai」，泡芙日文為「Shuukuriimu」，兩者皆為「Shu」開頭。

遙夏也在停下腳步的他身邊止步，但視線看著走廊深處。

這個喜歡打網球的醫生曬得很黑。

「感覺你稍微長肉了耶。」

「是這樣嗎？我最近沒去跑步。」

「跑步時可別太勉強自己。」

「我知道。」

和醫生分別後走了幾步，遙夏靠過來。

「那個醫生，和新來的護士外遇。」

「真假？」

他轉過頭，看著逐漸遠去的白衣背影。

「他太太現在懷孕中耶，超爛，絕對會下地獄。」

遙夏這樣說著，加快腳步。

爬上樓梯時，穿著病人服的男人從上面走下來。

因為沒見過這個人，蒼盯著男人看。現在還有新患者還真罕見，年紀應該過三十了吧。大概是鬍碴與黑白髮交雜的平頭影響，給人邋遢的印象。

「大槻先生，上哪去啊？」

遙夏開口問男人。

「去買個咖啡。」

名為大槻的男人看著蒼問：

「這位，該不會就是那個上原小弟吧？」

「沒錯，就是拋下我們自己出院的人。」

遙夏轉頭看蒼，用拇指指著男人說：

「這是新來的大槻先生，上週進來的。」

「初次見面，我從遙夏口中聽過你的事情，聽說你的病治癒了。」

蒼慢慢步上樓梯，和大槻站在同一階，正面看著對方。

「我的情況是緩解，雖然已經沒有症狀，但沒有治癒。這個病沒辦法痊癒。」

大槻發出胸口要被壓扁似的沙啞聲音說：

「太計較了吧，你是國語辭典啊。」

遙夏走上階梯搶過蒼手中的紙袋問：「大槻先生，你要吃泡芙嗎？」

這句話讓大槻展露笑容。

「嗯，那我就不客氣了。」

「那麼待會兒來沙也的房間。」

「我也買妳的飲料吧，咖啡好嗎？」

「我要奶多無糖的喔，蒼要奶茶。」

大概點點頭後走下樓梯，蒼一臉嚴肅地目送他離去。

「你在生什麼氣？」

遙夏遞出紙袋，蒼接下後改回手提。

「妳剛剛所說『新來的』外遇對象，不會就是他吧？」

「要真那麼亂七八糟就好笑了。」

遙夏表情不改地說，追著他走上樓梯。

聞到瀰漫住院大樓的氣味，蒼有種回來了的錯覺。這裡有著食物的殘香，沒有消毒水臭味，甜膩又有一點腐敗味的生活氣味騷動鼻尖。

病房則是大得在一般醫院裡肯定會塞進好幾張病床。

蒼走近房內唯一一張病床，彎下腰。

「沙也，身體怎樣？今天看起來氣色不錯呢。」

駒木沙也微微睜眼沒有回應，掩住口鼻的氧氣罩規律地染上霧氣。她身體上布滿管線，連接管線的監視儀器發出令人煩躁的從容電子音——沙也帶給外界的影響僅此而已。

遙夏拉開窗簾，炫目日光毫不客氣地照進房內。

「我上次打開窗簾後，感覺她的眼睛動了一下。」

蒼點點頭，盯著沙也的臉。她雙頰消瘦到令人心疼，雜亂生長的茂盛黑眉，彷彿是以她的身體當苗圃生長的植物。手腕像被雕鑿挖空，骨頭形狀清晰可見，手環大到幾乎要脫落。

「如果想吃泡芙就跟我說一聲喔。」

他說著輕碰沙也的手，她的手背又乾又冷。

病床旁擺著兩張單人沙發，掛在牆上的電視比蒼家裡的還大。為了能看見病房內的狀況，走廊側的牆壁是整片玻璃。有通往屋外的陽台，但這個季節太熱了。

遙夏坐在靠走廊這一側的板凳上，拿起床邊桌上的遙控器打開電視，畫面出現高爾夫球賽。

「我偶爾會來這裡看電視，一個人看太無聊了。」

蒼點頭回應。

明明是自己打開的，遙夏卻沒看電視，只是靜靜盯著沙也的監視儀器，彷彿上面顯示的數字與曲線圖有著什麼答案。

蒼看著地板。日照曬暖的空氣開始對流，影子在綠色油氈地板上捲起漩渦。

他發現自己很失望。因為他期待著一週過去，沙也的病況可以稍微好轉。他這週背了英文單字、交出日本史報告，也把化學實驗結果畫成圖表。他的校園生活稍微往前進，所以也希望沙也的病況可以稍有進步。

雖然失望了無數次，即使如此，每週日他仍然懷抱相同期待來到這裡。

對遙夏也是如此。感覺能對她說出與上週日不同的重要事情，但實際見面後就什麼也說不出口。

「讓你們久等了～」

大槻用手肘推開玻璃拉門走進房內，托盤上有三個紙杯，遙夏站起身走過去。

「謝謝。」

「上原小弟，你也請用。」

大槻在蒼旁邊的沙發坐下，朝他遞出紙杯。蒼接過後，打開泡芙盒子。遙夏拿起兩個，一個遞給大槻。

「這個，聽說是燒賣口味。」

「真的啊，還真罕見。」

大槻拿起泡芙朝蒼致謝，蒼用眼神回禮。

遙夏咬下一口泡芙後，摀著肚子折彎身體。

「喔喔嗯嗯噫！好難吃！」

被她的反應惹笑，蒼也吃了一口。裡面的奶油確實完美重現鮮蝦燒賣的味道，就泡芙來說是異類。

「但是，如果把這個當成奶油可樂餅之類的來吃，還挺好吃的耶。」

大槻一臉平靜地一口接一口，蒼睜大眼睛。

「欸……啊，對，我就是這樣想才買的。」

「騙人，你剛剛嚇了一跳對吧。」

遙夏一臉不悅地啜飲咖啡。

結果，她雖抱怨，但也把泡芙全吃光了。

大槻把空紙杯放在沙發間的桌子上。

「我聽遙夏妹妹說，你在疾病剛出現時就住在那個鎮上啊。」

蒼看向遙夏，她很刻意地雙手抱胸看高爾夫球賽。

大槻朝蒼探出身體。

「可以告訴我那個鎮上發生了什麼事嗎？電視和新聞完全沒說詳情，連網路上也找不到消息。我想，知道真正發生什麼事的人，只有當時在那裡的你而已。」

蒼別開眼，即使如此，大槻的視線還是沒有移開。

「我想要更了解這個病。我想知道這個病到底從何而來，為什麼我非得生這個病不可。」

「講那件事也會提到我吧？那我也想聽。」

遙夏盯著電視說道。

蒼看著手上的紙杯，用力壓皺紙杯後，奶茶表面起波紋。

「可以喔。」

這件事已經說過好幾次。對象每次都不同，想要的東西也不同，但這件事的結局從沒變過

——戰役結束，大家都死了，一切全變樣。

沙也身體上的監視儀器發出電子音，彷彿催促著他，但沙也只是靜靜躺在床上。

▲▼　▲▼　▲▼

湖景纏著車窗不放。

蒼靠在電車車門上看著窗外。

滿山楓紅的山脈圍繞著津久見湖，湖上倒映著陰天，呈現青黑。這個供應都市用水的湖泊，是將水填滿山谷、朝東西細長延伸的人工湖。

這是從小看慣的景色，但蒼一點也不喜歡，在什麼都沒有的山谷填滿水超不自然。沿著鐵路延伸的國道是很古老的交通幹道，過去經過那裡的旅人，應該可見眼下的山谷聚落吧，可是那個聚落現在已沉在湖底。

蒼的視線拉回車內。面對面的四人座位被老人占據，每個人的厚底靴都沾滿泥濘，大概是剛爬完山。這條鐵路沿線有許多適合當天來回的矮山，所以有許多東京來的登山客。現在正值楓葉季，平日也人潮眾多。與蒼同樣在放學回家路上的高中生坐在長椅上滑手機。

抵達富士谷站時，蒼站直身體按下按鍵，車門應聲而開。

走出驗票口，穿著私立制服的小學生跑過他身邊，小學生的母親開車來車站接他。這附近很多地方沒有人行道，小孩單獨步行相當危險。蒼念的小學會用校車接送學生。

經過平交道後，有一間紅十字會的診所。蒼從小就是健康寶寶，除了接種疫苗外從未進去過診所。

走進長長隧道，這裡只有黯淡的橘色燈光。他小時候非常害怕走隧道，冬天傍晚時，只要對向有人影接近，他都祈禱著別是鬼怪。

穿過隧道後，進入山谷聚落，兩旁山脈往中間擠過來。

道路旁有條小河，部分河床為了治水而用水泥固定，但幾乎全維持自然狀態。湧上人工階梯激起白色水花落下時露出恐怖表情的河川，穿過青草茂盛的河岸時，又露出了溫和表情。

蒼跳過落在地上爛掉的柿子繼續往前走，偶爾會有車輛經過，但完全看不見行人。

在道路從河川右岸移往河川左岸時，他到家了。因為父親喜好，他家有木造風情的外觀。雖然和背後的山脈相當協調，卻與周遭房屋格格不入。鄰居家的笨狗仍然記不住蒼的臉，朝他狂吠。

蒼在自己二樓的房間脫掉制服，換上慢跑裝。雖然現在氣溫在穿著襯衫與制服西裝外套時稍涼，但跑步時穿T恤就夠了。為了因應氣溫驟降，他把風衣捲起來塞進短褲口袋，並把補充能量用的果凍飲放進腰包。水瓶上有固定用的綁帶，讓他可以抓著跑步。在大門前檢查慢跑鞋鞋底時，他發現鞋底磨損，幾乎沒凹凸了。半年前才剛買的，已經快壽終正寢了。

走出家門後，往山谷深處跑去。民宅身影消失，道路外側是陡峭山崖。遠處眼下的河川，粗暴地沖刷溪底。

穿過民宅庭院進入山路後，是已經荒廢的作業用道路，登山客絕不可能進來。蒼加快速度。道路兩旁是杉木林，沒有樹枝的筆直樹幹將風景變為幾何模樣。

掉落地面的杉葉看起來像一大群紅色蜈蚣，蒼踩過它們，連泥濘也照踩不誤。但外露的樹根、岩石及沙袋易滑要避開，山脊處則要小心別偏離道路，要是滑下山坡，就算是矮山也會受重傷。

在鋪設好的道路上跑步，是個擺動手臂、移動腳步的運動；但在山路上的越野跑，則得要思考該怎樣踩下腳步才行。一步一步、小心翼翼踩在不知道會有什麼的道路上，每一步都不能輕忽。

從身體深處熱起來，寒冷只剩肌膚表面薄薄一層。短褲腰間的鬆緊帶因汗濕緊緊綁在肚子上。小腿骨和小腿肚有點緊繃，大腿沉重。水在手中的水瓶中暴動。雖然想喝水，但要忍耐。鐵桶裡的防火用水呈現混濁綠色，他連這種水也想喝，想要從頭淋下。

木製階梯出現，就快到山頂了。抬腳跑階梯很痛苦，而且步伐寬度也被限制。這是最後難關。呼吸好痛苦，身體大聲尖叫著想要氧氣。他反而更加意識到吐氣而非吸氣。只要吐出混濁氣息，山上的清新空氣自然會進入肺部。

車駕山山頂的樹木已被伐光，所以有三百六十度的廣闊視野。他站在山頂，接受四面八方而來的風吹拂。夕陽開始西下的天空底下，山脈彷彿火燒般豔紅。看著周遭山脈的稜線，想著自己一路跑來的山路，他不禁想笑。真虧自己想跑那種山路登頂啊。

越野跑的每一步都有意義，只要持續累積，肯定能攻頂，所以他很喜歡。學校裡的課業是被強迫去做的，沒人告訴他做了會有什麼結果，他也不覺得學到什麼，也沒有和他人競爭的感覺，只有日常生活的煩躁糾纏感。他覺得，自己是為了擺脫這些才跑步。

他因為汗流不止而脫下T恤。雖然沒想要成為健美選手，但他希望自己能再有多一點肌肉。喝下水瓶中的水，從嘴邊溢出的水流過胸口，與汗水合而為一。

山頂上有幾間茶屋，幾個登山客坐在長椅上。他們大概是從附近最受歡迎的高天山縱走而來的。

「你好。」

一對高齡男女對他打招呼，大概是夫妻，看起來比蒼的祖父母還大。兩人手上都拿著單手登山杖。

「你們好。」

蒼點頭致意。雖然不擅長和他人打招呼，但這是山上的禮儀，得好好遵守。

「你住在這附近嗎？」

見他空手而來，女性開口問他。

「對。」

「隨時都可以爬山，真不錯呢。」

「我每天都會爬。」

蒼的話惹笑夫妻，似乎以為他在開玩笑。

「今天天氣不太好，真可惜。」

男性環視周遭風景。

蒼凝視西南方天空。他對自己的視力有自信，但再怎樣都看不見雲朵的另一端。

「天氣好時，那邊可以看見富士山喔。」

「啊，那還真想瞧瞧呢。」

「下次再來就好了啊。」

兩人面對面說道。

「請再來吧，這座山不管是哪個季節都很棒。」

說完，蒼穿上濕透的T恤。

喝掉甜到麻痺喉嚨的橘子口味果凍飲後，他準備下山。

雖然下山時的山脊道路是熱門登山路線，不過這時間已經沒有人上山，所以就算跑步也不怕撞到人。

蒼跳躍般下山。視線要比上山時拉得更遠，得以早點處理視覺獲得的資訊以決定踩踏位置。

看見樹木間有東西發光，他緩下腳步。

白布般的東西勾在枹櫟樹枝上，在變暗的樹林裡隨風搖曳，如果是孩提時代，他肯定會以為是鬼怪。

看起來像戶外緊急求生毯，是遭遇山難時使用的保暖毯。但那上面會有一層錫箔，應該會更閃閃發亮才對。

他分開草叢走近，白布的大小約長兩公尺、寬一點五公尺，一摸如毛毯般毛絨絨的，柔軟到像要在手中融化。

「這什麼啊……」

這塊布是透明的。

確實是布料觸感，卻可見在布料另一端的手。用力按壓後，只有按壓處微微染紅。

是新材質嗎？戶外運動的世界不斷開發出新產品，他也常確認發表這些新產品訊息的網站，但沒見過這種東西。

遠處傳來鳥鳴，鳥兒振翅飛走。他環視四周，沒有人影。

他想要這塊布。雖然不知道能有什麼用途，但想要擺在身邊。

當他想從樹枝上扯下布時，突然想到：雖然沒人看見，但可以做這種偷雞摸狗的事情嗎？

雖然不是深信鬼神之人，但他有進入山裡得謹言慎行的想法。雖然是靠近人類聚落的矮山，還是和平地的氛圍不同。就算是整頓好的山路也會有危險，感覺不是憑他一己之力才能避開危險走到這裡。

他放開手，走回登山步道。轉頭一看，布仍隨風擺盪。

邁出腳步奔跑後，布料柔軟、幾乎可說挑動情欲的觸感仍留在手中。

回到家時，見到母親的車停在外頭。

蒼看了手錶，回程似乎太過悠閒了。

母親在廚房準備晚餐。她在距家十公里遠，津久見市坂本的家庭用品賣場內工作。

蒼居住的富士谷町在他小學時和津久見市合併。只不過，市鎮中心離這裡很遠，他反而更熟悉就在旁邊的山梨縣暮野澤市與不用轉車即可抵達的東京都橫山台市。

母親從廚房探出頭來，及肩的整齊短髮染成了咖啡色。

「你又去跑步啊？」

只要看這身打扮也知道，所以蒼沒有回答，直接上二樓，拿啞鈴鍛鍊肌肉。今天是鍛鍊手臂肌肉的日子。

紮實訓練後又流汗了，他接著下樓喝乳清蛋白。

當他在廚房裡把牛奶往搖搖杯裡倒時，母親跑過來偷看。

「要是喝那種東西，晚餐不是吃不下了嗎？」

「剛練完就喝最有效嘛。」

蒼用力搖晃搖搖杯，乳清蛋白粉末溶開後一口氣喝完。這牌子在網路上的評價是「便宜但難喝」，不過他不怎麼在意，反而覺得好喝。他喜歡純粹的蛋白質聚合物，衣服也相同，喜歡沒有多餘裝飾，滿是透氣、速乾等機能的衣服。

父親在晚餐時回到家，他是搭電車來回東京的公司。

蒼從頭咬下端上餐桌的鹽烤秋刀魚。似乎在哪讀過魚頭很有營養。

「蒼，三方面談是什麼時候啊？」

「忘了。」

蒼連秋刀魚骨也咬碎。

「你也幫幫忙啊，我得要請假才行耶。」母親皺起眉頭說著，「而且，你決定要去哪間大學了嗎？」

「哪裡都好啦。」

蒼如是回答。他沒辦法想像後年春天成為大學生的自己，也無法想像在那四年後從大學畢業、成為社會人士的自己。

「你怎麼這樣說？高中也是因為離家近才隨便決定的。大學可別這樣決定啊，明明不是田徑隊，每天光是跑步……你到底想要幹嘛啊？」

母親語調憤怒，國三時也曾因為升學的事情大吵一架。

「你沒什麼想做的事或將來的夢想之類的嗎？」

父親邊打開第二瓶啤酒邊問，曬得黝黑的肌膚染上不同的紅。蒼搖搖頭。

「沒有。」

「身邊的人呢？不會和朋友聊這些嗎？」

「大家都只說升大學後想要去玩，或是想要自己住之類的。」

蒼看了餐桌一圈，從棉褲口袋裡拿出藥盒，母親看到後念他：

「那什麼？」

「綜合維他命，今天蔬菜有點不夠。」

他的回答讓母親敲桌。

「你總是這樣！要抱怨就別吃了！」

「沒有啊，我又沒有抱怨，要抱怨就不會吃了。」

他離開座位，朝樓梯走去。

「你也不用去上大學了啦！浪費學費！」

爬上樓梯途中聽見母親的怒吼，她從以前就很沒耐性。

走進房裡，坐在書桌前，他從書包裡拿出英文課本與筆記本，原本打算寫作業卻提不起勁來。他想要隨時保持冷靜，但被母親那般怒吼後也無法冷靜。

他相當瞧不起輕易說出想做的事情或夢想之類的人，對「每個人理所當然都有夢想」的風潮感到厭煩。小學、國中的畢業紀念冊裡也得寫上這種東西，他每次都胡亂回答。

他對於念大學毫無憧憬，對同班同學口中的「想玩」、「想一個人住」也沒興趣。只要能跑步就好了。

他站起身，倒向床鋪。

他了解擁有夢想並非壞事。那肯定與他在山路奔跑，雙腳疲憊、上氣不接下氣、覺得已經到達極限時，在腦海中描繪出的山頂風景類似吧。自己有一天能找到這類東西嗎？

疲憊轉為熱度，在體內輕輕燃燒，他也沒打算與之對抗，閉上眼睛。

蒼因為寒冷而醒來。

房裡燈沒關，窗外些微泛藍，牆上時鐘指著五點。

全身疼痛，和肌肉痠痛不同，骨肉間如針刺般疼痛。

明明很冷，臉頰卻很熱，吐出的氣息似乎也很燙，鼻子深處又乾又痛。

一摸頸後，有種沙沙的觸感。

掌心拿到眼前一看，上面有像黑沙的東西。

蒼嚇了一跳坐起身。床單上散落沙子，把T恤和棉褲脫掉時，還聽見沙子落地的聲音，背上全是沙子。

他努力回想昨天的事。晚餐後，他躺上床直接睡著了，沒有洗澡。傍晚時在山間奔跑，是那時沾上的沙子嗎？但他既沒中途跌倒，也沒坐在地上。

他脫到只剩一件平口四角內褲，拍落身上的沙子，離開房間走下樓梯。頭好痛，身體好沉重。

從洗臉台的架子上拿出體溫計夾在腋下，測量結果——三十七點一度。
從他有記憶以來就沒發燒過，這種時候該怎麼辦才好？
翻找急救箱後，發現電視上廣告的頭痛藥。看包裝上的說明，似乎有退燒作用。一次兩顆，他配水龍頭的水吃掉。冰冷的水好好喝，他又喝了第二杯。
他去沖澡把汗水沖掉。洗身體時，還有沙子殘留在身上的感覺。
回房間後，把床單上的沙子掃到窗外。
課本仍攤開在書桌上，還有時間，那來寫作業吧。感覺比平常要專注，不知是因為早起還是發燒出現好效果。藥似乎生效了，身體也變得輕鬆。
樓下傳來雙親醒來的氣息，蒼想像著早餐，但完全沒食欲。
他下樓走進客廳說：
「我不吃早餐了。」
朝廚房喊完後，沒聽見回應，母親似乎還在為昨天的事情生氣。
父親坐在餐桌旁看電視新聞。
「怎麼了？身體不舒服嗎？」
「有點發燒。」
蒼在父親身邊坐下。
「感冒了嗎？還真少見耶，要去醫院嗎？」

「沒關係，不用，我剛剛有吃藥。」

「學校呢？」

「應該可以去。」

蒼撕開能量果凍飲的包裝，湊近嘴巴吸食。一個三十八克有九十大卡。他也啃了能量棒，是草莓口味。這個是五十五公克有兩百一十五大卡。黏稠的口感，感覺相當有飽足感，雖然肚子吃不飽，但應該可以撐到中午。

「喂，蒼，你看這個。」

父親手指電視，字幕上寫著「蜱蟲造成的傳染病正在蔓延」。

是東京近郊也出現於西日本發現的蜱蟲傳染病的新聞。聽說有人在受歡迎的高天山上被蜱蟲叮咬而被感染。昨天，住在東京都內的七十歲與六十七歲夫妻，因為發熱伴血小板減少綜合症而住院。

蒼想起昨天在車駕山頂遇見的男女。

父親看著蒼的臉。

「你該不會是因為這個發燒吧？」

「但新聞說這有潛伏期啊……」

「你每天都跑去山上，得多注意才行。」

「似乎別走進草叢就沒關係啦，我又不會跑出登山道。」

蒼說完，才想起昨天的事情。

勾在樹枝上的布——要接近那東西時，他有走過草叢。和平常不同的只有這件事。是那時被蜱蟲咬到了嗎？床單上那些像沙子的東西，該不會是蜱蟲屍體吧？光想像就全身起雞皮疙瘩。

雖然微微發燒，但也不到需要請假的程度。他沒堅持想拿全勤獎，可是一直延續至今的事情突然中斷，感覺很噁心。

外面氣溫很低，風吹在發熱的臉上很舒服。

蒼就讀位於富士谷站下一站——暮野澤站附近的惠成學園高中。

早上班會時間開始前，和同學們聊天的時候，口齒開始變得不清楚。腦袋昏昏沉沉，又燒起來了嗎？

蒼雙肘撐在桌上，用手摀住臉。

「還好嗎？」

耳邊傳來聲音，他抬起頭。

同班的若宮美森彎腰探看他的臉。

「啊，沒事……只是有點燒……」

因為她的臉太近了，蒼連忙坐正身體。

美森個性開朗，有著和她的童顏不符的大胸脯，很受全校男生歡迎。因為她擔任籃球隊經理的關係，新入隊人數是歷年的三倍。

「讓我看一下。」

她伸手探向他的脖子，纖細手指分開衣領，柔軟掌心貼在喉結上。蒼覺得有點窒息，因為不好意思對上眼，只能看著她腦後搖晃的馬尾。

「有點燒耶，有咳嗽流鼻水嗎？」

「沒有。」

「想吐或有拉肚子嗎？」

「也沒有。」

「關節會發痛嗎？」

「與其說關節，感覺比較像肌肉痠痛。」

「嗯～」美森皺起眉頭，嘟起嘴，「大概是一般的感冒吧。如果是流感，應該會更燙一點。」

「我有吃藥了，退燒藥。」

「什麼時候？」

「早上五點左右。」

「那再來要間隔六小時喔，盡量避免空腹，午餐後再吃比較好。」

「真不愧是護士。」

蒼說完，美森微微一笑，離開他的桌邊。

她的夢想是念完大學後當護士，當籃球隊經理也是為了這個做準備。

蒼貼上美森剛剛碰過的脖子，她冰冷的手似乎撫去了身體的不適感。

朋友們停下閒聊，不懷好意地笑著看他。

「幹嘛啦。」蒼瞪著他們，「沒辦法啊，我是病人。」

他說完後扭曲臉孔，擺出更加苦澀的表情。

白天覺得退燒了，一到晚上又難受起來。

蒼比平常早上床睡覺。

半夜又醒過來，他夢見一個灰暗又沉重的夢。

全身劇烈顫抖，無法咬緊牙根就是這麼回事吧。

超級冷的同時又超級熱，頭痛到像要裂開。

他離開床鋪，搖搖晃晃走出房間下樓。

白天吃的藥完全沒效，別管一次兩顆那種半吊子的規定，乾脆一次吞四顆吧——他這麼想著，打算走到洗臉台時，胸口深處有什麼東西往上湧。

他立刻衝進廁所，連掀開馬桶蓋子都嫌不夠快，跪下來把胃裡的東西全掏空，還發出野獸低吼般的聲音。

直到吐不出東西來後才沖水，接著又立刻想吐，這次只能吐出酸水。

「蒼，你還好嗎？」

母親站在廁所門口。

「……嗯，應該。」

蒼靠著牆壁坐在地上，接過母親遞過來的杯子喝下水。因為從胃逆流的東西灼傷的食道，多少被冷水撫平了。

冰冷的手碰上他的脖子。

母親表情陰沉，她的掌心上沾著黑沙。

「喂……這什麼啊？」

「不知道，昨天開始出現的。」

蒼用剩下的水漱口，吐進馬桶中，母親也把掌心的沙撥進馬桶後沖水。

母親替他從二樓拿來毛毯，蒼包著毛毯睡在客廳沙發上。

止不住顫抖，嘔吐時流出的汗水沾濕T恤，冰冷貼在肌膚上。

「已經空了，要再買新的才行。」

母親把退燒藥盒子擺在桌上，讓蒼吃掉最後兩顆。大概是空腹的關係，感覺馬上會生效。

「明天請假吧。」母親說著轉過頭，看向牆上時鐘：「啊，已經是今天了。」

「妳去睡吧，我一個人沒事。」

蒼邊把臉埋進抱枕裡邊說，母親不停揉眼睛。

他拜託走出客廳的母親「別關燈」。雖然跟個孩子一樣，但要是變暗，感覺又會被嘔吐感與顫抖襲擊，令他非常恐懼。

客廳和寢室及廁所不同，有種飄散著健康氛圍的感覺，所以能稍微安心一點入睡。

天亮後，雙親都起床了。蒼躺著看兩人做上班準備。

「蒼，量一下體溫。」

父親拿來體溫計，蒼坐起身，把體溫計夾在腋下。

「咦？這已經沒了啊？」

父親拿起桌上的藥盒，翻找盒內。

「對不起，我全部吃完了。」

蒼把頭靠在沙發椅背上說。

母親從廚房探出頭問：

「你也不舒服嗎？」

「嗯，有點懶懶累累的，可能被蒼傳染了吧。」

父親在沙發上坐下。他踩到毛毯了。

「你小嬰兒時，我常常被你傳染感冒。把咳個不停的你抱起來後，想著該不會被傳染吧，然後隔天就發燒了。」

蒼靜靜聽著。那是他沒記憶的事情，道歉好像也很怪。

體溫計響了，從腋下抽出來，顯示三十八點五度。

父親問完後，蒼遞上體溫計，父親看見液晶螢幕上的數字，皺起眉頭。

「幾度？」

「這……很高耶。應該是流行性感冒吧？」

蒼回想起美森問他的問題。他沒有咳嗽、流鼻水也沒拉肚子。昨天身體還會痛，今天不痛了，現在只有發燒和頭痛。雖然沒得過流感，但覺得不太一樣。

味噌湯的氣味飄散，感覺又要吐出來了，蒼蓋上毛毯躺下來。

雙親出門上班後他才出門，站前的診所九點開始看診。

他只換掉當睡衣的T恤，外面披上大衣。

身體好沉重。路上只有蒼一個人走著，要是症狀突然惡化倒下，也不會有人來救他。

山脈被常綠樹種的綠與雜木的紅染色，紅色這刺激性的顏色占風景大部分這個事實，仔細想想真是異常。蒼想著，如果自己是現在第一次到地球來的人，大概會以為是高燒讓自己看見幻覺了吧。

隧道比平常還長，跟昨天作的惡夢一樣。滲出的淚水把橘色照明裂成碎片。

診所腹地裡人滿為患。

蒼過於驚訝，站在入口前不知所措。

從拉門縫隙往內看，裡面也是人山人海。

診所只是個小小的平房，根本無法容納如此多人，即使如此，患者還是沒有進不去的想法。

護士從裡面走出來，好幾個人湧上去，攀住浮木般訴說著什麼。除此之外的人連站也站不住，坐在地上。

蒼還以為附近發生重大事故。

「上原同學？」

背後有人呼喚，他轉過頭去。

中年女性拉著高中男生的手，他看過這男生的臉，是國中同班的青田。青田戴著口罩，眼神渙散看著診所。

「上原同學也是嗎？」

女性提問後，蒼根本不知道「也是」什麼，但跟著點頭。

「聽說診所上午的診已經滿了，我兒子說在外面等很難受，所以就先回家。」

「這是怎麼一回事？」

蒼轉過頭去看診所。

「不知道，大家似乎都是突然發燒。聽護士說，似乎和流行性感冒不太一樣。」

青田母親拉著兒子往對面停車場走去。蒼想不起青田的名字，兩人國中時沒說過幾句話，他隱約記得青田去念東京的高中。

蒼看著靠坐在診所外牆的人，高齡者居多，他們仰起下顎喘氣呼吸。他半夜起床跑去廁所嘔吐時也是這種感覺吧。

現在，他不一樣，還能穩穩站著。一呼吸，冰冷空氣就沁入鼻子深處。

他轉身離開，越過平交道，前往車站前。

富士谷車站正對面有一家藥房，那裡也人潮擁擠，但蒼買的不是處方藥，所以能先結帳。蒼買完退燒藥就回家了。

回到家後打開電視，沒看見疾病蔓延的新聞。在診所看到的光景帶給蒼極大衝擊，但對社會來說，僅僅只是小鄉鎮內的小話題吧。

吃完優格後，他吞下買來的藥。

雖然沒什麼興趣，還是開著電視沒關，太安靜會讓人心情低落。

他想起手機擺在房裡，肯定收到許多同學傳來的ＬＹＮＥ訊息吧，但不知為何，他一點也不想去看。

窗外天氣很好，好想去跑步。想要劃開早晨空氣，沉浸在舒服的汗水中，一口氣跑過無人的山路。最後一次跑步時，根本沒想像過自己這般臥病在床的模樣。

那或許會是最後一次跑步——難得生病的蒼，不自覺湧現這種悲觀想法。

在睡睡醒醒中，時近傍晚，母親回家了，煮了白粥給蒼吃。

父親也比平常早到家。

「似乎燒得更嚴重了。」

「其實我也覺得很疲倦。」

雙親這番對話讓蒼覺得是自己的錯，所以吃幾口粥就回房去了。

害怕入睡。

因為感覺會和前兩晚相同，半夜突然不舒服。

預感成真了。

醒來最先發現，自己的右手沒有感覺。

不是因為壓在身下發麻了，正確來說，右手壓在左手上，而左手超痛。

黑暗中，在眼睛適應前，右手有著不可思議的存在感。

左手一摸，明明該摸到休閒服袖子，卻沒碰到。

摸到的是堅硬物品，表面有點粗糙。

蒼跳起身。悶在被窩裡的汗水味立刻衝出來。

似乎有什麼東西在發光，紅、藍光芒如脈搏般閃爍。

他以為是哪裡的光線反射，試著找光源卻找不到。手機只顯示充電完畢的綠燈，外頭的光線也不可能穿過拉上的窗簾照進房裡。

他抓住自己右肩，順著摸下去。上手臂沒事，是從手肘開始變怪。手感和人體完全不同，很硬，用指甲壓也壓不下去，手臂完全被蓋住了，一點縫隙也沒有。

越往手腕處就變得越細，而且那並非人體自然的輪廓。手腕前端更細，甚至超越原本手指該有的長度，且相當尖銳。

他爬下床。一動，頭也無比疼痛，耳朵相當燙。

開燈後，總算清楚看見那是什麼。

他的手肘以下被黑色金屬包裹，如同歐洲騎士騎馬作戰時拿的長槍。裡面彷彿裝有ＬＥＤ燈泡，紅、藍光芒並排，讓他想起以前在電視上看見的發光水母。

他不知道這東西為什麼裝在手上，還找不到接縫之類的東西。

他抓住手腕附近，試著拉拉看，但不管多用力也拉不下來。

放開手，試著甩甩看。很奇妙，沒有絲毫重量。前端撞到椅背，沒什麼手感卻斜削掉一大塊。他拿起掉在地板上的半截椅背察看，切面平滑到彷彿一開始就是這樣。

蒼拿起椅背敲敲右手，明明金屬內側是自己的手卻毫無感覺，不管敲幾次，表面也沒出現任何損傷。

「可惡……這是什麼？」

蒼丟掉椅背，把金屬壓在牆上，握拳全力揍下去。

「消失消失消失！」

衝擊直接撞上腹部。

他被彈飛倒在床上。

黑沙從天而降，和這兩天出現在他身上的黑沙相同。

他把右手舉到眼前，那個金屬已經消失了。是因為揍了而爆炸嗎？

他坐起身，剛剛手臂壓住的那面牆大為凹陷。

走出房間下樓梯時，嘔吐感突然襲來，他趴在地上全吐出來。白天明明沒吃什麼卻吐得一乾二淨，穢物在地板上擴散，也沾到他的手和膝蓋。

蒼用手背擦拭嘴角，站起身搖搖晃晃地走下樓梯。他嗆出了淚水，不知道自己到底是怎麼一回事。

「媽媽，妳來看一下。」

敲敲父母寢室房門，卻沒回應。

蒼打開門。

醒來後的事情彷彿一場惡夢。

那個紅、藍光芒又出現在眼前，不如他手上那般整齊，彷彿散落夜空的星辰。

黑暗中閃爍的光線讓他閉上眼，手摸上牆壁，按下開關。不管眼前會出現什麼，他都想等自己準備好才看。

光線穿透眼瞼照入眼裡，他深呼吸之後張開眼。

母親躺在床上。沒有入睡，眼睛大大睜著，眼神沒有焦距。

臉上沒有血色的蒼白，白色T恤下透出紅、藍光芒。

母親的身體在發光。

「媽媽……？」

蒼想走近床邊卻停下腳步。

母親身體上有什麼，髮間可見與杉樹枯葉相同顏色的東西。

也像長在海邊岩石上的藤壺，或是長在樹幹上的菇類。

有什麼黑色東西覆蓋在母親身上，床單上散落黑沙。

蒼伸長手，擺在母親眼前，母親的眼睛沒有移動，掌心也沒有感覺到吐息，連應該要有的溫度亦感受不到。

碰觸她脖子上的東西，很硬，粗糙部分和蒼手上長出來的東西很像，但沒那麼光滑，有小小的突起，粗糙不平。

嘔吐感湧上來，蒼努力忍下去——還沒，還沒，還太早，不可以在這裡發出聲音。

他的視線移往裡面那張床，沒看見父親。

棉被和毛毯掉下床的另一邊。

他繞過床鋪，把所有東西一起拉上床。

花上一段時間，蒼才認出從被毯下方現身的東西是父親。

登山曬黑的粗壯手臂確實是父親的手，只不過上面長出無數金屬，像鱗片一般。父親應是穿著繪有富士山的紅色T恤當居家服，但因雙手搔抓拉起而看不見。自裂開的地方看見紅、藍光芒。扭曲掙扎的身體看起來像要把床鋪和牆壁間的空間擠開。

父親臉上覆蓋黑色金屬。並排的突起裂開，跟松果相似，張大的嘴巴是黑暗的洞穴。

蒼舉手擦臉，淚水沾濕臉頰。

他離開房間到走廊上，雖然有東西往上衝，但那不是嘔吐感，也非喊叫，只是低聲嗚噎。

客廳裡有看慣的沙發、看慣的桌子、看慣的電視。乾脆全變了個樣不是更好嗎？這樣一來，就能以為那不是母親、不是父親，自己也不是平常的自己，即將來臨的早晨也不是延續自日常的早晨。可以把這惡夢般的光景全關進夜裡。

他氣息混亂地在沙發上坐下，拉起T恤衣襬擦拭淚水和鼻水。

看時鐘——凌晨兩點。

喉嚨好乾，他到廚房拿起礦泉水喝，流理台裡還有誰用完沒洗的餐盤。

他想要稍微拖延下一步行動。要是動作，事情就會傳出家門。外來者會看見家裡的狀況，就不能當成是他看錯、是他的錯覺。

水龍頭落下一滴水滴，沒人催促他，但是他得自己決定。

蒼拿起家用電話話筒，按下一一九。

花了一段時間才接通。

『消防局，請問是火災還是救護？』

電話那頭似乎相當混亂。

「救護。」

『請問地點在哪？』

蒼說完地址後，接線生重複著「富士谷町……」。

『請問是哪位發生什麼狀況？』

「我爸和我媽……雖然在睡覺，但他們身體上有像金屬的東西——」

『我明白了，現在請救護車出動。請告訴我你的名字和現在使用的電話號碼。』

蒼回答完後，電話就掛斷了。

明明未詳細傳達症狀，對方卻像全部理解的回應讓他很在意。但話說回來，要他說得更詳細，他也說不出來吧。因為他根本無法理解到底發生什麼事。

滿身大汗，T恤冰冷，頭也好痛。

他走上二樓，避開嘔吐物走回房間換一件T恤，把手機塞進棉褲口袋裡，接著走回一樓吞頭痛藥。他嫌和水吞太麻煩，直接咬碎，苦澀的味道讓舌根發疼。

聽見救護車鳴笛聲，他跑到玄關。

他穿上拖鞋步出家門，紅色燈光從湖那端過來，直接經過他們家，往山谷深處前進，隔壁的笨狗吠個不停。

感覺和常見的救護車不同，那不是紅、白顏色，而是融入黑暗中的顏色。
蒼呆站在原地一會兒，街燈稀少，所以星星清晰可見。無庸置疑，星空相當美。
過一陣子，紅色燈光及鳴笛聲從山谷深處回來，這一次停在他家前面。
那是一輛卡車般的救護車。車頭上、箱型貨斗上各有一個紅燈閃爍，貨斗側面繪有紅十字會的標誌。
從車頭和貨斗走下三人，身穿迷彩服、頭戴安全帽，手臂纏有紅十字會的臂章，臉上戴著口罩，看不見他們的表情。
從副駕駛座走下來的男人問道。
「患者在哪裡？」
「這邊。」
蒼引領他們走進家中，男人們在靴子套上迷彩鞋套，直接走進家裡。
蒼在雙親房門前等待，男人也沒要他進房間。
父母分別被擔架搬出家門，蒼低著頭努力不看。
「你的手——」剛剛的男人指著蒼的左手，「你受傷了。」
低頭一看，手背滲血，大概是剛剛揍右手長槍時造成的。
「你的身體沒有異狀嗎？」
「有發燒，頭也很痛，剛剛還吐了……」蒼猶豫了一會兒之後說：「手上有金屬般的東西，雖然已經消失了。」
男人抓住蒼的肩膀，他的手掌好大。
「你也上救護車。」
彷彿融於夜色中的救護車塗成橄欖綠，貨斗內部是更淺的綠色，左右各有一個折疊式雙層床架。
蒼上車時，父母已經分別被擺進上下鋪。另一側躺著另一個人，蒼側眼看他，那人脖子後方長出和蒼右手上出現的尖銳金屬一樣的東西，所以沒辦法仰躺，只能趴臥。
救護車開動，蒼坐在床鋪間的地板上。比副駕駛座上的男人更年輕的男人問蒼雙親的名字，蒼連自己的名字一併回答後，男人寫下筆記。
車子不一會兒就停下來，蒼走出車外時，立刻知道這裡是哪裡。是令人懷念的地方。
說起人潮聚集在市立富士谷國中操場的機會，大概就是秋天的運動會吧，那時，兩百公尺的跑道和跑道中央空間都會空出來。
現在，操場上滿是帳篷，人們在帳篷間來來去去，設置的照明設備照亮夜空，上方有直升機，彷彿不合時宜的祭典般熱鬧。
男人把父母放上擔架，擺在藍色塑膠布上。
另一個男人走近，他的服裝與救護車的男人們相同，但沒戴安全帽。
他跪下來，拿燈光照射母親眼睛。因為父親臉上覆蓋金屬，所以他只把手指抵在父親脖子上。

「兩點四十六分，確認死亡。」

他對著蒼的父母雙手合十，救護車的男人們也站著合掌。

應該是醫師的男人，拿出類似德國國旗配色的卡片，把鬆緊帶套上父母的手腕，只留下黑色，把下半部撕掉。

他也把相同東西套上蒼的右手，但沒撕掉任何東西。

「你的雙親已經過世了，非常遺憾。」

就算他不說，蒼也明白。在寢室裡看見他們時，他們已變得完全認不出來了。淚水落下，不知道是何時開始哭泣。

醫師的眼睛充血通紅，在附近的探照燈白光照射下，臉上皺紋更顯深邃。唾液白泡的乾燥痕跡掛在他的嘴角。

他今晚肯定檢查過好幾次屍體的瞳孔、脈搏，宣告過無數次死亡吧。放眼一看，發現藍色塑膠布上全是屍體。一看就知道已經死亡，身上覆蓋金屬鱗片、臉因金屬變形的人根本不可能還活著。

雖然並非特別期望父母親長命百歲，但對蒼來說，仍希望他們能以符合累積至今的平穩樣子結束一生。

父母被擔架運走，雖然有人要蒼到校舍接受治療，但他想陪在雙親身邊。

卡車型救護車不斷送人過來、放在地上，接著醫師進行檢分。有人被送去校舍，但沒人和蒼一樣可以自行步行。沙塵四起，白光誇大了景象，看起來好冷。

父母的擔架被送到體育館裡，跟在後面走進去的蒼，腳因眼前的景象而生根。

地面擺滿遺體，地板上為了籃球場地與排球場地畫的鮮豔線條，只能從縫隙間窺見。天花板燈光昏暗，彷彿在服喪。

蒼的雙手自然在胸前合十。

他對神、佛沒有虔誠的信仰，這個合掌是獻給死者，發誓絕不會在此做出輕率行為的動作。

搬運父母的人走過屍體的頭、腳間，蒼也追在後面而去。

橫躺的遺體中，有身體巨大的人，也有小孩子，有男、有女。有保留人體形狀的人，也有被黑色金屬侵蝕的人。

除了沉默、無息、頭朝同一個方向擺放外，沒一點相同。

父母一同躺在舞台前的空間，搬運他們過來的男人鞠個躬後就離開了。

蒼在父母腳邊坐下，哪個是誰的腳，看大小就立刻分辨得出來。

雖然兩人身上的紅、藍光芒已經消失，但那還清楚留在蒼的眼中。

雙親和自己得了相同疾病而死亡。雙親死了，自己活了下來。

好想對母親道歉，沒想到最後竟是以升學的事情吵架作結。母親會生氣，是因為擔心他啊。應該要更加細心品嘗她平常做的菜才對，不該喝乳清蛋白也不該吃維他命。

好想感謝父親。父親放假時常帶他去爬山。雖然對父親抱著自己而被傳染感冒的事情沒記憶，但父親在自己不記得、沒發現時，仍不斷支持著他。

蒼伸手摸兩人的腳，撫摸粗糙的腳底，畫過腳背輪廓，用掌心包裹。觸感好硬、好冷。

至今從未這般好好摸雙親的腳，所以有種不可思議的感覺。

雙親的腳和自己的腳很像。由於去買越野跑鞋時試穿過好幾次，所以他精準掌握自己腳的特徵。在足弓相對高的日本人中，他的足弓偏低，這與父親相同，拇趾和食趾等長這點則與母親相同。

他的身體是父母給予的。只是碰觸身體末端就能明白這點。

蒼站起身，低頭看地板上的屍體。

無罪的人死了。

他不知道每一個人的本性，或許也有壞人，蒼無從得知。

可是，就這樣莫名其妙過世，被丟在這種地方，連目送他們的人都沒有，蒼可以肯定他們沒犯下這般重罪。世界根本不存在這種重罪，這種事情不能發生在任何人身上。

蒼邁出腳步，好多雙腳對著他，好多張臉看著他，每張臉應該都和哪個人相似。

走出體育館後，蒼覺得自己的一部分還會留在這裡持續死亡吧。白色氣息令他厭煩。

操場上更熱鬧了，有更多屍體送進來。根本沒人在意行走的蒼。

走出校地後，蒼拆掉手上的卡片，揉成一團丟掉。街燈很少，道路陰暗，他隱身黑暗中蹲下身，又再次哭泣。

▲▼　▲▼　▲▼

護士走進病房，確認沙也的點滴和監視螢幕後，寫下數字。

「小蒼，你在說什麼啊？」

護士問蒼，蒼微微一笑。

「說點往事。」

蒼目送她走出病房，想著：「她是什麼時候決定當護士，又是花了多少時間才成為獨當一面的護士呢？」

旁邊沙發上的大槻啞口無言。

蒼已經習慣這種反應，他說過好幾次這段往事了。

遙夏雙肘撐在窗台上，看著窗外。

陽光照在她的手臂上，感覺一會兒就會曬黑，蒼一直盯著看。

沙也的監視螢幕發出規律聲響，她的生命刻劃著時光。

遙夏把沒人看的電視關掉。

▲▼ ▲▼ ▲▼

蒼以淚洗面好幾天。

房裡沒開燈，床邊擺著能量果凍飲和跑步用的水瓶，肚子餓、口渴時便拿起來就口。他記得一天起碼需要一千五百大卡。大概因為沒動吧，靠幾個果凍飲就足以活下去。

待在床上就會想起雙親，他又因而落淚。回憶不侷限於雙親，甚至擴展到整個鎮上。那晚，他不只失去雙親，甚至失去整個小鎮。

鎮公所的廣播喇叭，不斷重複播送這個鎮已經被指定為避難區域，他只是躺在床上聽著。

有人來按門鈴，蒼沒應門後，接著就會敲門喊著：「請問有人在家嗎？」但蒼還是一動也不動。

他覺得自己會因病死亡。現在一到晚上還是會發燒。雖然不再出現金屬長槍，但身體上有黑沙，何時變成雙親那般也不足為奇。

但他還活著，身體說著不會死。

某天他下樓上廁所，尿液呈現深黃色，似乎是水分不足了。

走往廚房找水喝時，感覺聽到什麼聲音。

蒼停下腳步，側耳傾聽。

又有聲音，是從外面傳來的。

他在大門前換穿運動鞋，走出屋外，腳步一時不穩。夕陽天空襯著連綿山脈的巨大影子。又聽見聲音了。

是狗，隔壁的笨狗在叫。

他小時候，隔壁的和田夫妻很照顧他，母親晚歸時總讓他到家裡，給他點心吃。自他小學畢業後，雙方開始疏遠。他聽母親說過，和田家的兒子上班後離家了，他們也是從那之後開始養狗。

蒼從前門進去，庭院停著兩輛車，還有個寬廣的家庭菜園，一隻褐色柴犬從旁邊的狗屋跑出來。牠看著蒼吠叫，但聲音比平常無力。

「你一直待在這邊嗎？」

蒼對牠說話。狗被鍊子拴著，地上的盤子空了。

「等我一下，我去拿水和食物過來。」

蒼撿起盤子，正打算朝房屋走去時，又停下腳步。

「你還是跟我一起來吧。」

他解開狗鍊。與其獨自擅闖別人家，有這家人同行會比較好。

大門沒有上鎖，蒼說聲「打擾了」，脫掉鞋子進屋。雖然是別人家，卻有股懷念的氣味。

好一段時間沒來了，但他還記得屋內格局，沒有迷路就找到廚房。

他記得流理台下收著很多東西，打開櫃門，裡面有罐頭，還找到杯麵。突然好想吃，已經好久沒吃到溫熱、固態的食物。

狗糧有兩種，兩種都開封了。

「喂，你要吃哪一個？」

問了也沒回應，蒼又走回走廊。

狗用前腳抓著廁所門。

「幹嘛啦，裡面有什麼嗎？」

蒼一拉門，感覺莫名沉重，有什麼東西倒下來，敲擊地板。

「哇！」

他驚叫，逃跑時撞到牆壁跌倒。

和田伯伯倒在地上，臉頰貼地，嘴巴隨意張開，眼睛流出不同於淚水的褐色清澈液體，苦悶扭曲的表情彷彿在責備蒼。

蒼記憶中的他是黑髮，現在已經全白了。髮際頭皮似乎水腫，撫摸後感覺很有彈力。不合時節的肥胖蒼蠅振翅飛著。

「啊，可惡……可惡可惡！」

蒼握拳敲地，討厭的記憶又復甦——那晚的體育館。

他光是背負父母的死已經用盡全力，其他屍體對他來說負擔太大了。

蒼仰躺著，雙手摀臉。嘔吐感和淚水再度襲來，貼背的地板疏離地冰冷。

聽見狗哼氣，蒼抬起頭。

狗的鼻子貼近飼主臉頰，舔了從眼頭流出的液體。

「喂，你幹嘛啊，別這樣。」蒼站起身，抓住牠的項圈。「有規矩點。」

他直接拉著狗朝廚房走去，狗一看見狗糧袋，立刻飛撲上去想吃，所以蒼搶了過來。稍微思考一下後，蒼拿起杯麵，並隨意拿幾個罐頭塞進棉褲的口袋裡，把狗糧夾在腋下。

狹窄的走廊被屍體擋住，他只好跨過屍體。

「伯伯，我把這傢伙帶走囉。」他低頭看在腳邊搖尾巴的狗，「然後，我拿點食物走，這傢伙和我的份。」

小時候，他在這裡碰到伯伯下班回家總會有點緊張。明明不是恐怖的人，為什麼會那樣覺得呢？現在回想起來真不可思議。

他把食物放在大門前，接著朝寢室走去，拉開壁櫥門。他抱著會發現伯母屍體的覺悟走進房裡，好險沒有屍體。

他拉出毛毯回到走廊，蓋在伯伯屍體上。可以窺見他身穿毛絨外套的脖子上有黑色金屬，背上突起如瘤。

「伯伯，對不起，我什麼也做不到。」

用毛毯蓋住臉後，蒼走出家門。外頭的河川帶著些微青草的氣味，傍晚這時間，小鎮總會飄散這個氣味。

跑到他家的狗又跑回來，催促他。

雖是鄰居養在庭院的狗，但他讓狗進家門，把盤子放在廚房地板，倒狗糧給牠。

「嗯？是不是太多了？」

正當他要看袋上註明的分量時，狗已撲上來狼吞虎嚥。氣勢太驚人了，他無法把多的份倒回袋子裡，接著又在另一個盤子裡裝水給牠。

蒼用電熱水瓶煮水，把沸騰熱水倒進杯麵裡，美味香氣飄散。蓋子上寫著要等三分鐘，但蒼等不了，直接拿起筷子插進去。

麵還沒有吸飽水，口感像在吃用水沾濕的紙條，但很好吃，溫熱又有鹹味，和最近喝的果凍飲完全不同。蒼用力吹了一口氣，吹散熱氣。

他毫不在意燙嘴，只是狂吃，打開一半的蓋子很礙事，他全撕掉丟到一旁。他拿杯就口，連細碎麵條也吃掉，並喝掉剩下的湯。還以為大部分都冷了，但不如他預期，流進喉嚨深處之物熱燙，讓他嗆到。

一轉眼，狗在地上抬頭看著他。

「什麼啊，你吃完了嗎？」

不知是否多心，狗的表情似乎比方才平穩許多。蒼喝完湯後，用杯子盛水喝。那和放在房裡水瓶中的水不同，很冰冷。感覺沖淨留在嘴巴與喉嚨裡的泡麵餘韻，全收進肚子裡。

蒼刷完牙爬上二樓，跟在他身後的狗想要去聞乾掉的嘔吐物，他把狗拉開。

倒在床上聞到汗水味。趴臥讓蒼想起剛才的屍體，所以翻個身閉上眼。狗睡在地板上。房間裡有另外一個呼吸聲感覺很奇妙，但把意識集中在那上面後，這一陣子盤據腦海的冰冷雙腳與緊繃的張張臉龐也不再出現。

他移到床邊，伸手觸摸微濕的狗毛。

隔天早晨，蒼還沒天亮就醒來，拆掉床單往浴室走去，連身上穿的衣服一起丟進洗衣機裡。整套運動服完全沒換洗，都有點汗臭味了。

他沖了澡。幾天沒洗澡了啊？脖子上有沙。狗抓著浴室門，他以為狗想進來而開門，但討厭水花的狗逃走了。

洗完澡後，穿上毛衣、牛仔褲。

走到廚房，淘米、放進電子鍋裡。

衣服洗完後拿到二樓陽台曬。

想開手機發現沒電了，所以接上充電器。

拿抹布擦掉走廊上的嘔吐物後，飯也煮好了。配菜是鯖魚罐頭，倒一點醬油，放在飯上扒進口中。想要養回躺著不動時流失的肌肉，身體渴求著食物。再盛一碗飯，拿蒲燒沙丁魚配著吃完第二碗飯。狗也邊噴氣邊猛吃狗糧。

洗完餐盤後走出家門。

他沒綁上牽繩，讓狗自由跑跳。

蒼從來沒想過要養寵物，對狗、貓、倉鼠、金魚都沒興趣，平常光自己的事情就忙不完。即使如此，狗搖著捲成一團的尾巴走動的模樣很可愛，偶爾還會轉過頭來吸引他的注意。蒼微笑著抬了下顎，狗看到後開心地往前跑。

他追在狗身後跑下河堤，來到河岸上。楓葉隨清澈的河水流動，深色葉子沉在河底，河面波紋的淡色影子落在河川砂地上。

狗湊過去喝水，蒼也用手掬水啜飲，冰冷的河水讓他大吐一口氣。

他小時候常在河邊玩，如今已幾年沒碰觸河水了？雙手併攏掬水洗臉，感覺能沖掉晚上流出的汗水與熱度。

他脫鞋赤腳，捲起褲管走進河裡。凍到快沒感覺了，混雜河沙間的小石頭刺上腳掌，狗看著他的眼神像在說「這人做起奇怪事情了耶」。

水位只到腳踝上方，奪走他的體溫後，往前方的湖泊流去。

他心血來潮，脫掉毛衣和底下的T恤丟到岸上，接著脫掉腳上牛仔褲，連平口四角內褲也一併脫掉，就這樣全裸走進河水中。

水位最深的地方也只到膝蓋。風吹拂河面，令人起雞皮疙瘩。他撫摸肌膚，大概是這幾天沒好好吃飯，感覺身體縮水了。

他蹲下身，讓水泡過腰。面對上游，冷水流過雙腳間，撫摸他的大腿內側，玩弄他縮起的性器，搔弄肛門後流去。

好安靜。他就在鎮上底處響起的聲音中。不管是走在路上還是待在家中，這個聲音應該都有傳入耳中，但他從沒意識過。現在空無一人，空曠的地方充斥著這個聲音。

他掬起水拍臉、用力搓揉，彎下腰把頭泡進水裡，全身都濕透了。

想把身上所有壞東西全洗掉。那個沒見過的疾病是外來物，可以藉此清洗乾淨，不讓它留在身上。

他泡在水中環視周遭，山上楓紅相當美，感覺凝視後能看清楚每片葉子，但若不細看，便是覆蓋整片山脈的錦緞。

他小時候也常這樣蹲在河川正中央，感覺在這裡度過了漫長歲月。

這個鎮到底會變成怎樣呢？失去了居民，完全變了個樣。

他以為自己會一輩子住在這裡。他的夢想就是這樣度過一生。

父親問他夢想、想做的事情時，他答不出來。現在就能答出來——雖然已經沒人聽他說了。

這個鎮已經死亡了。

有土地、有房屋、有河川也有山脈，但是，已經成不了一個鎮。他現在，就活在夢想的殘骸中。

他已經決定不哭了。夢想就快結束，沒有時間流淚。失去所有後，這個小鎮仍舊很美，所以還能活下去。

他把手伸進河底，以伏地挺身的姿勢讓全身泡進河裡，抓住沙子以抵抗要把他沖走的力量。碰觸肌膚的冰冷交雜砂粒，留下鮮明的觸感。

蒼吃掉家裡的泡麵，下午往湖泊方向走去。

原本就是不見步行者的小鎮，所以沒什麼怪異感。只不過一想到沿著道路、河川興建的房裡沒有人，就覺得冷清。連在山中奔跑時，他都不曾感受過這等孤獨。

老鷹在空中盤旋，從牠的高度看，這個鎮長怎樣呢？

長長隧道的人行道狹窄，平常都要注意來車，現在可以大大方方走在正中央。

雖然已經猜到了，但車站裡確實沒有人，顯示電車時刻的電子看板也沒亮，通過自動驗票閘門也沒反應。蒼坐在月台椅子上，狗也越過黃線探看軌道。

下午這個時段，平常上、下行應該三十分鐘各有一輛列車進站，但現在不管等多久都沒看見車。轉頭一看可見國道，路上也沒有任何車輛。經過隧道上方的高速公路又是如何？如果連結東京和關西的東海道還能用，該怎麼到山梨或長野去呢？

蒼稍微思考後，從牛仔褲口袋掏出手機。到現在，他都不去看「外面」世界的資訊，因為那樣只會讓他想起討厭的記憶。

打開新聞網站，果然看見「死者已超過一千人」、「仍未有解除避難指示的眉目」、「世界大受衝擊」等等標題。

他深呼吸後才繼續看內容。根據報導，自衛隊已經出動封鎖了高天山的大蓮實峠與山梨的笹尾峽的道路。被指定為避難區域的地方有津久見市葵區、暮野澤市和遠月市——也就是津久見湖周邊。因為山脈圍繞，也容易阻斷交通吧。

世間大為騷動，這也是當然。但同時，他想著「關我屁事」。

蒼目擊雙親的死、非常多人的死。與這個衝擊相較，死者的數量又怎樣？世界又怎樣？那只是待在安全之處，什麼也沒看見的傢伙的空虛話語。

住同縣洲坂市的祖父母傳訊給他，問他們一家人是否平安，但蒼沒有回訊。

LYNE上也累積許多訊息，同班同學的訊息在那個晚上就中斷了。其中，只有若宮美森還繼續傳送訊息，問著有沒有生還者。最新日期是昨天，蒼接著回訊。

若宮，妳沒事嗎？

狗跑過來找他玩，他把自己的腳當玩具逗弄牠。訊息未轉為已讀，蒼把手機收回口袋。

離開車站往湖泊方向走去，他在穿越國道時停下腳步。站在總是車潮洶湧的道路中央讓他感覺相當新鮮。

這一條國道是古代連接江戶與諏訪的道路，往東走一段路就可以看見將保留下來的旅社本館改建而成的資料館。

這附近的鄉鎮，也曾有受來往道路的旅人依賴的時代。不只提供住宿、餐飲，也幫忙搬運行李、寄送信件。鐵道鋪設、汽車普及後，這個鎮就落沒了。

這是小學社會課上聽到的事情，聽說富士谷的鄉鎮盛行養蠶，但那也輸給其他區域與外國製品而消失。

政治及經濟這類巨大的東西，輕易就能毀滅人類經營起來的東西。只是碰巧住在某塊土地上，可能繁榮，也可能毀滅；有些衰敗，有些沉入水底。個人的意志與努力根本微不足道。

那一天，在體育館內的死者也相同。他們之所以會死，是因為住在這塊土地上，沒有其他理由。

就算平常再三小心活著，人隨隨便便就會因巨大之物的心血來潮而死，根本無從對抗。

蒼步下長長坡道，走到月選大橋的橋頭。

架在津久見湖上的這座橋有著壯觀的弧線，小學寫生課時總會到這裡畫這座橋。在山脈的平緩稜線、湖面輕柔蕩漾的波浪、薄雲擾亂的青空包圍下，橋的弧度有著清楚的輪廓，確實就在此處。蒼很喜歡這點。

他走到橋的正中央躺在車道上，陽光照射下的柏油看似溫暖，實際碰觸後卻很冰冷。仰躺其上，輪廓清晰的鋼筋圓弧一如往常一板一眼地劃分天空。

平常要是躺在這種地方，不是被按喇叭，就是被車撞，但現在，沒有任何違反蒼意志之人。

不管誰說什麼，他都沒打算就此退散，也絕不讓任何人奪走這具身體、這個生命，以及這片土地。

在這裡活著就是他的抵抗。

狗跑來探看他的臉，他把狗抓過來抱在懷中，狗噴著氣，乖乖任他抱。臉被舔，讓他笑了。笑聲在圓弧下特別響亮，彷彿眾人一同歡笑。

隔天在床上醒來時，天色還很暗。

因為尿意醒來的蒼，走出房間按下電燈開關，但沒亮。

「咦？」

不管按幾次都沒反應，狗也醒來，一臉擔心地看著他。

「燈泡壞了嗎……不對。」

蒼走到一樓，穿上拖鞋步出屋外。

原本就不多的街燈全部熄滅，山谷小鎮籠罩在黑暗中。

「真的假的……」

看來，這一帶的電力已經被切斷。

吹過道路的冷風令蒼顫抖，大概因為昏暗，氣溫也感覺特別低。
他回到家裡，走進廁所。關上門會太暗，所以他開著門上廁所。
上完廁所沖馬桶，卻沒反應。
「騙人的吧……」
不管壓幾次都沒水，自來水似乎也停了。
蒼抱著頭，在這個鎮上生存的難度一口氣提高了。
突然，他想起國中學過的事情。
在地震相關影片中，斷水時該怎麼沖洗沖水馬桶的方法——
「對了、對了，我想起來了。」
蒼跑進浴室。
洗臉台有水桶，他拿起水桶衝出屋外。
橫越道路跑下斜坡到河岸上，裝了三分之二桶河水後，手提水桶爬上斜坡時，不小心漏出了一些。
回到家後，跑進廁所裡沖水。隨著「波咕波咕」的聲響，水被吸進排水口裡，只剩下底部一點水。
「什麼嘛，很輕鬆啊。」
蒼對著在走廊看的狗微笑。

走到廚房轉開瓦斯爐旋鈕，火也點不起來。這樣一來，生命線全斷了。

蒼打開冰箱。再這樣下去，冰箱裡的東西就要壞了，得趁現在吃掉才行。

他吃掉優格和納豆，感覺這樣蛋白質攝取太多，所以又吞了綜合維他命，也餵狗吃狗糧。

他走到河旁清洗湯匙、筷子，泡進河水時，河川像要奪走他手中的東西。他想起因為有筷子從上游流下來，才知道上游有住人的故事。他也順便刷牙。和在狹窄的洗臉台刷牙不同，有種開放感，很棒。天空開始泛白。

正當他想要回家拿水桶來汲水時，腳邊的狗衝出去，衝上斜坡大聲吠叫。

「喂，怎麼了？」

發現牠的聲音不尋常，蒼壓低身體爬上斜坡，探頭到道路上。

狗占據家門前吠叫，那頭有車開來，車燈亮著。兩輛ＳＵＶ界老大般的大型車，顏色是橄欖綠，令蒼想起那天的救護車。

車子在他們家前面停下，看著從車上下來的人，他還以為外星人入侵了。

「外星人」臉上戴著防毒面具，穿著灰色雨衣般的衣服。因為戴上雨衣帽子，剪影看起來不太像人類，總共有八個人。

他們手上有小型槍，槍身下裝有手電筒，這非同小可的景色，讓蒼胸口一悶。

走過吠叫的狗面前，他們往蒼家的大門前進，明明家裡沒人卻擺好拿槍姿勢，彷彿電影中特殊部隊攻堅時的模樣。

蒼慢慢往後退，爬下斜坡回到河岸，悄聲往上游跑，跑一段距離後再爬上斜坡，藏在旁邊的樹叢中。探出臉偷看時，拿槍的人正好走進他家，狗仍舊吠個不停。

蒼闖進隔壁兩間的澤井家，爬上二樓從窗戶看自己家，家外面有兩個人留守，監視四周。

那應該不可能是外國軍隊，所以是自衛隊。但為什麼自衛隊要闖進他家呢？那天參加救護工作的自衛隊員沒有拿槍啊。

有兩輛車從湖泊方向直直朝蒼的家而來。他們在找什麼？到底是要找什麼才會拿槍來呢？他完全不知道。

他現在人在寢室，房內有兩張床，中間擺著床邊桌，蒼看著桌上的時鐘。十五分鐘後，持槍者搭上車離開了。

蒼仍舊沒有動，從窗戶持續觀察外頭情況，狗在房屋四周到處走動，還可以聽見牠不安的低吼。

到正午，蒼放下手心緊握的湯匙和筷子，走出房間。

走出房子後，狗看見他而跑過來，蒼讓狗跟在腳邊，走進自己家門。

因為無法開燈，走廊昏暗，即使如此，還是可見地板明顯髒汙，入侵者似乎穿著鞋子直接進屋。

蒼在玄關脫掉鞋子，走進當倉庫的房間，拿出父親的登山背包。裡面裝有頭燈、煤油暖爐、睡袋和帳篷。他到廚房，把水和食物往背包塞，狗用的盤子則拿在手上。

接著爬上二樓拿換洗衣服。原本也打算拿手機走，但找不到。他總是把手機擺床邊睡，今天早上發現停電後跑到外面，接著為了沖馬桶去汲水，然後吃早餐——根本沒碰過手機。

他看地板，地上有好幾個寬大足跡。

看來，似乎是入侵者拿走了。他不知道他們為什麼要這麼做，覺得有點不舒服。

整理好行李後移往澤井家，狗在門前坐下不願進門，他便抱起牠。

「你好棒喔，你是打算從那些人手中保護我們家吧？」

說完，不知是否多心，感覺狗露出很驕傲的表情。

那天晚上他睡在睡袋裡，不想要睡床鋪。

蒼認識澤井家的人，澤井家的女兒大蒼三、四歲，兩人小學念同一間學校。他還記得澤井爸爸曾是企業田徑隊的成員，在運動會上家長參加的接力賽跑得非常快。

早上，蒼醒來後，從寢室窗戶觀察自己家裡的狀況。自衛隊沒有再來。

午後，他帶著狗走出家門，總之想要離開這裡。因為怕撞見自衛隊，所以他避開湖泊的方向，朝山谷深處走去。為了遇到突發狀況時可以迅速行動，他換上越野跑的衣服。

沿著街道建設的房屋越來越稀少，為了發生土石坍方時不會掩埋道路，山谷斜坡用水泥固定，而樹木伸長樹枝越過水泥，影子和葉子掉在道路上。

道路兩側和路面都被楓葉染紅，銳利、不解風情的光線射進眼裡。

派出所入口的紅色警示燈轉啊轉，朝建築物裡窺探，裡面空無一人。後方是住宅，警察的家人應該住在那邊才對。

再往前走，可以看見蒼就讀的小學，那是全校只有約四十個學生的迷你學校。

正當他們要經過學校時，狗開始低吼，察覺此事的蒼也連忙壓低身體。

轉過頭看來時路，沒看見車子，山谷深處也沒有異狀。

狗四肢抓地，露出獠牙，眼睛看著小學裡。

蒼壓低身體朝道路另一側走，藏身在樹木陰影後。他看著狗，狗正嗅聞在小學裡的什麼人物。又是自衛隊嗎？但沒看見車。怎麼會有人進入這個避難區域呢？這個鎮上明明什麼都沒有了。

他突然想起手機被拿走的事，想著「該不會是要找我吧」。

這塊土地上有什麼人試圖做些什麼。在他傲慢地以為這個小鎮是僅屬於自己的世界時，有什麼存在潑了他一頭冷水。

狗開始朝校門內吠叫，聲音尖銳，明顯感覺到什麼威脅。

蒼看見「那個」了。根本不需要狗的鼻子。

從校門口脫鞋處出現的「那個」，伸直彎曲的腰，身高足夠碰到二樓窗戶。

鼻子尖尖，大大裂開的嘴裡可窺見牙齒，奶油色的肌膚和人類不同，覆蓋一層光滑鱗片般的東西，一對小小眼睛看著吠叫的狗。

巨大的頭連著肩膀，沒有脖子，剪影就像個箭頭符號，四肢和人類類似。整體看起來很像蜥蜴，但沒有尾巴。

「那個」穿著類似黑色鎧甲的東西，蒼感覺似曾相似。

他立刻知道自己為什麼會那麼想。

又有另外兩個從門口脫鞋處現身，一個手上拿著好幾本書。朝另外兩個遞出書的「那個」，鎧甲上有光芒閃爍。好些紅、藍光芒出現在「那個」胸前閃爍著。

蒼看見「那個」，清楚看見了。那天晚上他也看過相同東西。

那與覆蓋父母身體的金屬散發的光芒、覆蓋蒼手上的金屬光芒相同。

他們是從山上下來的神明還是妖怪嗎？蒼雖然不知道，但那明顯與這個鎮上的災害有關。父親、母親與鎮上的居民，都變成類似他們的模樣後去世了。

蒼緊壓胸口，呼吸窘迫，感覺體溫也上升。

三個「那個」的胸口都閃爍著炫目光芒，但發現狗的存在後，便把光熄滅。

狗穿過操場朝「那個」跑去。從牠的背脊弧度和豎起尾巴的樣子，明顯看出牠不是想去找他們玩。

第一個走出校舍的「那個」，拿起掛在腰上的棒狀物，朝狗走去。

閃光劃過，突然的刺眼光線讓蒼閉上眼睛。

掌心碰上樹幹。表面粗糙，有真實的手感。蒼把額頭靠在樹幹上，深深吐一口氣後張開眼睛。

操場中央，細細白煙冉冉上升，沒看見狗。風吹來，燒焦臭味衝進蒼的鼻腔。

三個「那個」聚集在操場中央，頭湊在一起緊盯地面，胸口發著光。

維持這姿勢一段時間後，「那個」往山谷深處離開。

蒼因為恐懼與憤怒無法動彈。

從沒看過那種東西，到底是什麼？

為什麼這個城鎮會發生奇怪事情？為什麼只有自己碰到這種事情？

他一直等到周遭全暗下來才走進操場。

地上留有焚火後的燒焦痕跡。

狗的身體消失無蹤，只剩下兩條後腿。

這麼說來，他還不知道狗的名字。該怎麼喊只剩兩條後腿的狗才行呢？只留在記憶中的那張臉、聲音、動作，他該喊牠什麼才行？

蒼咬緊牙根。覺得難過是因為想起狗的生前，別想這種事，只看著現在眼前的東西吧。

烏鴉聚集在圍繞操場的樹木上，發出刺耳叫聲想趕走礙事的人類。

蒼一手抓起狗的後腿，切面流出黏稠的黑色血液。

提在手上走，血液點點滴落地面。

快哭出來了。

他朝湖泊走去時，想起在河中的誓言。

已經不哭了，沒有閒暇哭泣。

想盡早將心中想法成形。

殺死那些傢伙，那些蜥蜴傢伙。

他們就是疾病的元凶——紅、藍光芒與黑色金屬，絕對沒錯。

要讓他們償命，拔開金屬，撕裂他們的肚子，用他們的血液洗淨這塊被他們弄髒的土地。

緊咬的下唇開始滲血，他舔掉血液。連平常厭惡的鐵鏽味，現在也像在祝福自己的決心。

蒼把狗的後腿埋在和田家庭院後，走下河岸。

水就在暮色底部流動，他定睛觀看，想連底部也看穿。

想要殺死那些蜥蜴傢伙就需要武器。

可以找到菜刀、小刀，但那些不夠長。

他不認為那種刀子可以順利刺向身高將近三公尺的怪物身體。

那麼，裝上長柄、類似長槍的武器又如何？如此一來，就算從遠處也可以——

「長槍」這關鍵字喚醒他的記憶。

那晚睜開眼時，他的手上覆蓋了金屬，彷彿長槍般尖端銳利，只是輕觸就將椅背砍成兩截。

若是那東西就能殺死那些傢伙，但是，該怎麼變出來呢？
他舉起右手，看著緊握的拳頭，心想「出來」。
但沒出現任何變化。
與那時有何不同呢？他思考著——當時發燒、頭痛，他在生病。
這能重現嗎？
他想起那晚的事。
睜著眼嚥氣的母親、外表變得不知是誰的父親、成為臨時醫護所的操場、排放遺體的體育館、空蕩的雙眼、無聲的嘴、動彈不得的腳、回家路上的淚水、絕望、憤怒。
身體好熱，從裡朝外燃燒。
全身顫慄。
手肘內側有股緊縮感。
柔軟肌膚上冒出黑痣般的東西。
那如蕁麻疹般，一個接一個冒出來。
一個個黑點漸漸膨脹，和旁邊的黑點交融後變得更大。
完全覆蓋手肘、朝手腕蔓延，看不見右手了。
金屬不斷往前延伸，又尖又銳利。他就是想要這個。
盼望著，更長些吧——長到可以奪取他們的生命。

祈禱著，更尖銳吧——尖到可以撕裂他們的肌膚。

金屬停止伸長了。從手肘以下慢慢變細，黑色金屬漂亮地覆蓋到尖端，彷彿凝結了他的意志而成。

紅、藍光閃爍，彷彿呼應他的呼吸。

往虛空揮砍，細小飛沫甚至飛到對岸。

他慢慢刺向水泥磚堆砌起來的護岸，一用力，手肘以下全部沒入，抽出一看，長槍毫髮無傷。

蒼閉上眼，默念「消失吧」。

右手竄過一股衝擊，「咚」一聲震響腹部，強風撞在胸口。他踏穩腳步以免被衝擊往後方吹走，暴風重壓身體，尖銳沙粒刺臉。

長槍無影蹤，回應他「消失吧」的想法四散。

張開眼，眼前是平常的右手。

蒼忍不住發笑。

這樣一來就能辦到，能殺死那些傢伙。

已經迫不及待了，彷彿等待聖誕老公公前來的孩童。

他醒悟了，這是真正的夢想。

想快一點嘗試這份力量，想快點殺了那些傢伙，期待得坐立難安。

自己會有什麼下場都無所謂，失去什麼都沒關係。
這就是夢想。全身湧上力量，夢想帶給他力量。
他蹲下身，掬起河水洗臉。要是不降低這股熱度，就快要瘋狂了。肌膚因冰冷緊縮，即使如此，他還是無法壓抑不斷湧出的笑意。

出現與那時相同的熱度。
蒼從睡袋起身，吞下退燒藥。這陣子症狀已經好轉，但似乎又惡化了。
看起來，只要變出長槍就會讓病症加重。
他想著「這點代價要就拿去」，覺得自己過去因為這點小發燒而倒下很丟臉。雖然他討厭什麼事都講求「毅力」，但只要心志堅定、只要有目標、只要有夢想及想做的事，一點小病也能克服。
他從澤井家回自己家，開始準備，從置物間拿出父親的斗篷。穿上深綠色斗篷就能隱身樹林避免被敵人發現。
斗篷下穿上毛絨外套和雨褲，他把水瓶、食物、藥物放進腰包後走出家門。
天色灰暗，平常絕對會因此心情消沉，今天卻腳步輕鬆。
蒼走下河岸，用水瓶汲水。蓋上蓋子前喝了一口，感覺可以當成護身符。
往山谷深處前進，河水沿著道路流動，水聲聽起來像為他喝采的加油聲。

看見派出所後走進樹林。河川遠離道路，變成被狹小樹林包夾的景色。

他坐在樹木陰影處，只是稍微壓低臉而已，土地的氣味就變得濃郁，地面濕氣近在身旁。活動時還沒感覺，一靜下來後，頭開始陣陣發痛，他決定吞藥。因為拿水瓶麻煩，他把藥丸丟進嘴裡直接咬碎，臉孔因苦澀的味道扭曲。

冷空氣從地面往上竄，彷彿與其對抗，他的身體熱燙，嘴巴乾燥。

河水聲從意識中消失，取而代之進入耳中的是頭上的樹葉摩擦聲、風吹過樹幹間的聲音，以及昆蟲飛舞的拍翅聲。

一隻綠色小蟲停在他盤坐的腳上，蟲融入斗篷顏色，四片翅膀像浮在半空中。

他一動也不動，在心中問蟲：「你站哪邊啊？」是這邊嗎？還是那邊呢？

感覺自己一直居住在這片樹林底部，與樹木、石頭是相同存在。只有吐出溫熱氣息的嘴巴在動。

他把藥丸塞進嘴裡，咬碎後苦澀藥粉在嘴巴擴散。這才發現，他來到這裡之後已經吃掉一整片鋁箔包裝十顆藥了。大概是吃藥吃飽了，他不想要食物也不想喝水。

感覺有東西踏過地面落葉。

一隻大蛇爬過蒼的腳邊。進出嘴巴前端的細細蛇信，圓滾滾、可愛得令人意外的眼睛，他清楚看見每一片閃耀光輝的鱗片。

他在心中問：「你站哪邊啊？」是站在自己這邊？還是站在那些蜥蜴那邊？

大概發現他的心思，蛇停下動作，靜止一段時間後，才朝著草叢爬去。

「那個」來到這裡時，蒼遠遠就看見了。山脈、天空、樹林及小鎮是「這邊」，大蜥蜴是「那邊」。「那邊」的傢伙不可能融入「這邊」的世界。

「那個」堂堂正正走在道路中央，似乎沒有警戒心。沿路的房屋看起來好小，尺寸的規格完全不同。

蒼沒有隱身也沒有屏息，他待在「這邊」的樹林裡，不需要多做其他事。

隨著「那個」越走越近，也更清楚看見許多東西。

手上有五根手指，腳趾看不見，似乎穿著與膚色接近的鞋子。

手上、腳上纏著幾個像皮帶的東西。

有點駝背，可以聽見急促的呼吸聲。喉嚨上多餘的皮膚擴張，如喉結般上下滑動。

「那個」站在派出所前，看著旋轉的紅色警示燈歪著頭，然後彎下腰，一頭鑽進建築物門口。裡頭傳來翻找物品的聲音。

他背對自己，現在有機可乘——蒼起身。

蒼手撐在地面，慢慢往前爬。彷彿野獸般，不發出聲響，撥開落葉、分開草叢。

「那個」直起身體，從派出所走出來。蒼壓低身體。

「那個」手中拿著時鐘。因為他手太大，時鐘看起來跟手錶沒兩樣。

「那個」的腰部突出，他一摸，上面打開，他把時鐘收進去。大概是類似腰包的東西。

「那個」開始朝湖泊方向走去。

蒼在樹林中慢慢前進。紅色燈光的紅從他眼中消失，山脈的楓紅和杉樹的常綠也消失。所有空間變成與天空相同的灰，只有視線中心的「那個」有顏色。

「那個」停下腳步，彎曲身體低頭看河川。

蒼走到道路上，強烈希望「那個」死掉。他拖著右手，斗篷下，手肘以下被金屬覆蓋，比過去更為尖銳。

「那個」緊盯著河川，彷彿生平第一次看見河川。

蒼奔跑起來，已經不打算隱身。

「那個」朝這邊看，蒼清楚看見他睜大細小的眼睛。

蒼夾緊手臂，舉起長槍尖端飛奔上去，斗篷因風而鼓起膨脹。

肩膀先撞上去，雙腳在空中擺動。

蒼因為刺在「那個」身上的長槍支撐而吊在半空中。

空著的左手試著抓住「那個」的身體，覆蓋鱗片的皮膚光滑冰冷，長出長槍的手肘因為「那個」的血染得濕濕。

身子不穩倒下，和「那個」的身體一起拋向空中。蒼倒在斜坡上，又被甩出去，河面近在眼前。

水花噴到身上，對方的身體墊在下方往下沉。

「那個」的臉因水流扭曲，吐出的氣息讓水面沸騰。長槍刺穿處流出的血染紅河川，與斗篷泡在水中的綠重疊。

蒼坐在「那個」上方，用腳緊緊纏住對方，努力撐著不被水流沖走。移動刺穿的長槍撐開傷口後，新流出的血又染紅河川。

大掌抓住蒼的後頸，力量大到覺得肉要被扯下來了。另一隻手從水中伸過來，蒼想用空著的手壓制，卻被揮開。臉被抓住，尖爪刺在他臉上。

被「那個」扭住脖子，蒼覺得脖子快斷了。

「那個」轉而將蒼壓在身下，蒼沉入水底。

蒼被壓在河底，吸入河水。因河水鼓漲的斗篷遮掩視線。沉重身體壓在他身上，就算想要踢開，腳也被夾住而動彈不得。無法呼吸。金屬摩擦的聲音在腦中響起，接著越變越大聲，讓他什麼也無法思考。

要死了嗎？

好想逃，至少能把長槍抽離那傢伙的身體就好了。

蒼祈禱著「消失吧」。

槍、蜥蜴、連腦中的聲音也全消失，快消失啊。

有什麼東西打上水面。

水變得鮮紅混濁。

右手獲得自由，也簡單掙脫抓住他臉的手。蒼從對方身下掙脫，臉露出水面，把喝下的水和胃中的東西全吐出來。溫熱東西流到胸口後，隨水流而逝。

「那個」的身體浮在水面，差點被河水沖走時蒼抓住了，抓住有他大腿粗的手腕拉上岸。

「那個」的胸口空了一個大洞，不管多麼強大的生物絕對都會死的大洞。鎧甲破碎，肌膚裂開，肌肉露出模糊切面，骨頭碎裂，內臟破裂不斷冒血。

那是蒼所期待的大洞。

他看看自己的右手。長槍不只能刺擊、揮砍，還能利用爆炸帶給對方傷害，可以徹底破壞「那個」的身體。

疾病賜予他這股力量。

他覺得自己是因為想生這個病而得病。

想殺死那些蜥蜴傢伙的夢想，是這個疾病送給自己的禮物。

雖然因果顛倒，但他如此深信。

他低頭看「那個」。半睜的眼看起來像在笑，口中排列著尖銳的小牙齒，尖鼻前端兩個洞中流出血，胸口已不再閃爍紅、藍光芒。

他抓住「那個」的肩膀翻身，離水後變得相當沉重。

他伸手探向「那個」的腰包，蓋子一拉就打開了。他翻找裡面，除了剛剛看過的時鐘，還有藍色液體瓶，上面印著沒見過的文字，以及類似即食湯品的袋子。

蒼撕開來看，裡面有摺疊成小塊的布。雖然沒厚度，攤開後卻無比寬大，最後變成和他身上的斗篷差不多大小。

這塊布是透明的，清楚可見放在布下的手，只是稍微施力，施力處就染紅了。

他抓住那塊布，明明很薄卻有如毛毯的絨毛，柔軟得像要在手中融化。

「啊啊，可惡……怎麼這樣……」

他仰頭朝天。

這就是那個布——他從車駕山下山時發現的布。

那是那些蜥蜴的東西嗎？

第一個接觸他們的人或許就是自己，疾病或許就是透過自己傳播出去的。

殺死父親、母親以及鎮上居民的人，或許就是自己。

蒼把布丟到岸邊，用手摀住臉。浸濕的身體在風中變得冰冷，他感覺身體深處燃起至今未曾有過的熱度。

▲▼　▲▼　▲▼

「喂，還沒輪到我出場嗎？」

雙腳跨在窗台上的遙夏轉過頭，轉暗的日光讓她的膚色變暗。

蒼看著身旁的大槻。

「再說下去就要劇透了，先別說好了。」

聞言，遙夏把視線拉回窗外。

大槻清清喉嚨，拿起桌上的紙杯，發現已經空了而皺起臉。

「我也知道那個鎮上的死亡人數，但在聽你說之前，從沒仔細思考過每一個人是怎樣的人，又是怎麼過世的。」

蒼點點頭。

他感覺剛剛說出口的憤怒、憎恨和悲傷，已經從心中逐漸淡去。在那之後已經過半年了，傷口癒合，疾病也用藥物控制住。

他正在逐步遠離那個場所、那段時光。

他看向遙夏。因為抬腳的關係，病人服衣襬往上捲，連大腿根部都露出來。她的肌膚白淨無瑕。

她的身體很美，根本無法想像體內正遭受病魔侵蝕。

床上的沙也對他說出口的話毫無反應。戰役結束後，她一直是這樣。

蒼覺得自己變得孤單，只是因為活著、變得健康，就被遙夏、沙也和那個鎮上的居民排擠。

「我要回去了。」

蒼站起身，拉好衣襬的遙夏也跟著起身。

「一直坐著，屁股好痛。」

說著，他用拳頭敲敲臀部。

「喂～我要回去了喔，改天再來。」

蒼摸摸沙也的肩膀，她微微睜開的眼睛毫無焦距。

大槪收好他和遙夏的紙杯，一起拿走，蒼站在大槪面前說：

「我下週再來，接下來等那時再說吧。」

「嗯，下週見。」

蒼走出病房，遙夏跟在他身後。

走廊充滿為了住院病患準備的晚餐香氣。和無言的遙夏一起走著，蒼想起小學時從朋友家回家所感受到的寂寞與不捨。比起在外面遊玩時說再見，聞到朋友母親傍晚在廚房煮晚餐的氣味後才離開朋友家更令人寂寞。朋友有自己不知道的生活，和自己分別後，朋友就會立刻回去那邊，感覺相當不可思議，讓他覺得遭到背叛而悶悶不樂。

現在，和遙夏面對面站在醫院大廳的他，心中沒有寂寞，而是不安。

真的可以把她丟在這種地方嗎？

這間醫院很舒適。他也曾住過，所以很清楚。這是將原為結核病患療養所的舊醫院改裝而成，裡頭全是最新設備。工作人員人數眾多，對病患照顧得無微不至。規矩也不多，可以自由生活，食物很美味。

即使如此，也不能久留。

這裡該是為了離開的地方。

好想拉起她的手，帶她離開這裡。

「拜拜。」

她把手插在病人服口袋裡道別，他把掌心往牛仔褲上擦。

「我下週會再來。」

「你下次帶正常一點的甜點來啊。」

細長的眼睛直直看著他，他沒辦法好好承受她的視線，總是會胡鬧。

「啊，我努力啦。」

他笑著，朝大門走去。轉過頭，只見遙夏仍用怒視的眼神瞪著他。

走出醫院，他的夢想又再次啟動。

下週日，想要再來這裡。

想見她。

總有一天想對她訴說心意，接續那時沒能說出口的話。

不管在家中、電車上還是學校裡，都因這個夢想而坐立不安。

他走在沿海鋪設的道路上，急忙朝車站走去。彷彿只要加快速度，下週日就能早一點到來。

車輛在國道上交錯，車子不看他、不看大海也不看醫院，奔馳而去。大海一臉無所謂地讓夕陽沉入西邊的小島後方。

第二章 關於死者

Several things I talked to her at the beach hospital

步出家門的前一刻被叫住了。
「小蒼，這個——」
祖母走出走廊，站在玄關的三和土上，遞給蒼一張五千日圓鈔票。
「買個花送給朋友吧？」
從沒想過要買花送朋友的蒼，不知所措地接下紙鈔。
「五千圓可能太大束，你買個三千圓左右，剩下的錢拿去買甜點吧。」
「嗯，好，謝謝妳。」
他把錢收進短褲口袋中。
「今天天氣也很熱，你出門要小心。」
祖父也走出走廊。
明明是每週的例行外出，他們還是一樣愛操心，蒼不禁苦笑。
屋外好熱，是因為沒有穿過山谷的風嗎？還是因為聽不見河川的潺潺流水聲？
這附近雖然遠離洲坂市中心，但與富士谷町相比是個大都市。
搭上電車在洲坂站下車，這邊已經喧囂到有如祭典，蒼只是走出車站就累了。
站前廣場萬國旗飄揚，他別開眼，沒打算配合這興奮的氣氛。就算這世界上只有他一人如此想，他也不想隨便迎合眾人。

蒼前往早已決定的店家買甜點。附近有花店，他也順便過去。

「請幫我挑一束要送給住院病人的花。」

他告訴店員預算，請對方搭配。還以為會拿到花束，沒想到收到的竟是裝在竹籃中的花籃。裡面裝有含水海綿，所以不需要插在花瓶裡。

請店員用塑膠袋包起來後，他走出花店。

高中男生拿著裝滿粉紅色、白色花朵的花籃走在路上也太可愛了，因此，他刻意隨手抱著走往車站。

在洲坂站搭上電車，接著在鶴濱站轉車，換搭懷舊外型的小列車。

他在位置上坐下，把花籃擺腿上。包住花朵的塑膠袋內側沾著水滴。在這悶熱的列車內，感覺不快點送出去，花就要枯萎了。

看見大海了，遊艇就在海上。

祖父很喜歡海上運動，也曾問他要不要一起去潛水，只不過他現在不太想要活動身體。

而且，比起海，他更喜歡山。關於這點，他像父親更甚於祖父。

在平常那個車站下車，乘客視線全聚集在他手上的花。

走出驗票口，在沿海道路上前進。軌道旁有個小小墓地混雜在住宅區中，自然沐浴在日光下。

那個鎮上的墳墓也是位在家的旁邊。雖然他們家不是，但是，自古就住在那邊的人們都是這麼做。

供奉在墳墓前的花朵色彩鮮豔又美麗，如同他手上的花朵，花費漫長時間改良品種、精心培育、剪切下來，現在就在這裡盛開。

醫院警衛看見他手中的花也沒露出奇怪的表情，反而綻放笑容，彷彿那才是適合此處的東西。

在大廳等候時，遙夏下來了，看見他手上的花後皺起臉。

「怎麼拿那個啊？」

他把花遞上前。

「嗯。」

「什麼『嗯』啦，你是拿奶奶做的荻餅來的小鬼頭嗎？」

因為遙夏不願意接下，他便把花籃擺在她坐的沙發旁。她探看裡面一次後，轉過頭去。

「我不太喜歡花耶，就算收到花也不知道該怎麼辦。」

「那給妳這個，糰子比花更實用。」

他把甜點的紙袋交給遙夏，她念著印刷在上面的文字。

「……月亮麻糬？」

「是月餅（註2）。妳不知道嗎？月餅。」

「煩死了，你是漢字博士啊？」
遙夏把盒子從袋中拿出來。
「然後呢？是怎樣的甜點？」
「簡單說就是中式的甜饅頭，裡面有紅豆餡。」
「欸，不錯嘛。」
「但因為有賣芒果餡的，所以我就挑了芒果餡。」
「喂，所以我說啊……」遙夏抓抓頭，「你為什麼不買點普通的東西啦？」
「嗯……反過來問，什麼叫普通？」
「誰知道？你去查辭典應該會寫吧？」
遙夏拿著甜點袋子、蒼拿著花籃，一起走過走廊。
「聯絡咖啡負責人，請他買咖啡來吧。」
走在前面的遙夏拿出手機，開始滑來滑去。
「欸，妳身體沒什麼改變嗎？」
蒼問，遙夏沒轉過頭直接回答「嗯」。
病房裡，與上週相比毫無變化的沙也躺在床上。

註2：日文漢字的「餅」是麻糬的意思，所以直接照字面解讀就變成月亮麻糬。

蒼把花籃拿到她面前。
「我買花來了喔，妳看。」
「她沒戴眼鏡，可能看不到。」
遙夏在旁邊說。
蒼點點頭，把花籃放在床邊桌上。
遙夏撥開蓋在沙也額頭上的頭髮，用髮夾夾好。
兩人看著躺在床上的沙也，他心想：「還真像在旁守護熟睡嬰孩的夫妻。」他還不知道的幸福，突然浮現在眼前。
「遙夏妹妹，讓你們久等了~」
手拿托盤的大槻走進病房。
「謝謝。」
遙夏伸手拿起托盤上的紙杯。
「上原小弟，你也請用。」
大槻說完後，蒼道謝拿起裝有紅茶的紙杯。
三人在上週相同的位置坐下，輪流傳遞芒果月餅的盒子，讓大家都拿到月餅。
大槻咬下一口後，發出「唔」的驚嘆聲。
「這個……真好吃。」

「真的耶，這個是好吃的。」

遙夏盯著月餅咬一口後的切面看。

蒼也吃了一口。原來如此，加入芒果的內餡，甜膩中還帶有微酸，相當不錯。

「糟糕，挺好吃的耶，我失敗了。」

「失敗是怎麼一回事啦！」

蒼裝作沒看見遙夏瞪他，又伸手拿第二塊月餅。

「上原小弟，繼續說上次還沒說完的故事吧。」

大概說完後，蒼把紙杯放在桌上。

「我知道了。」

他在心中喚醒當時的思緒、痛楚。那與從地面留下的足跡來想像足跡主人是怎樣野獸的過程相似。心思早已走到忘卻的彼方，傷口也癒合了。只有他遭到踐踏，被遺棄在這裡。

遙夏看著他的眼睛與那時相同。

沙也的心電圖監視儀器，發出一如以往的聲響。

▲▼　▲▼　▲▼

戰鬥後，蒼因高燒而倒下。

第一次變出長槍那晚也是如此。只要使用這個力量，病情就會惡化。不犧牲什麼，就沒辦法得到想要的東西。

蒼悶在房裡，咬碎一顆又一顆退燒藥。吃藥會輕鬆一點，但過沒多久就會失效，發現時整盒藥都已經空了。

早上與夜晚熱度會上升，一上升他就想到死亡。那隻蜥蜴的大手、握住他脖子的力量、水中的窒息感、空了一個大洞的胸口——連同敵人的死亡與痛苦，都一併接收變成自己的。

中午時熱度會降低。這段時間他會覺得自己無人可敵，輕而易舉就能殺死巨大傢伙。把剩下兩隻也殺了吧。就算不只兩隻，也只是長槍的槍下亡魂。

傍晚，在他打算趁熱度上升到無法動彈前去河邊汲水時——感覺到有什麼氣息。

蒼貼近窗戶看自己家的方向。那天之後，他就在澤井家的二樓生活。要是睡著時有人入侵，他也無力抵抗，所以才避開不住在自己家。

自家門前有什麼東西在動，他定眼凝視。

太陽只剩下山頭那一小片，鎮上幾乎全籠罩在黑暗中。在這之中，有燈光點亮，兩道細細的光線在他家前面搖晃後，消失在屋內。

如果是那個蜥蜴，還真輕輕鬆鬆就進去了。他之前看到時，依那巨大的身軀，應該會更彎曲身體、顯得侷促才對。

又是自衛隊嗎？但這人數也太少，而且沒看見車。

他拿起放在身邊防身用的菜刀，走下一樓。現在變出長槍還太早，被人撞見可能會誤會他是蜥蜴的同類。

走出房子後小跑步橫越馬路，二樓窗戶看見點點光線，那是他的房間。

他輕輕打開房子大門。

玄關脫著兩雙不熟悉的運動鞋。他思考一會兒後，穿著鞋走進屋子。萬一發生什麼事，穿著鞋子要逃跑比較方便。

大概是過著無電生活的關係，蒼即使在黑暗中也能視物。或許因為曾在生死邊緣走一遭，他能敏感察覺周遭的氣息。

廚房有人。蒼把菜刀拿在胸前走過走廊。

裡頭傳出光線，往廚房一看，冰箱前有個人影。背著背包的人影身前的冰箱裡在發光，但已經斷電了，冰箱應該不會亮才對。

「別動。」蒼將菜刀抵住對方背部，「如果你亂動我就殺了你，出聲也殺了你。」

「殺了你」這種話自然脫口而出，蒼心裡也嚇一大跳。那和與朋友胡鬧時脫口而出的話語完全不同，這句話直接與他的意志連結。握住菜刀的手既沒用力，心裡也沒恐懼，只要有個萬一，他隨時能毫不躊躇地刺穿眼前人物。

「慢慢舉起雙手。」

蒼一聲令下，入侵者便緩緩舉起手。對方握有手電筒，在天花板上製造出光圈。

「轉過來，別想做傻事。」

蒼退後一步讓對方轉身。這個人上下穿著黑色防風衣，胸口印著一排字——惠成學園高中籃球隊。

「你……是誰？」

「你就是上原蒼學長吧。」

「為什麼……」

對方語氣中混雜的熟稔讓他不悅。

此時，有個人從背後搭話。

「因為門牌上就寫著全名啊。」

「啊，美森學姊。」

眼前的男子踮腳朝蒼身後看，蒼仍以菜刀指著男子，轉過頭去。

「若宮……？」

同班同學的若宮美森就站在走廊上。

蒼過度驚嚇，上一秒還在的緊張感與殺意也全忘得一乾二淨。

美森仍是一張娃娃臉，大概是家中昏暗，她現在的表情看起來有點嚴肅。她手中的手電筒燈光在蒼胸前晃動。

「我心想你該不會在這，你竟然真的在耶。」

「總之，可以請你先把菜刀收起來嗎？」

男子如是說。蒼轉過頭瞪了一下之後，放下刀尖。

「他叫關脩介，是我們學校籃球隊的一年級生。」

美森說完，名喚脩介的男子點頭說「你好」，但蒼沒回應。

「欸，你為什麼在自己家裡不脫鞋啊？」

手電筒的燈光照在蒼的腳上，美森和脩介都只穿襪子。

「沒差啦，反正自衛隊那些傢伙早就穿著鞋走來走去了。」

「自衛隊？」脩介繞到蒼面前，「學長，你的手機該不會被拿走了吧？」

蒼皺起眉頭問：

「你為什麼知道？」

「那些人在偵測手機的電波訊號啦，我們也因為這樣差一點被抓。因為美森學姊有帶手機。」

「但也因為這樣才能用LYNE和上原聯絡上，知道他還活著啊。」

美森這句話讓脩介苦笑。

「那時候真的超驚險耶，自衛隊都到我們身邊了。」

「但沒被找到啊，所以過關。」

美森也笑了，脩介嘆口氣後看著蒼。

「手機隨時會發射訊號，如果想要避免，就得把電池拔掉。」

「然後小關就把我的手機支解了耶，是不是很過分！」

突然被這麼一問，蒼也不知所措。是該責備脩介「你也太過分了吧」，還是要安慰美森「這也是沒辦法的事」呢？

大概因為一直獨處，他推測別人話中之意的能力似乎生鏽了。

「為什麼自衛隊要偵測手機訊號？」

蒼問完，脩介輕笑回答：

「現在這邊是無人區域耶，被指定為避難區域。要是在這裡面的人把照片上傳到社群網站不就糟了嗎？」

「上原有和外面的人聯絡嗎？」

美森一問，蒼搖搖頭。

「這可以給我嗎？」

脩介從上衣口袋拿出鋁箔包飲料，那是冰箱裡的東西。還沒等蒼回應，脩介就插了吸管喝起來。

「你看見外面的新聞了嗎？說死者有一千人，但應該不只。津久見市的葵區幾乎全滅，暮野澤市的中心區域也遭殃了。」

蒼想起那晚的事。只是看見橫躺在體育館裡的人就讓他的心崩潰了，他無法想像也無法接受比那更多的死亡。

「住這附近的人全死了，我父母也死了。」

「我爸媽和我弟也死了。」

脩介低下頭。

「我爸媽也是。」

美森緊咬下唇。

「班上的同學和籃球隊員，大家應該也全死了。我只聯絡上小關，和他會合。」

蒼看著美森和脩介。他原本想著，他們闖進他家，因為人數屈於劣勢，所以自己是被動者、是弱勢，但不對。

這兩人都受傷了，被死亡陰影追趕。

但蒼不同。蒼是傷人的一方，追趕那些傢伙的一方。

「我有東西要給你們看。」

蒼走過走廊，腳底發出誇張聲響。美森穿著與脩介相同的風衣，每走一步都會聽見沙沙的衣物摩擦聲。

走出家門外的蒼環視四周，大概因為發燒，冰冷晚風吹在身上很舒服。

「到我說好前都別打開手電筒。」

雖然樹林中沒有記號，但他知道那個地點在哪。

兩人把手電筒往腳邊照，靠近那裡時，地面湧上一大群蒼蠅，聚集在光線下，美森吞了吞口水。

兩個光線往草叢陰暗處照射，巨大屍體出現在黑暗中。

那是蒼從河裡拉上來的東西，為了不被蜥蜴的同伴發現，所以藏在這裡。

「這傢伙大概跟這個病有關。」

撥開草叢前進的蒼覺得奇怪，明明才死幾天，屍體未免腐敗得太快了。雖然黑色金屬沒變，但皮膚幾乎消失、肌肉融化，骨頭都露出來了。

「或許你們沒辦法相信，這傢伙就在那邊的路上走著。活著時還會發出紅、藍光芒──」

燈光掃過蜥蜴的傷口，胸骨碎裂，切面凹凸不平。肌肉發黑，彷彿冷卻後凝固的岩漿。

「這是你幹的嗎？」

美森的聲音相當冷靜。

「欸？啊，嗯。是這樣沒錯……」

「怎麼做的？」

「這個嘛……這傢伙有雷射槍那類的東西，所以我搶過來──」

「你說謊。」

美森直接打斷他，所以蒼沒辦法繼續說謊。

翛介蹲下來，翻找蜥蜴的屍體。

「上原學長說的是這個嗎？」

站起身後，他手上有個黑色棒狀物，些微彎曲很像香蕉。

蒼的記憶復甦，這是其中一隻蜥蜴那天在操場上對狗使用的武器。

脩介把棒子前端對著屍體，蒼反射性轉過身去。

樹林一陣明亮，與那時相同——一道閃光後，狗的身體就消失了。

「請看。」

脩介說著，蒼轉過頭去看屍體，那裡沒有任何變化。

「這個武器對這傢伙本身沒有用。」

「你們……知道這傢伙嗎？」

脩介和美森雙手垂放，看著蒼，手電筒朝下，所以兩人的表情藏在黑暗中。蒼覺得眼前這兩人只是披著同學與學弟外皮的其他生物。

「知道喔，這些傢伙的事情。」

「我們，已經殺死三隻了。」

蒼覺得周遭溫度頓時降低。

「殺死……到底是怎麼做到的……？」

美森把手電筒交給脩介，走到蒼身邊。

「給你看看吧，我們的力量。」

美森說完，朝蒼伸出雙掌。蒼覺得詭異，立刻離開她面前。

「『Extracellular Matrix』。」

美森低語。

紅、藍光芒顯現，這才讓蒼發現身邊出現變化。

距她所在位置五公尺遠的地方有光線閃爍，看起來像浮在半空中。

脩介拿起手電筒照射，好幾根黑色金屬柱子立在那裡。閃爍紅、藍光芒，明顯與樹幹不同。

那些柱子看起來像有生命，膨脹、擴張，和旁邊的柱子融合。

然後，柱子變成牆壁。蒼靠近，伸手觸摸，表面堅硬且粗糙不平。因為牆比他還高，所以看不見對面。柱子間的樹木被包入牆裡，彷彿一開始就是長成這樣。

「上原學長，請往後退。」

脩介拿起那個棒子指向牆壁。

光線劃過黑暗，碰到牆壁。與打在蜥蜴的身體上相同毫無變化，牆壁也毫髮無傷。

「美森學姊的『牆壁』可以讓他們的武器失效。」

說完，脩介把蜥蜴的棒子丟到地上。

美森握住張開的手，與此同時，金屬牆壁崩裂，化作砂礫堆。

「接下來輪到我。」

脩介伸直雙手，擺出向前看的姿勢，鼓起雙頰吐了一口氣。

「『Stellizer』。」

他的手肘內側出現紅、藍光芒，黑色金屬球在他雙手間浮現。

脩介坐下，光線越變越強，最後爆炸了。

金屬球一直線飛出去，拖著火焰長尾，消失在湖泊方向。

一看脩介，他仰躺在地上。

「這招最大的缺點就是後座力太強。」他握著美森的手站起身。「但威力十足，只要擊中，一擊就能解決魔骸。」

「魔骸？」

「就是那個怪物。惡魔的魔加上骸骨的骸。比起叫『怪物』還是『那個』，有個名字總是比較好稱呼吧。」

脩介自嘲般笑著，拍拍屁股上的泥土。

美森逼近蒼。

「那麼，你的力量呢？」

美森不服輸的口吻，讓蒼不知所措，距離近到他差一點就要碰到美森即使在黑暗中也無法遮掩的大胸脯。

他知道無法隱瞞自己的力量了，但也沒辦法說著「這樣啊」，輕易展現自己的力量。他自己也沒有發現，其實他心底深處驕傲著只有自己有這種力量。

擁有相同能力的人出現後，蒼的特權立場就崩毀了。和只殺了一隻就滿足的蒼不同，他們已經殺死三隻。

感到自卑。蒼討厭有輸有贏，所以不管對社團活動還是學業都提不起勁來，跑步時總是自己一個人跑。

但他現在追逐著夢想——殺死那些蜥蜴的夢想。

現在可不是珍惜這小小自尊過完一輩子的時候。

「請離遠一點。」

蒼伸長手，想讓美森離遠一點。差一點要碰到她纖細的肩膀時，手停了下來。她沒有動。沒辦法，蒼只好自己後退。

伸長右手，有種不可思議的感覺。明明沒有敵人，他卻要變出長槍。

蒼在腦海中描繪長槍的模樣，燃起的東西並非殺意，而是滿懷追求長度、尖銳的冷淡意志。

手肘內側有股拉扯感，金屬覆蓋了手臂。

「哇……」

美森手摀胸口。

長槍以殺死蜥蜴時相同的尖銳形狀顯現。蒼放下手，他的右手變得超長，彷彿招潮蟹。一個人時還沒什麼感覺，但站在美森和脩介面前，感覺自己變成非人類的生物很丟臉。

「近身戰的能力啊……是我們欠缺的能力耶。」

脩介靠近，但蒼伸手制止。

「還別靠近。」

蒼盯著長槍，默念「消失吧」。腳也踩穩預備承受接下來的衝擊。

爆炸聲在樹林間響起，破裂的碎片打到他的臉，細小碎片也灑在美森和脩介身上。

「好壯觀，和我的完全不同。」

美森拍拍肩膀。有碎片跑進脩介嘴裡，他吐吐口水。

「上原學長，幫這能力取個名字吧。」

「你們還真喜歡取名啊。」

蒼冷笑一聲。

「有名字比較好想像，可以縮短發動的時間喔。」

「隨你高興吧。」

「那麼……」脩介雙手環胸，「『Bloodlet Lancet』如何呢？『採血針』的意思，不覺得和讓魔骸流血這點超貼切嗎？」

「是嗎？」

讓他們流血。不管怎樣巨大的傢伙，只要流血就會死，生病也會死。

生命很脆弱——殺人者與被殺者皆同。

「一起幹吧，殺光所有魔骸。」

脩介伸手想要握手，蒼握住他的手，美森也一起握手。

好久沒碰到人類身體了，好柔軟、好溫暖。

隔天早晨，三個人一起進入山谷深處。

美森和脩介都沒有睡袋，所以晚上睡在澤井家的床鋪上。他們有帶罐頭和零食，蒼用卡式爐煮熱水泡杯麵給他們吃。他們說著「好久沒吃熱食了」，吃得很開心。

山谷深處，小學那頭，道路狹小，也沒幾戶人家。

蒼和美森藏在小神社後，脩介沿著作業員用的樓梯爬上水泥固定住的斜坡，從那邊俯瞰馬路。

他們在埋伏蜥蜴。這邊只有一條路，左右被河川和陡峭斜坡包夾，只要前後夾擊，絕對無處可逃。

神社的社殿是個彷彿公園裡的涼亭般，到處都有縫隙的建築物，靠在基座的石牆上就可以俯視河面。蒼心想，這間神社或許奉祀著水神吧。

早上發燒到現在，大概是昨天變出長槍的關係。

他吞下美森給的退燒藥。比家裡買的還要小顆。他一次咬碎四顆吞下後，美森拍他肩膀說：「那個一次一顆，而且要配水吃。」

「這樣比較有效。」

蒼說完，美森不滿地嘟起嘴。

灰暗天空下，美森的肌膚白皙閃耀。雖然不知道她平常有沒有化妝，但感覺她的眼睛看起來比在教室看到時還要小。下巴有個泛紅的小痘痘，讓人想碰觸她的肌膚看看。蒼全身上下都找不出如此光滑的部位。

一想到這個鎮上只有蒼、美森和脩介，就感覺每個人的存在變得巨大。看慣的臉孔，變成風景中無比顯眼的生命。

在教室裡沒什麼機會說話，但不知為何，眼睛都會追著她跑，她總是和女同學們聊天，說著蒼無法理解的單字——近在身邊卻是遙遠的存在。

如果問蒼，美森是怎樣的人，他腦海中會浮現有好感的印象，卻沒辦法浮現具體形象。

但是，現在眼前的她正在呼吸、飲食、排泄、流血，總有一天會死。是個生命。蒼不覺得寫實也不覺得汙穢，如此這般地接納了。

他看著她，她也看著他。他倒映在她的眼中，他的模樣與她的心連結。

蒼將視線移往河川，鈍色水面有著鈍色波浪。他覺得，自己的生命也是其中一個波浪。於這個世界誕生，還沒等到旁邊的波浪出現就消失。

有人戳他的背，只見美森看著道路對岸。

斜坡上的脩介指著深谷深處，另一隻手伸到臉前，舉起三根手指。

敵人來了。

這條路連接神社的參道。等敵人通過鳥居就準備攻擊，在敵人抵達社殿前開始攻擊——這是事前和脩介討論好的內容。

脩介把這段路叫做「殺戮區」。

「請別跑到『Stellizer』的射線上喔，我可不想攻擊友軍啊。」

早餐時，脩介攤開地圖，蒼微微繃起臉。

「你這些東西是從哪學來的啊？」

「我有玩ＦＰＳ之類的，自然就能學起來啦。」

脩介淡淡一笑，拿起馬克杯喝咖啡。

蒼很不喜歡他的態度，感覺像在享受戰鬥。和帶著滿腔憤怒與憎恨戰鬥的自己合不來。

但蒼又想著，這也沒有辦法。脩介沒見過蒼那天晚上在體育館看見的景象，而蒼也不知道脩介看過什麼。

他沒想要對方了解，也沒想要了解對方。

蒼喝下寶特瓶中的水，蓋上蓋子放在石牆上。美森盯著瓶裡搖盪的水看。

不知道有沒有辦法回到這裡，如果沒辦法回來，這個水將會一直停留在透明寶特瓶中，既不會流動，也不會因風起浪吧。

敵人──脩介口中的魔骸有三個。

從山谷深處前來，一個領頭，另外兩個並排走在後面。後面兩個面對面行走，胸口的光芒閃爍。

美森朝社殿伸出雙掌，斜坡上的脩介也擺出發射砲彈的姿勢。

魔骸毫無所知，即將踏入死地。

蒼變出右手的長槍。原本還擔心被人看見後會不會無法發揮力量，但長槍反而更加銳利。如果一個人要打倒魔骸，只要時機不好或是沒有幹勁，就能放棄這次機會。但現在不是一個人，是共同作戰，不可以因為自己的狀況而拖延計畫。

那些傢伙非死不可，長槍得吸滿他們的血才行。

魔骸經過鳥居旁，因為身高高，頭部超出了最上方的笠木。

三個魔骸一起走，腳步聲宛如地鳴。見到他們小小的眼睛窺探四周，蒼稍微縮回探出石牆觀察的臉。

可以聽見他們粗亂的呼吸，每次吸氣，喉嚨都會大大鼓起。

他們活著，所以得死。

魔骸的腳步停止，被突然出現在道路上的金屬柱嚇一跳。

魔骸看著發出紅、藍光芒的金屬柱。看著與他們相同的光芒，他們在想什麼呢？

金屬柱延展、彼此融合，成為一面牆，阻擋去路。

美森在蒼身邊緊咬著牙根。

蒼轉過去看脩介。斜坡上，他伸出的雙手間發著光。光芒迸發。

金屬砲彈貫穿魔骸胸口，砸碎地面。魔骸還來不及出聲就倒下了。

剩下兩個轉過頭去，都背對著神社。

蒼衝了出去。

魔骸還居高臨下地看著倒下的夥伴，兩個都還沒轉過來。

蒼奔跑，雖然長槍沒有重量，但只有右手變長，讓他很難取得平衡。

從社殿後方到道路只有短短距離，卻覺得怎樣都到不了。

到底是怎麼一回事？不管腳怎樣擺動都無法提升速度。再這樣下去，就要被他們發現了。

其中一個魔骸轉過頭來，蒼清楚看見只有黑眼珠的小眼睛。

他邁開腳步闖進他們之間，路面沙子讓他稍微腳滑。

揮動長出長槍的手臂後，才發現似乎仍有一點遠，但也經無法停止了，敵人正打算朝著這邊走來。

蒼扭轉身體，由下往上劃過般砍向對方的腳。

沒有擊中的手感。

敵人右腳根部被砍斷、彈飛，撞上水泥斜坡，發出「咚」的沉重聲響。

血液爆出，弄髒路面，魔骸全身痙攣、顫抖倒地。

蒼轉頭看最後一個，他手上拿著棒狀物對著蒼。

那喚醒蒼心中狗被殺死時的記憶。

他反射性地將左手擋在臉前，閉上眼睛。

時間彷彿停止了。燒掉狗身體的那個光線沒有出現。

睜開眼睛，金屬牆擋在他面前。

「上原學長，你沒事吧？」

斜坡上的脩介問，他的雙手維持發射砲彈的姿勢。

蒼點點頭，大概是有一段距離，沒聽見脩介回應。

金屬牆崩解，在路上形成一座沙礫山。魔骸的屍體就倒在對面，因為頭炸爛了，一眼就看出已經死亡。大概是脩介幹掉的吧。

「最後一秒安全過關。」

美森從神社方向跑過來，蒼發現自己的手還擋在臉前，趕緊放下，冷汗流過背脊。

「多虧妳救了我一命。」

蒼說完，美森驕傲地笑了。

「因為這就是我的工作啊。」

脩介也走下樓梯過來。

「直擊腦袋，太完美了。」
脩介用腳尖戳無頭屍體，蒼緊緊盯著看。如果沒有美森的牆壁，倒下的就是自己了。
「還有就是胸口被射穿的傢伙和——」
脩介環視道路。
「啊，那傢伙還活著，學長砍的傢伙。」
蒼轉過頭。
失去腳的魔骸在地上爬，下半身浸泡在血泊中。他的爪子攀著地面、拖著身體，試圖逃跑。從失血量來看，應該活不久了。
「喂、喂，是打算去哪啊？」
脩介追上前去，蒼也跟上。
不用問，他們要去的地方只有一個——地獄。
魔骸放棄爬行，脩介在他的頭旁邊蹲下。
「學長，你看。」
脩介手指鑽進魔骸放在地面上的大手中，抓出什麼東西。灰暗天空下，那東西閃耀白色光芒。
「這個是護身符之類的嗎？」
脩介的臉湊近。黑色鍊子前端有個三角形石頭。原本以為是反射日光的光芒，仔細一看是石頭內部在發光。

「還給他。」蒼說。

躺在道路上的魔骸看著脩介手上的石頭，掌心朝天空張開。如果石頭幸運掉下來，他已經做好接下石頭的準備。

脩介挑釁地看著蒼。

「還他？為什麼？」

「因為這傢伙需要那東西。」蒼答道。

雖然脩介瞪著蒼，但仍哼了一聲後丟掉石頭。

魔骸伸長手捉住掉在地面的石頭，緊緊握住。

蒼把長槍刺進魔骸背部，默念「消失吧」。

長槍爆裂，魔骸化成肉片四散。

蒼從正面沐浴血肉，有鐵鏽和糞便的臭味。

這些傢伙要去地獄。雖然不知道他們的地獄長怎樣，但如果只是個握在掌心的救贖，讓他帶走也無所謂。

「你可以先通知一聲再炸嗎？」

脩介皺起眉頭吐口水。他的臉上沾滿血，肉片和碎骨也黏在風衣上。

「自己眼睛放亮點。」

蒼用右手擦臉，因為只有包在長槍裡的右手沒髒掉。
「學長，有沒有人說過你缺乏協調性啊？」
脩介看著自己滿身是血的身體，嘆了一口氣。
蒼轉過身，邁出腳步。
血從他的指尖滴落，黏在身上的肉片掉落，他覺得這個身體沾染了魔骸的生命。
他和美森對上眼，她的表情和身體都很緊繃。
蒼沉默地走過她身邊，血腥臭味中，稍微聞到她的髮香。

晚上，蒼靜靜步出房子。
美森和脩介都在二樓熟睡，蒼沒打算讓兩人知道他接下來要做的事，也不知道自己為什麼想這樣做。
走下斜坡，朝河川走去。一如往常的水聲聽起來更沉重，像是在歡迎他。
他在岸邊脫掉衣服。
已經用毛巾擦掉魔骸的血，也換掉髒衣服了。即使如此，還是覺得身體濕黏、發臭。
裸身走進河川，腳趾尖因為冰冷而陣陣發痛，感覺河水的流速比白天強勁。
他走到河川中央，水流沖洗膝蓋，他蹲下身讓水浸到肩膀，冰冷到都要凍僵了。即使在拍打肌膚的水中，也十分清楚自己在發抖。

難以忍受，但他覺得這個冰冷可以淨化身體，強勁的流速可以端正他的心靈。
恐怖與後悔糾纏著他。
那時，如果美森沒用牆壁擋住敵人的光線，他早就死了。當下太激動而沒感覺，之後立刻感到恐怖。他重新深切感受到，互相奪取生命就是這麼一回事吧。
而他後悔著，在互相殘殺中迷失自我。炸飛早已無法行動的魔骸身體時，他樂在其中。那裡沒有原有的憤怒與復仇心，如此一來，他也與在這個鎮上散播死亡的魔骸沒兩樣。
他對著幾乎要把身體沖走的河川祈禱——請賜給自己不動搖的心，以及不畏縮的身體。
把視線貼在河面上看，透過黑暗底部，連遙遠的上游都能看清。
水聲好近，像要塞住他的耳朵。有聲音混雜在毫不停歇的聲響中，蒼看向河岸。
走下斜坡的人在黑暗中化作黑影，他腳一滑，差點跌坐在地。
「若宮……？」
他想站起身，這才想到自己全裸，又趕快蹲下去。
美森站在水邊，因為上下都穿著黑色風衣，只有臉在黑暗中顯得蒼白。
蒼的手伸入河底，往河岸靠近，動作跟青蛙一樣。
「怎麼了？」
「我從窗戶看到你走進河裡。」美森輕笑出聲。「你幹嘛全裸？修行？」
水流中，清楚聽見她的聲音。

「嗯，就是這種感覺。」

「不冷嗎？」

「不冷。」

嘴上這樣說，但吹過河面的風碰到身體，沾濕的肌膚發冷，讓他顫抖。獨處時情緒高漲。雖然並非她所說的「修行」，但他的確覺得自己正在做崇高的事情，因此能忍受河水的冰冷。不過在和她說話後被拉回現實，突然感覺寒冷。

美森蹲下身體，伸手碰水。

「啊，好冰！」

「還好啦。」

蒼咬牙忍耐止不住打顫的牙齒說道。

美森從口袋中拿出白色毛巾，攤開放入河中。毛巾差點要被水流沖走，她慌張伸手，蒼也嚇得差點站起身。

她擰乾毛巾，貼在臉上後維持一段時間。

「啊，好舒服，一直都沒洗澡啊。」

她說著開始擦臉。

看在蒼眼裡，感覺她在哭泣。

「我可以擦一下身體嗎？」

美森說著，蒼在河流沖刷下差點失去平衡。

「在這裡？」

「反正很暗看不見啊。」

她脫掉防風上衣，下面穿著學校的運動外套，蒼也有相同衣服。拉下拉鍊後，裡面是白色短袖T恤。

蒼看得一清二楚。白色T恤、白色肌膚，在他已經習慣無光小鎮的眼裡，即使是黑暗中也相當鮮明。

美森脫掉T恤、脫掉內衣，把胸脯坦露在夜色中。沒有任何東西覆蓋的乳房看起來更高聳。高聳的尖端，淡淡的暗色吸附其上。

她再次把毛巾浸入水中，擦拭脖子。水滴流過肌膚。如果在蒼身上，水滴應該會直接流到肚子，但在美森身上，則是流過胸脯斜面，接著如瀑布般流下，落在防風褲的膝蓋處，變成水珠彈落。

看起來柔軟的乳房，即使她從上方施力擦拭也沒變形。她擦拭下方陰影處時，乳房往上推、反彈。她畫圓般清潔那渾圓。

與胸脯相較，她的肩膀和手臂看起來很纖細。她舉起手把毛巾貼在腋下，光滑的凹陷處對著蒼展現時，她低下頭。

蒼全看見了，河水玩弄他變硬的性器。

「可以幫我擦背嗎？」

她轉過身，馬尾對著蒼。她的背部平坦，越往腰肢越纖細，那個纖細讓他預感因為黑色防風褲而融入黑暗中的臀部有多挺翹。

蒼站起身，刻意粗暴地踢水在河川中行走。

蒼接下美森越過肩膀遞過來的毛巾。毛巾被她的肌膚溫熱，泡進河水後，染上蒼現在感受的冰冷。

蒼用力擰乾毛巾後貼上她的背，用雙手擦拭。大概是力道太強，害她往前傾倒。蒼左手握住她的肩頭，手大概因為河水而冰冷吧，她的肩頭相當溫暖。

用單手擦的力道還是太強，她的頭搖晃著。蒼放輕力道，透過毛巾感到骨頭的觸感。左手抓握的肩頭也沒什麼肉，很硬。

一想到那頭有柔軟的東西，他就無法冷靜。只要滑過手指、穿過她的腋下，就能碰觸那渾圓、大概還帶著水滴的水嫩高聳。他的身體變熱，沾濕的肌膚都快冒出熱氣了。他的手指深深陷入她的肩頭，取代想要尋求的東西。

「你的力量——」美森低聲說道，「那個長槍，我覺得很適合你。小關的也是一樣，該怎麼說呢，很像你們。」

到底要怎樣像長槍，蒼搞不太清楚。

「我沒辦法像你一樣戰鬥，沒辦法和你一樣衝到敵人身邊去。我是保護人的力量太好了，這比較適合我。」

「嗯，是啊。」

蒼繼續擦拭她的後背。慢慢可以配合呼吸了，她吸氣時就往下擦，她吐氣時就往上擦。自己的呼吸也與她的同步。擦拭者與被擦拭者都出現相同動作。

美森抬頭看天，頭髮撫過蒼的手。

「或許，這些全都是我的願望引起的。成為那個鎮上最後一個人、得到守護他人的力量，還有──」

「還有……什麼？」

蒼回問，美森轉過頭來微笑。

「嗯，很多啦。」

她站起身，穿上內衣、穿上T恤、套上運動外套、披上防水風衣。這現實的步驟，更凸顯剛剛所見光景的不真實。

「毛巾。」

美森伸出手，蒼把毛巾遞給她。

她噗哧一笑。

「就算再怎麼暗，這種距離還是能看見耶。」

「欸？啊……」

蒼慌慌張張遮住前面。因為那快從掌心逃脫，所以他用力往下壓。
「別在意，等我成為護士後，應該會看到不想看。」
美森邊笑邊爬上斜坡。
蒼把身體泡進河川，撫過肌膚的水讓他想像起美森胸脯的柔軟。黑暗中浮現白色肌膚的殘影，身體因想要她而發熱。
蒼的腳趾用力刺進河底，深深貫穿河沙。河川動也不動，接下他的身體與力量。

他們沒把魔骸的身體埋起來。
路面因為前一天的戰鬥沾滿血跡，敵人肯定會看到。為了讓敵人更容易察覺這裡發生什麼事，他們把屍體肢解、到處丟，朝著湖泊方向沿路丟，引誘敵人出現。
「以前去釣小龍蝦的時候，因為餌用光了，就撕碎釣到的小龍蝦當餌，結果還釣到不少耶。那些傢伙是笨蛋啊，只要有得吃，什麼都好。這就和那相同。」
脩介笑著，蒼點點頭。那些傢伙確實不需要上等餌食，拿同樣蜥蜴的血、肉、糞便塞進他們嘴裡就好了。
因為隧道裡沒地方躲，所以避開隧道後才繼續放餌。
途中有平交道，敵人越過平交道之後就開始攻擊。
餌食已經撒得夠多，再來就等敵人上鉤。他們還準備了主菜，把昨天殺死的蜥蜴頭砍下來吊在電線桿上。看到這幕的魔骸會有怎樣的表情呢?雖然人類無法分辨魔骸的表情。

這裡就是那些傢伙的終點。絕不讓那些傢伙往前走一步,也不允許他們折返。

脩介爬上盡頭民宅的二樓。那個位置可以從正面看見魔骸穿過隧道、走過平交道。

蒼和美森走進道路旁的公民館。

兩人沒有對話,稍微有點距離坐在椅子上。二樓的會議室相當乾淨,桌子和椅子都整理得很整齊。

美森把風衣的拉鍊拉到最上方。沙沙作響的寬大黑布遮掩住她的大胸脯與細腰。越過裸肩看見的那個笑容也消失了,感覺在夜晚河川看見彼此肌膚、彼此碰觸一事,似乎已是遙遠的記憶。

大概因為昨天的戰鬥,從早上醒來時發燒到現在。蒼拿起四顆退燒藥咬下,美森以責備的眼神看著他。

蒼覺得戰鬥和跑步很相似。和敵人正面對決只有一瞬間,等待敵人的時間漫長,得朝著終點一步一腳印前進。靜靜提升自己的情緒以迎接殺戮的時刻,這段時間也是戰鬥的一部分。

黑色液體以一定節奏,從高吊的頭顱滴落地面,蒼覺得,那好像原始的時鐘。

下午,敵人來了。因為有聲響,立刻就知道了。

從窗戶往外看,看見一隊敵人穿過隧道而來。停電沒有燈光的隧道很暗,魔骸身上的紅、藍光芒相當醒目。

「欸，那些傢伙是不是聽不見？可能有敵人埋伏還發出那麼大的聲音，不覺得很奇怪嗎？」美森碰碰蒼的肩膀說道。

魔骸坐在交通工具上。一個跨坐在白色木馬般的東西上，後面還坐著另一個。木馬沒有腳也沒有車輪，在半空中飄浮前進。沒看到木馬動作的部位，看似安靜但其實發出「嘰」的刺耳聲音。

木馬有兩台，每一台木馬各坐著兩個魔骸，後面有另外四個徒步，總共兩列縱隊，共計八個魔骸前來。

蒼離開窗邊，移動到對向窗戶。和對面建築物裡的脩介對上眼，脩介豎起大拇指，表示準備好了。

蒼和美森一起下一樓走到外面，從建築物陰影處探頭出去，這才看見平交道。

八個敵人比預期中的還多，但攻擊仍要照計畫進行。美森朝平交道伸出雙掌，蒼也變出右手的長槍。

魔骸發出巨大聲響靠近，在隊伍尾端通過平交道後，金屬牆壁擋住他們的退路。這是美森的能力。

蒼覺得，他們應該不是聽不到，只是感覺很遲鈍而已。因為他們在脩介的砲彈貫穿帶頭者的胸膛時，才發現自己已是甕中鱉。

砲彈也擊碎木馬背部，裂成兩半的機體噴火彈開，坐在後面的魔骸立刻跳開。

下一發砲彈破壞了另一個木馬，上面兩個魔骸閃開沒有受傷。

蒼從建築物陰影處衝出去。和昨天戰鬥時不同，敵人近在眼前，是徒步的魔骸們。他們被脩介的砲彈吸引，完全沒看這邊，讓蒼覺得自己在耍詐。

長槍打橫揮過去，魔骸腰部裂開，腸子飛出，濺到旁邊的魔骸身上。蒼沒允許他轉過頭來，立刻刺下去，引爆炸裂。

血噴到臉上，風衣染得全黑。他如同樹葉接受甘霖的樹木，因喜悅而發顫。

道路那端站著兩個魔骸，兩者皆從腰上拿出棒狀物。棒子兩端伸長，發出紅光，他們似乎打算拿這個對戰。

蒼稍微變得慎重，因為他不知道敵人的武器是什麼。

他又重新變出長槍，一點一滴縮短距離。突然感覺有什麼東西飛過來，蒼反射性蹲下。那飛過他的頭頂，砸碎平交道的柏油路，折彎軌道。

魔骸急忙躲開，藏到石磚牆後，砲彈在那裡砸穿一個洞。

「混帳，躲什麼躲！」脩介跑出陽台大吼，「你們這些膽小鬼，別逃啊，殺上來啊！來殺了我！」

魔骸全藏起來了。只剩蒼站在路上，單手裝著長槍，不知所措的自己彷彿小丑。

脩介原本應該要躲在房子裡狙擊敵人，卻跑出來了。他往前伸直雙手，發光的砲彈從中射出。砲彈貫穿汽車，折彎電線桿。脩介笑了，久違的人類高笑聲在這無人鎮上詭異響著。

「學長！」脩介朝蒼揮手，「這些傢伙完全不行，根本沒一點幹勁，太無趣了。」

蒼也揮手回應，指著脩介後方的屋子，要他進去屋子裡。脩介扭曲嘴角笑著，蒼覺得自己被小看了而回瞪他。

藏在車子後的魔骸探出身體丟出什麼，小小黑球朝脩介所在的房子飛去。

彷彿水被吸進排水孔般，風景捲起漩渦，房子屋頂無聲地扭曲，牆壁、窗戶全跟著變形，脩介的身影也被吸進去。

光線與聲音迸裂，蒼瞬間用左手遮住眼睛。

有什麼東西撞到身體。石礫般的東西砸到肩膀，掉落地面。抬頭一看，無數水泥塊與木片從天而降。拳頭大的石塊擦過頭，蒼發出呻吟。

脩介所在的房屋二樓被什麼東西吞噬後消失，也看不見他的身影。

蒼巡視周圍，或許脩介察覺異狀，千鈞一髮之際從二樓跳下來了。他沒有在路上，或許是藏在哪裡。

呼吸困難，耳朵也因爆炸聲影響而失去平衡感，感覺快倒了。

他知道脩介沒救了。魔骸丟出的球扭曲空間時，脩介的身體也跟著扭曲，失去人類的形體。手臂扭曲，脖子歪折，頭延伸成兩倍長。雖然不知道那個球的原理，但他不認為人變成那樣之後還能活著。

即使同為城鎮的一部分，建築物消失和人類消失還是完全不同。不僅是眼睛能見的東西，連自己的心也一併被帶走。一段連續的記憶被切斷、噴血。

脩介這個人，從第一次見面時就態度高傲，無所不知的口吻，和美森也很親密，令蒼相當看不慣。即使如此，脩介被敵人殺死還是讓蒼痛心。

蒼深呼吸，試著取回自己和脩介一併被奪走的一部分。其他人死了，自己仍得繼續活下去，還有事情要做。

剛剛那兩個魔骸從陰影處走出來，雙手拿著發紅光的棒子擺好架式。沒有飛行武器後，就能專注在格鬥戰。蒼狠瞪朝他走過來的魔骸。他要做的事情很簡單，現在的勝算有五成。

他朝敵人懷中直線衝去，直直刺上前。魔骸大概因為身體太大，動作遲鈍，原本想拿光棒阻擋長槍，但蒼的氣勢勝出，彈開了光棒，長槍刺入鎧甲的縫隙。鎧甲發出鮮豔光芒，當蒼把長槍往側邊劃時，光芒變得更加鮮豔。腸子從裂開的腹部流出，魔骸想用手壓住，弄掉手上的光棒。蒼狠踩掉落地面的臟器，魔骸倒下，鎧甲上的光芒也消失。

另一個魔骸舉起光棒朝他打來，蒼平舉長槍擋下攻擊。魔骸的力道很大，他快被壓倒了。光棒靠近臉頰，熱到眉毛都快燒起來。

「上原，後面！」

背後傳來美森的聲音，蒼轉過頭去。

三個魔骸朝這邊過來，是坐木馬的那些傢伙，手上皆拿著武器——紅色光棒，還有殺死狗的那個槍。

而且不知為何，美森就在他們背後。她沒有殺敵的力量，所以到戰鬥結束前，應該都要躲起來才對。

長槍上壓力加大，蒼轉回正面。魔骸從上加諸全身體重，他快要被壓扁了。

對手的力量一瞬間放鬆，蒼看準機會壓回去。

接著被踢了。

魔骸的腳趾尖踢上蒼的腹部，他的身體被彈飛，後背和後腦杓撞上石牆。

魔骸踢中蒼的心口，他無法呼吸，撞上的地方雖然很痛，但蒼立刻站起身，擺好長槍。敵人正從背後靠近，可不能慢吞吞的。

突然發現，手往背後的石牆上一摸，觸感堅硬又粗糙。這個石牆是什麼？這種地方有石牆嗎？如果這裡有石牆，那些魔骸又去哪裡了？

轉頭一看，紅、藍光芒刺入眼中。黑色金屬壁橫切道路，從平交道延伸到脩介所在的房子，遮蔽蒼的視線。

這是美森的力量。他沒想到她竟然能做出這麼長的牆壁。

「若宮！妳那邊怎麼了！」

朝牆壁那頭呼喊也沒回應。

身後的氣息讓蒼轉過頭，魔骸高舉光棒朝他襲擊，他在千鈞一髮之際閃過。砍過空氣的光棒打在牆上，迸出火花。

直至上一秒，他心中還有迷惘——該繼續短兵相接的戰鬥？還是轉為應付從背後而來的敵人？但現在這種選擇已經完全從他的腦袋中消失。

在「殺死所有魔骸」的夢想面前，根本沒有閒暇談選擇、猶豫或算計。如果無法全力應對每個瞬間，就沒辦法實現這個夢想。

夢想是力量，也是種運動。在腦袋裡胡亂攪和的想法，根本派不上任何用場。

蒼埋頭往前刺，魔骸也打回來。一次、兩次，武器互相撞擊的堅硬聲音響起。

蒼的速度更勝一籌，但魔骸的力道更大。漸漸地，長槍被彈開的幅度越變越大。

不想輸的蒼扭轉身體，用盡全身力氣擊下一槍，即使如此，魔骸還是輕輕鬆鬆接下他的攻擊。

還不夠，力量還不夠。

他揮動空著的左手，利用反作用力擊出更強的攻擊。魔骸施予的壓力稍微減緩。

還要更多，還需要更大的力量。

不能對自己的力量設限，生病前，連自己右手能變出長槍也無法置信啊。

力量會因為相信、願望而變得強大。

像是左手。為什麼要擅自決定左手不能變出長槍呢？只要相信、祈願，就不是不可能。

蒼從正面揮砍，魔骸拿平棒子擋下這一擊。蒼的左手空著，但他相信這也能成為武器，祈禱著。

皮膚緊繃，這是熟悉的感覺。

他用右手和對方對峙，左手從下往上揮砍，發出劃破空氣的聲音。

只見魔骸拿武器的手被砍斷，溢出的血液沾濕掉在地面的手與棒子，鎧甲發出鮮豔光彩。

魔骸張大嘴吼叫，但只聞到腐敗臭味，根本沒有聲音。蒼跨步進一步刺擊，左手長槍銳利不輸右手，從魔骸的嘴巴貫穿頭蓋骨。當他默念「消失吧」，長槍和蜥蜴頭一起炸飛。黑色血液飛沫噴到蒼臉上。

無頭魔骸倒下的同時，遮斷道路的牆壁也化作砂礫崩毀。砂礫隨風起舞，閃閃發亮。

有三個魔骸站在蒼不久前藏匿的公民館前，他們額頭靠在一起，彷彿在開會。

其中一個抓住人類手臂，那人彷彿耍賴哭累的孩子般，任魔骸抓著。他認識人類身上的黑色風衣，也可窺見白皙的脖子。

蒼的左手緊繃，這感覺控制了蒼的一切。

回過神時，他是站著低頭看向美森。仰躺的她，單手高舉過頭，彷彿不認真的仰泳姿勢。一腳的運動鞋脫落，沾滿泥土的襪子烏黑。風衣的黑被鮮血染濕，她的身上有好幾處砍傷的痕跡。

臉上留著微笑表情，那是她捉弄同班同學的表情。他曾在教室裡遠遠看過。蒼的掌心貼上去替她闔眼，血弄髒她的臉，他的手全沾滿魔骸的血。

身邊散落他砍碎的魔骸屍塊，但那和美森完全不同。看見美森讓他悲傷，大概因為形體相同吧。明明並非一直注視著她活到今日的時光，卻沉重壓在他身上。明明不是兇手，卻感覺是自己殺了她。

即使如此還是沒有流淚。不知是因為早已決定不哭了，抑或是內心被死者奪走，早已變空虛了。雖然眼頭發熱，卻沒任何東西從深處湧出。

蒼把手放在美森後背與膝蓋下，抱起她的身體。她的頭靠在蒼的胸膛，像在撒嬌，也像貼在他的胸口聽著心跳。但是，即使她對蒼撒嬌，他也沒東西能給，心胸深處沒有任何回應。

空空蕩蕩。

美森的身體好重，垂下的手腳搖晃，讓空虛的蒼腳步不穩，踩上血泊濺起血花。傷口貫穿美森後背，絲線般流下的血與血泊融為一體。

蒼沒有流淚，只是看著自己血染的小鎮。

▲▼　▲▼　▲▼

空調聲像在撒嬌，蒼發現自己稍微起了點雞皮疙瘩。

他站起身，朝牆上的控制盤走去，打算調高溫度前還環視病房一圈，心想其他人或許覺得這個溫度剛好。

遙夏手放在窗台，沐浴窗外照射進來的日光，看起來毫不避諱曬黑，反而像對太陽炫耀她的白皙肌膚。病人服透光後，浮現她的上手臂與身體線條。隱約看出她纖細得令人心痛。
看著窗外的她，因為刺眼日光皺起臉來，也像在忍耐淚水。
大概看著雙手中的紙杯，空紙杯已在他手中捏爛了。
他們一語不發。人們聽著死亡話題時，心也會變得空虛。
蒼調高空調溫度，沒人抱怨。
床上的沙也沉默著。她也是空虛的。蒼、遙夏以及其他所有人讓她變空虛了。
蒼走回椅子坐下，放在床邊桌上的花朵隨空調的風搖擺。那是送給空虛的她的花。
蒼從沒獻花給死者過。不管是對父母、狗、脩介還是美森，他都不曾獻上花朵。他思考著到底為什麼，明明有悼念之心啊。
或許因為他殺了敵人吧，在那之前、那之後，他都沒有停止殺戮。他認為自己沒有祈求死者安眠的資格。
現在又如何？戰役結束的現在又如何呢？
「好人總是不長命啊。」遙夏看著窗外如是說，「不對，也不盡然，因為我還活著啊。」

▲▼　▲▼　▲▼

晚間在超市地板上過夜。

月選大橋另一頭的「青葉超市」是這附近最大的商店。

店內飄散著蔬菜及水果腐敗的酸甜氣味。

晚上拿醃牛肉和餅乾當晚餐。第一次吃醃牛肉，因為不太喜歡這個調味，所以他又加了美乃滋和七味粉。他踢散了灑落腳邊的七味粉。吃完後覺得嘴巴味道很重又拿橘子果凍來吃，常溫讓甜味更濃郁。

小時候到橫山台市的玩具商店時，他總希望能買下店內所有東西。現在，他可以自由取用超市裡所有物品，卻沒有任何成就感。這種行為和趁火打劫沒兩樣。

滅了一整隊魔骸也沒有絲毫成就感，失去太多東西了。

捲入爆炸中的脩介，連屍塊也找不到。他把美森的屍體埋在附近民宅的院子裡。把長槍插進地面爆破後，便能挖出剛好的洞。

每往她身上覆土，就多了一點罪惡感。為什麼打算把她放在眼睛看不見的地方？應該要看著她在土壤中腐爛啊。如果對她的死自責，就該牢牢記下她死亡的過程，終生不忘。

蒼的手因濕土冰冷，黑土塞滿指縫壓迫手指，即使到河川洗淨，仍無法擺脫壓迫感。

早上醒來時發燒了。他咬碎從站前藥局偷來的退燒藥。現在也沒人囉嗦地要他遵守用法、用量。

他把瓶裝水放進口袋走出超市，目的地早已決定。

從魔骸的行為模式推測，他們下午會從山谷深處走來。所以依距離來看，他們的基地應該在山裡吧。

隻身闖入太危險了，但蒼現在身心空蕩，連「恐懼」的情緒也沒有。

經過昨天的戰場，魔骸的屍體維持原狀，晴天下，腐敗的血肉發黑。不知從哪來的蒼蠅四處飛。

蒼回家背起背包，裡面放著乾糧、水瓶、睡袋和保溫毯。

走進平常行走的登山口，民宅庭院裡的紅色拖鞋，有一隻翻面朝天。

久違的山路讓他的身體呻吟，殺戮似乎沒有鍛鍊出耐力，呼吸加速且大腿肌肉緊繃，但無比爽快。這比埋伏更適合他。

他在髮夾彎山路的彎曲處稍作休息，要是坐下，待會兒會更加痛苦，所以他站著喝水、啃巧克力。

被砍伐的杉木變得像瞭望台，遠處可見富士山的青綠山容。

他想著，美森是否看過這種景色呢？不爬山的人，覺得爬山只是苦行。爬山的確不輕鬆，但其中有許多他處看不見的美麗瞬間。要是對她說說這些就好了。如果要談爬山，蒼有絕對的自信可以談論，與她述說自己想當護士的夢想時相同。

日曬強烈，蒼擦拭額頭的汗水後繼續往前走。

走一段路後，道路濕濘，他邊想著「最近有下雨嗎」邊避開。

道路旁滾落兩個汽油桶，外側的鐵鏽看起來好像血漬。

濕濘就是從那裡一路延伸到道路上，汽油桶中還有水殘留。

那是平常擺在這裡的防火用水。到底是誰做出這種事？

蒼稍微佇足觀察汽油桶後，還是決定繼續往前走。

可是，果然還是很在意，他又回頭看汽油桶。

在他轉回正面時——眼前一片紅。

彷彿尖物直擊眼球。疼痛與驚嚇讓他當場蹲下，紅色烙印在眼睛上，遲遲不消失。紅光甚至從落淚的縫隙鑽進眼裡。

「可惡……這是什麼啊。」

他在地面打滾，滾出道路，往山谷側滾出去，差點要滑下斜坡。他抓住雜草，好不容易停下身體。

深呼吸。土壤氣味很近。不知為何，唾液在舌頭旁累積。

他趴臥著摸自己的身體，沒有地方疼痛，只有被紅光攻擊的眼睛還陣陣刺痛。難不成是魔骸的攻擊？

他慢慢睜開眼，看著剛剛所在的道路。

有個發紅光的球。

那和救護車或派出所的紅色警示燈不同，不會旋轉。光球浮在與他身高差不多的高度，雖然有風卻毫不晃動。

直視紅光又讓他眼睛痛，因而用手遮住眼睛。

光球往上飄，越過杉木，高高在空中飛舞。那不是隨風起舞，而是機械式的動作。

到底是什麼呢？蒼抬頭看著紅光思考。如果不是為了欺瞞對手，那個強光有什麼意義？他因為靠太近而眼睛痛，如果距離遠一點的話——

遠方傳來「嘰」的刺耳聲，彷彿巨大吸塵器運作的聲音。

他聽過這個聲音，就在昨天。

聲音越來越近，蒼爬進草叢中藏身。

聲音更近了，他突發奇想拿出果乾啃。他知道接下來會發生什麼事，一旦開始就不知道下一次什麼時候可以吃東西了。

噪音的源頭果然是魔骸，兩個魔骸坐在那個木馬上，沿著山路下來，在蒼面前停下。木馬底部噴出的熱風捲起塵土，燒熱蒼的臉。

魔骸的鎧甲閃爍紅、藍光芒，天上的光球緩緩下降。魔骸收入手中後，光芒消失變成黑球。只有乒乓球大小，出乎意外地小。

蒼的右手沿著身體伸直，無聲無息地變出長槍。敵人看起來沒發現草叢中的狀況。

兩個魔骸都從木馬下來，四處張望。魔骸的腳就在蒼面前，他們如肉食恐龍般用腳趾尖站立。

蒼從草叢中衝出去，舉起長槍一砍，砍斷魔骸膝蓋。等魔骸摔落在地，蒼又給他一刺，接著引爆長槍。
蒼立刻變出新長槍，朝另一個魔骸攻擊，但魔骸閃過了。
魔骸坐上木馬往山下去，他以為魔骸要逃走，但魔骸轉個彎朝蒼而來。
蒼站在道路中央，拿長槍擺好姿勢。他做好正面衝突的覺悟了，要做的事情單純真好。
魔骸捲起塵土前進，蒼腦海中已經想像出攻擊模式——配合倒數給對方一擊。因為有對方的動能，威力應該會比平常還大。
木馬上的魔骸拿出光棒，與地面保持水平，朝蒼衝過來。
對方接近時，比蒼想像得還要快，令他的心出現迷惘。
魔骸舉高光棒，蒼的腦海無法描繪出攻擊成功的想像。他反射性地舉槍護住頭部，下一刻，光棒重擊。
右手因衝擊麻痺，蒼腳步不穩地跌坐在地。
魔骸沿山路上山，再次轉彎後朝蒼而來。
蒼的長槍雖然還在，但心已然受挫。那個速度、那個威力——被打到一定會死。他沒有自信閃過攻擊後，還能傷害對方。
蒼往旁邊一跳，閃過木馬直襲而來的攻擊，他害怕與敵人正面交戰。
魔骸再次轉彎衝過來。
他心想「要是有脩介的砲彈就好了」。近身戰武器沒辦法打倒乘坐交通工具的敵人，要是沒有飛行武器，根本做不到——

蒼緊咬下唇。又給自己設限了，他相信、祈禱的結果，左手也變出長槍來了。為什麼要設限自己不能使用飛行武器呢？

當限制自己的能力只到那裡為止時，力量就真的只會到那裡。

只要不斷相信、祈禱，力量就能幫助夢想成真。

殺光所有魔骸的夢想——因為脩介和美森相信、祈禱，所以蒼才在這裡。雖然兩人都戰敗了，但這個夢想還在蒼心中活著。

不相信不可能。

他把左手朝天舉起，意識集中在張開的掌心。不能設限長槍是裝在手上的東西，只要相信，不管哪裡都能變出武器。

掌心皮膚緊繃，熟悉的感覺。他心想「再更高吧」，腦海中想像出長槍模樣，尖端自虛空中浮現。

重量壓在掌心上，他緊握。

長槍確實在那，長得劃過藍天。紅、藍光芒閃爍，這是因病獲得的力量。

魔骸的木馬朝他衝過來，蒼也朝木馬衝過去。踩在濕濘泥土上，握住長槍架在肩上，拉近耳朵。

雖然沒拋過槍，但他看過。現在手中的長槍比競賽用的標槍還銳利，因為那不是為了插進地面，而是為了貫穿敵人用的長槍。

蒼邊大喊邊拋出標槍。他往前摔倒，手插進泥土中。

長槍直直飛去，刺穿魔骸胸口。魔骸的頭劇烈搖晃，從木馬上跌下來。

木馬失去駕馭後變輕往上浮，朝蒼飛過來。蒼往泥濘撲，閃過木馬。髮梢感受到木馬散發的熱風，撞到地面反彈的木馬撞上樹而撞壞了。

魔骸仰躺倒在路上，長槍刺在他胸膛上。那模樣彷彿簡單的墓碑。投擲用的長槍和長在手上的長槍不同，形狀又細又長。槍柄上，紅、藍光芒不規則閃爍，蒼覺得那彷彿在訴說著什麼。

他靠近要給魔骸最後一擊。魔骸大大裂開的口中吐出濃稠血液。蒼停下腳步。引爆長槍後血肉就會飛濺，雖然衣服早已沾滿泥土，現在還怕髒也很好笑，但血汙還是讓人心情不好。

大概因為想著這種事情而大意，對方做出奇怪舉動時，他一時無法立刻反應。

魔骸揮動粗壯手臂，握在手中的什麼東西在地面彈跳。紅光炸裂，蒼的眼睛一陣疼痛。

「可惡，又來了。」

光球這次立刻高高升空，蒼邊揉著疼痛的眼睛，邊看地上的魔骸。

「原來如此，擠出最後的力量警告同伴啊，真了不起。」

魔骸看著天空，氣息急促，胸口劇烈起伏。

「但也沒必要把事情搞這麼大吧。我只有一個人，不會叫同伴來，因為同伴已經被你們殺了。家人、同學和鄰居們全都被你們殺了，你們可是占據優勢呢。所以啊，就讓我們慢慢來吧，我隨時奉陪。」

長槍爆炸。魔骸的胸口炸開，血液、肉片如煙火般四射，飛沫濺到鞋面上。

光球在空中閃爍，警告著「這下方有恐怖敵人」，它認真工作的模樣令蒼失笑。

蒼在口袋裡翻找，拿出巧克力棒咬下，喝水。

沒有疲倦，也不回顧剛剛的戰鬥，因為心靈和身體都知道戰鬥尚未結束。

聽見那刺耳的聲音了。

五個魔骸分別乘坐三台木馬從山上下來。

蒼引爆右手的長槍，接著變出標槍。握起來的手感服貼，大概因為是從自己身體裡變出來的東西吧。

擺好架式，感覺可以投擲到天涯海角。

蒼瞄準領頭的魔骸，握住木馬龍頭的魔骸壓低身體加速。

坐後面的魔骸越過前者肩膀探出頭來，蒼驚覺後往道路外飛撲，趴臥在草叢中。背後傳來爆炸聲，塵土落在他身上。那是殺死狗的魔骸槍。

山脈稜線沸騰，經年累月被人踏實的泥土翻起、飛散，魔骸從木馬上胡亂掃射，四周出現燒焦臭味。

蒼稍微滑下斜坡藏身在樹木後，就算是標槍也沒辦法與會爆炸的子彈正面抗衡。

木馬從他面前通過，最後一個魔骸丟出黑球，蒼以為又是那個紅光而做好準備。

但那不是，是更之前看過的東西。

黑球打到他藏匿的樹幹上後彈跳。

蒼立刻轉身在斜坡上奔跑。

他被往後拉，頭髮豎起，擺動雙腳也無法前進，胸口像被壓扁般無法呼吸。

整個空間正往一點吸進去。與那時相同——與脩介連同建築物被吸進去後又爆開時相同。

接著，後頭傳來推開他的感覺。蒼的身體因爆炸風而飄起，就算掙扎也無法碰觸地面。

失去平衡，腰先落地，滑落斜坡。斜坡陡峭，看起來幾乎是垂直。杉樹枯葉和土壤推著他往下。速度越來越快，他掙扎也無法阻止。蒼撞上裸露的岩石發出呻吟，即使如此，速度還是沒有減緩。

以前曾在書上看過停止滑落的方法，但蒼沒打算爬雪山，所以根本沒學起來。

腳朝下滑落，所以清楚看見前方有什麼。地面在前方突然消失，那之後什麼東西也沒有，是虛空。懸崖——那到底有多高呢？

得停下來才行，他可不想就這樣摔下山崖。

蒼轉身採趴姿，飛濺的沙土打在他臉上，外套上的拉鍊卡進胸口，很痛。

他試著壓住地面，但地面崩落，速度完全沒有減緩，就算手指插入地面也沒用。

腳突然懸空了。

身體被往正下方拉，到斜坡盡頭了。

他瞬間抓住崖邊雜草。一度被拋到空中的身體如鐘擺般擺動，撞在垂直切斷的岩壁上。蒼靠右手掛在上面。

往下看，比從學校屋頂俯視操場還高。溪流在谷底濺起白色水花，岸邊岩石尖銳，直接掉下去可是會喪命。

當他把手攀上崖邊，想爬上去時，又聽到那個刺耳的聲音。他戰戰兢兢探出頭，看著剛剛滑下來的斜坡。

三台木馬直直而來，後座伸出槍瞄準他。

眼前的地面彈飛，熱風和泥土撒在蒼臉上，他忍不住放開手。

發現自己騰空時，身體都凍僵了，連揮動手腳也辦不到。

另一方面，腦袋高速運轉。雖然運轉卻是空轉，所有思考都在冷酷的現實前當機——沒東西可抓，只能往下掉了。

看著往上方流逝的岩壁模樣，腦袋一片空白。那時，閃過的靈光如痛楚般銳利刺進腦袋。

為什麼要自我設限沒東西能抓呢？

沒有，做出來不就得了。

只要相信、祈禱，就能做到。

「嗚喔喔喔喔喔！」

蒼右手變出長槍，朝岩壁刺下去。長槍稍微斬裂岩壁，止住落勢。手肘和肩膀關節因不自然的彎曲而疼痛。

蒼手腳併用攀上岩壁凹凸處後往下看，到地面還有四、五公尺高。到處是尖銳的岩石，很難著地。

不管是要跳下去，還是要慢慢爬下去，都得先把刺進岩壁中的長槍拔出來才行。蒼的腳踩在岩壁上，準備拔槍。

但長槍似乎超出他的預期插得很深，文風不動。雖然有頭下腳上墜落的可能性，他還是拱起背使出全力。

小石頭砸中膝蓋，接著又有一顆從上方滾下來。沙粒從天灑落在蒼身上，他朝崖上看。

只見魔骸探出頭來，五張臉並排在崖邊，低頭俯視蒼。雖然沒有出聲，但他們指著他，似乎在嘲笑他。

正上方那個魔骸拿槍指著他。

蒼往下看，看著長槍。

「啊啊，可惡……得硬幹了啊……」

默念「消失吧」。

長槍爆炸。

右手自由了，爆炸風讓他遠離岩壁。比他想像中飛得還遠，背部朝下落下，他怕到連蛋蛋都縮進去了。

落水後，沉得超乎他想像的深。包覆在白色氣泡中，他搞不清楚方向。水超乎他想像冰冷，水流也超乎他想像的快。所有事情全都超乎想像。

掙扎中，身體撞上岩石。他抓住岩石，爬出河川。水滴在乾燥岩石上滴出黑色水漬。

風衣變得破破爛爛，下半部像被咬爛，手肘部分也破一個洞。這是滑落斜坡時磨破的。好險，背包沒有弄丟。

蒼抬頭看自己剛剛還在的地點，岩壁被挖了一個大洞。那是長槍爆炸破壞之處。一想到從那個高度，而且還是背部朝下墜落，他不禁發顫。要是下面沒有河川，他也不會這樣做。

魔骸離開崖邊，雖然有著巨大身體，但再怎麼說也沒辦法從那個高度跳下來吧。蒼環視四周，背後是陡峭岩壁。他想著該怎麼離開這個山谷時，又聽到那個刺耳噪音。

魔骸騎著木馬飛下山谷，木馬飄浮在空中慢慢下降。抵達地面後，五個魔骸走下來，橫排成一列，隔著河川和蒼面對面，五把槍口皆對著蒼。

蒼看著從頭髮和指尖滴落的水滴，水滴碰到岩石後，只留下黑色水漬就消失。

「到此結束了啊……」

很不可思議，心情相當神清氣爽。

能做的都做了。雙親過世後，他獨自在空無一人的鎮上生活，即使失去同伴還是繼續戰鬥。他可以為此驕傲。

那歸那，他需要接受眼前這個結果。

蒼右手變出長槍，想著在最後，至少要拖個敵人一起上路。

在他朝河川跨出一步，踏上如劍山般銳利的岩石尖角時——

「喂～喂～～」

山谷響起奇怪聲音。

蒼環視上游與下游，河岸沒有任何人影。

「我還想說『轟轟碰碰』的到底在幹嘛，原來是這麼回事。」

蒼驚訝地轉過頭去，視線順著岩壁往上爬，終於看見一個女性。她站在崖邊俯視這頭，距離很遠，蒼不是很確定，但她應該穿著制服。

「我現在就過去，你在那邊等著。」

她說完後一躍而下，伸直身體彷彿跳水入池般，以頭朝下的姿勢往下跳。

落下的她，身體被巨大泡泡般的東西包覆。泡泡有彈力，碰到地面後反彈。因為是岩石堆積的凹凸地面，所以沒辦法漂亮彈開，撞到後方岩壁一次後彈回來。

她飄浮在泡泡中心，維持從崖上跳下的頭朝下姿勢。粉紅色長髮垂放，碰到泡泡內壁。深藍制服西裝外套下襬往上掀，可以看見白色襯衫的背部。短裙也掀起來，感覺可以看見裙內風光，但她壓著裙襬。

一個魔骸朝她射擊。

擊中泡泡後，表面出現紅、藍光芒的波浪。泡泡內部沒有任何變化，這個泡泡似乎有讓攻擊失效的力量。

「來這邊吧，我『允許』你進來。」

她用力滑動雙腳，製造反作用力滾動球體。原本倒立狀態的她回到站立姿勢。

魔骸同時射擊，她的泡泡包裹在紅、藍波浪中。蒼跑過去，從能避開槍擊的那一側接觸泡泡，沒有任何阻礙就進去了。

完全進到泡泡裡後，她居高臨下看著他。因為對方飄浮在泡泡中央，所以視線是從上往下看他。

無數的紅、藍波浪在她身後交錯。

「這點攻擊不可能打破『Cascade Shield』。」

她說著，手指勾起一束粉紅色頭髮塞到耳後。

泡泡是直徑三公尺左右的球體，裡面的空間比家庭用帳篷還大。但和神祕女子一起待在這個空間總覺得侷促，裡面充滿香水還什麼的香甜氣味也讓他呼吸不順。蒼發現她的髮尾是更深的粉紅色，口紅的紅比泡泡表面的波浪更深。

她瞇起眼，盯著蒼的右手看。

「那像長槍的東西是什麼？」

「我的力量。」

蒼把長槍舉到面前給她看。
「這樣喔。」她面對魔骸，「被打不還手也挺不爽的耶，差不多該攻擊了。」
「怎麼攻擊？」
蒼一問，她轉過頭來。
「就快來了。」
「什麼要來？」
「你看，來了。」
她說著抬頭看天，蒼也跟著看天空。
有什麼白色東西從天而降。
「哇！」
他嚇得跳起來後退，背後撞上泡泡，泡泡軟軟地反彈。白色東西把泡泡當彈簧床大幅跳躍，跳到河川那一頭。那白色東西是人，全身包覆在白布中，彷彿在精密儀器工廠中工作的人。
「先來一隻！」
白衣人拿著黑劍，黑劍比身高還長、比體寬還寬。白衣人邊飛越河川邊在空中舞劍，著地的同時朝魔骸揮砍。劍相當銳利，輕輕鬆鬆從魔骸頭頂一路劃到地上。魔骸巨體分成兩半倒下。

剩下四個包圍白衣人，其中還有魔骸丟掉槍，拿出光棒。

「麻煩，一口氣清光吧。」

白衣人單手揮劍，砍飛魔骸手臂，斬裂魔骸胸膛。

劍閃爍紅、藍光芒，刀刃滲出液體飛散。

「她的『Septic Death』會噴出毒液。」泡泡中的女子說，「因為也會傷到自己，所以她還要穿防護衣。你也別靠近比較好。」

白衣人輪流刺向每個蹲下身的魔骸，等到全殺死後把長劍刺入河中央，用撐竿跳的方法渡河，回到這邊河岸。劍崩毀，變成沙子沉入河底。

摘下口罩、脫掉防護衣的帽子後，戴著眼鏡、綁雙馬尾的女生現身。「呼」地吐一口氣後，她整理被帽子壓扁的瀏海，拉下拉鍊脫掉連身防護衣，裡面穿著毛絨外套和運動長褲。她把脫掉的防護衣揉成一團丟到對岸去。

「普魯，允許我進去吧。」

眼鏡女孩說完，粉色頭髮女孩點點頭。她進來後，泡泡裡變得更加侷促。

「咦？這個人也有能力嗎？」

眼鏡女孩看向蒼手中的長槍。

「似乎是，但也可能只是右手比較長的人。」

粉色頭髮女孩搔搔後頸說道。

眼鏡女孩伸出左手，直直看著蒼。

「你好，初次見面，我叫駒木沙也，叡聖橫山台高中二年級。」

蒼執起她的手握手後，她露出滿臉笑容。

「然後這是我的兒時玩伴，普魯。初鹿野普魯登斯。」

「普魯……什麼？」

發音罕見的名字讓蒼不知所措，普魯登斯瞪著他說：

「遙夏。」

「欸？」

「本名是普魯登斯，但大家都叫我『遙夏』。」

「『遙夏』是從哪裡來的啊？」

「什麼？」遙夏伸長脖子探看蒼的眼睛，「你對每個第一次見面的人都會問名字的由來嗎？姓名博士嗎？」

香甜氣味靠近，豔紅的唇在他面前開闔，讓他覺得雖然沒碰到，但指尖也能感受到其柔軟與潤澤。

「普魯啊～」沙也碰觸遙夏的手，「雖然嘴巴很壞，但是個還不錯的人啦。」

「還不錯是怎樣？」

遙夏皺起眉頭，沙也笑出聲。

蒼無法冷靜。泡泡中只有他一個男生，三個人待在裡面感覺很狹窄、很不自在。而且說起來，為什麼要在戰鬥途中和女生聊天不可？

正當他打算問兩人「接下來打算怎麼辦」時，河川對岸燃起火柱。

火焰蔓延到對岸全陷入火海，捲起魔骸的屍體。沙也的防護衣也隨熱風起舞，被火舌捲入、吞噬。

熊熊燃燒的火焰慢慢越過河川，也伸向這一邊，但被泡泡保護的蒼沒感受到熱度。

沙也同樣一臉無所謂地眺望對岸。

「還真盛大耶，『Nitro Aerial』。」

「那些惡魔們用火燒再適合不過。」

遙夏語氣不屑地說。

火焰如出現時一般，突然消失，絕不可能是自然現象。

「喂～你們沒事吧～」

崖上傳來聲音。抬頭一看，大約十個男女俯視這邊。

蒼把視線拉回遙夏身上。

「你們……到底是什麼啊？」

「我們是救世主。」遙夏飄浮在泡泡中低頭看他。「為了拯救世上眾生而來。」

◆　◆　◆

「原來遙夏妹妹是辣妹啊……」

大槪看向坐在窗邊的遙夏，她的黑髮在開始被雲遮掩的日光照耀下有點發紅。

「才不是辣妹，只是染髮而已。」

她說完，用手梳過現在的短髮。

「我也不知道妳本名叫普魯登斯。」

「因為我連病房名牌也要他們寫『遙夏』啊。」

「妳該不會是混血兒之類的吧？」

「只是父母是笨蛋而已。」

遙夏在椅子上抱膝，看著腳趾甲。

「不……我沒有見過，或許爸爸是外國人吧，也可能是外國人加上笨蛋。」

病人服衣襬往上捲，可以窺見她的大腿後側。她的腳仍是那麼美，從第一次見面起就是這樣——美到令人忘記那裡是戰場。

她也發現衣襬捲起，拉好了衣襬。蒼裝作沒有看見摘下眼鏡，揉揉眼睛。

「接下來等下週再繼續吧。」

他說完後，從沙發站起身。

「嗯，下週再繼續。」

大槻也站起身，回收空紙杯。

蒼走近病床，看著沙也的臉說：

「我會再來喔。」

她微微睜開的眼睛沒有動，臉頰消瘦、嘴唇青紫，和第一次見到時簡直像是不同人。

「沙也肯定也很開心，終於輪到她出場了。」

遙夏看著床邊的花說道。

蒼走出病房後，遙夏也一語不發地跟在他身後，只有拖鞋「啪噠啪噠」的腳步聲響起。下樓梯途中，遙夏開始咳嗽，像兩個堅硬乾燥物品相互摩擦的聲音。她止不住咳，抓住樓梯扶手蹲下身。

蒼撫摸她的後背，咳嗽的震動穿透厚重病人服與單薄肉體傳到他的掌心。他覺得，她的病灶就在觸手可及之處。

止住咳的她抬起頭，長睫毛末端沾著淚水。

「我想起國中的導師，那個總把手放在我的背後，想要摸內衣扣子的噁心大叔。」

「欸……」蒼收回手，「沒胸部的人也能穿內衣嗎？」

「不穿不只會看見乳頭，摩擦到還會痛，所以要穿啦。處男大學的入學考試會出喔，要記起來。」

她用衣袖擦拭淚水，又再次步下樓梯。

他看著掌心。撫摸她的後背時，沒有感覺摸到內衣。這麼說來他在這裡住院時，病人服下也只有一件內褲，上半身沒穿T恤之類的。因為頻繁做檢查，所以穿著方便穿脫的衣服。

他凝視她走在前方的後背。

「你在幹嘛？」

她在轉彎處停下腳步，一臉訝異看著他。他小跑步與她並排。

「妳剛剛的話讓我想起討厭的事情，我明天開始期末考。」

「那你還來這裡？」

「嗯，該做的都做了，橋到船頭自然直啦。」

「第一次見面時，我沒想到你竟然是這麼隨便的人耶。」

「妳一開始覺得我是怎樣的人？」

他一問，她嘟起嘴說：

「欸？就覺得……這傢伙很不妙，只想著戰鬥，腦袋裡沒其他事情之類的。」

「總不能一直那樣，戰役都已經結束了。」

他說完後，她嘟著嘴點點頭。

除了他們兩人之外，沒有其他人走下一樓，她邊走邊用拳頭敲牆壁的扶手。

「你剛剛那段話讓我想起來了，初次見面時，你看到我的內褲了吧？在那個山崖下。」

「沒，我沒有看到。」

「你看了吧?就在我在『Cascade Shield』中倒立的時候。」

「就算看到了，我也沒有看。」

「什麼?」

「因為那時我腦中只有戰鬥。雖然現在滿腦子內褲和內衣就是了。」

「你真的很噁耶。」

她表情扭曲、露出厭惡，他側眼看著笑了。

走過大廳，他把她留在這裡，一人步出大門。習慣病房空調後，感覺身體因外界的熱氣而膨脹。從大開的自動門吹進的風，讓她的表情稍微緊繃。

「明天考試加油啊。」

「嗯。」他點頭，「我會暫時忘記內褲和內衣。」

「我真的跟不上你的人設轉換耶。」

她把手插進病人服口袋裡。

他也把手插進短褲口袋裡，開始倒著走。

「遙夏從第一次見面到現在都沒變呢。」

「是嗎?」

自動門就快要關上了又再度打開。

他指著她的胸口。

「要是繼續咳嗽，記得告訴醫生喔。」

「我知道。」

她揮揮手，往走廊方向走。

他轉頭朝前方前進。

和她共度的時間總是一瞬即逝，回想起來，那場戰役也是一轉眼就過了。

在那之後三天，一切都結束了——不，應該是一切才開始。

在幹道旁鐵路上行駛的三節車廂列車，慢慢追過他。要是他奔跑，感覺可以追過電車，先抵達車站。

即使如此，他還是沒有奔跑。雖然錯過這班電車就得再等二十分鐘，但他不打算行動。

他停下腳步，看著大海。沐浴在一天結束的陽光下，海浪在防坡堤的那頭沖刷沙灘。夜色開始滲透的天空深處，星光準備好了。

所有一切，都在他看不見的地方，一如往常繼續發生——沙也仍然沉睡。遙夏會咳嗽。花朵會枯萎。死者不會說話。戰鬥的記憶會逐漸淡薄。

海風吹拂他的身體，他感覺她殘留在掌心的體溫會被奪走，因而緊握拳頭到發痛。

重要之物的手感就在這裡，他不想要再次變得空虛。

第三章 關於夢想

Several things I talked to her at the beach hospital

鐘聲響起，蒼放下自動鉛筆。

監考老師開始回收考卷，教室瞬間變得吵鬧。

坐前面的伊藤轉過頭來，手肘撐在蒼的桌子上。

「上原，你午餐怎麼辦？」

蒼摘下眼鏡，點眼藥水。

「什麼都可以。比起這個，剛剛的考題──」

「別說、別說！別跟我提這個！」伊藤摀住耳朵，「我好不容易要忘記了耶！」

雖然伊藤這樣說，但他的成績比蒼好太多了。這間學校本身就比蒼原本就讀的高中程度高很多。

雖然是這學年才轉入，但他覺得自己是以「特別名額」入學──那個小鎮的倖存者這個特別名額。肯定也是因為如此，他才能領先其他同學，即將拿到大學推薦入學的資格。但他並未感到過意不去。他有無論如何都想念的大學、想念的學系，為了實現夢想，他毫不介意利用自己的過去。

收完考卷的監考老師離開後，考試時按照學號坐的學生們開始回自己的座位。伊藤位置旁聚集常見的臉孔，蒼也交雜其中。

「喂，我們暑假去海邊玩吧，海邊。」

伊藤一如往常大聲說，同伴們笑了。

「你啊，大考打算怎麼辦啊？」

「玩個一天沒關係吧。如果玩一天就落榜，那種人本來就不行啦。」

「上原也會去吧？」

有人拍自己肩膀，轉過頭去發現是泉川。以伊藤為中心的團體中也有女生，她就是女生群的中心人物。

「啊，我會去。」蒼點點頭。

伊藤看著泉川問：

「妳要穿怎樣的泳衣來啊？」

棒球隊的南擠到伊藤視線前說：

「我要穿條紋的——」

「欸，誰問你了。」

伊藤打了南的小平頭，同伴們都笑了。

蒼在笑聲包圍中，注意力被留在肩膀上的觸感拉走。可以這樣輕鬆碰觸一事，讓他覺得不可思議。

那個疾病已經不會傳染給其他人，因為全世界的人都接種疫苗，有抵抗力了。也就是說，全世界的人都輕微染病。蒼沒有比較特別，不必擔心接觸他而被傳染，即使如此，他還是對主動碰觸他人感到躊躇。

感染後，只要不發病就沒問題。只是，現在偶爾還會出現發病者，就像那個新人——大槻。完美的疫苗根本不存在。只要發病，現在沒有治癒的手段，只能治標無法根除病因。

大槻運氣不好，時至今日還發病。問「為什麼是我」也於事無補，就是運氣不好。

大家運氣都不好。雙親、隔壁的和田夫妻——聽說和田伯母那晚，在送到富士谷國中的途中過世了。

大家那時，如果沒住在那個鎮上就不會死掉。

美森和脩介的運氣也很差，絕不是因為軟弱而死亡。

遙夏和沙也運氣也很差，只要不來這個鎮上就沒事了。

現在想想，魔骸的運氣也很差。

他思考著：「那自己又怎樣呢？」在這個留下他一人、完全變了樣的世界繼續活下去，到底是幸運還是不幸？

教室裡的聲音感覺好遙遠，肌膚感受著在那個小鎮死亡，現在也持續死亡的自己的視線。

他婉拒了伊藤吆喝大家一起去家庭餐廳的邀約，搭上回家反方向的電車，在鶴濱站下車。明明是平日，但觀光客人潮眾多。他走進商店街買花、買甜點，還買了自己午餐用的麵包。

一時興起決定要去醫院，因此沒找到要給遙夏吃的難吃甜點，只能買正常的東西。

他在沿著海岸奔馳的電車中吃掉麵包果腹，在相同車站下車，走在海岸沿線的國道上，防波堤的那頭有沙灘。那個小鎮的湖泊是水庫湖泊，所以沒有沙灘，若是住在海邊應該就能每天到沙灘上玩吧。他試著想像這種生活，但完全無法浮現具體畫面。

醫院警衛看見他身上的制服，露出不可思議的表情。服務櫃檯的行政人員也很新奇地看著他。

「小蒼，剛放學嗎？」

「今天期中考。」

他把衣領往後拉，拉開汗濕黏在後背的襯衫。

「可以幫我叫遙夏下來嗎？」

和平常不同，今天沒事先聯絡就來，所以需要廣播叫遙夏下來。

蒼坐在沙發上，看著遙夏平常會走過的走廊，她卻從走廊前的電梯現身。

「你怎麼拿著那麼小女生的袋子啊？」

坐在輪椅上的她說道，他嚇得站起身。

「妳……怎麼了，還好嗎？」

「沒事啦。」她操作電動輪椅靠近。「只是一直微燒，所以要我好好靜養。這個醫院太過度保護了。」

他打量她的身體一圈，和上週沒什麼不同，臉色也不差。

「真的沒事嗎？」

「沒事。但我挺喜歡這個輪椅，移動超輕鬆。如果還能手機充電就是最強的了。」

「有強到那樣嗎？」

遙夏看起來很有精神，他稍微安心了。她平常總一臉不悅，一開口就沒好聽話，完全沒有虛幻堅強的「病人樣」。因此，總會不小心就忘記她生病了。和病情緩解的他不同，遙夏的病情隨時可能急轉直下。

搭上電梯後，遙夏視線移往他手上的花籃。

「我不是說過對花沒興趣嗎？」

「沒關係啦，我想買才買的。」

電梯乾燥的燈光照射下，只有花朵不合時宜地水潤綻放。

沙也仍舊躺在病床上，肌膚沒有血色也沒有潤澤，看起來像瀕臨枯萎的白色花瓣。

「今天看起來狀況不錯呢。」

他把花擺在床邊桌上。

大槪拿飲料過來，對蒼點點頭後，看著蒼手上的紙袋。

「那個馬卡龍，是知名店家的吧。」

「是嗎？我隨便買的耶。」

蒼接過紅茶後遞出盒子。大概拿起應該是巧克力口味的咖啡色馬卡龍後，把盒子遞給遙夏，她拿起粉紅色的。

蒼湊到她身邊探頭看盒內，裡面排放著色彩繽紛的圓形甜點，彷彿玩具或是文具。蒼捏起應該是香草口味的白色馬卡龍。

「啊……這好好吃喔。」大槪綻放笑容，「真不愧是名店。」

蒼雖然是第一次吃馬卡龍，但只覺得「也就這樣嘛」，總之很甜，對其他的味道差異完全不懂，遙夏也稍微皺著臉吃。

大槪從盒中拿起第二個馬卡龍。

「遙夏妹妹也再來一個如何？」

她搖搖頭。

「老是讓我吃難吃甜點，身體無法接受美味甜點了。」

「那我真是對不起妳。」

蒼用熱紅茶沖刷殘留口中的甜膩。

他很在意她的病況。實際上是不是相當嚴重啊？嚴重到沒有食欲，沒辦法自由行走。

就算問醫生、護士，大概也問不出實情吧。他們在蒼住院時親切對待他，但那只是表面，只是基於職業義務。這個醫院不是為了遙夏這些病患存在，而是把他們與世界隔離，也就是說，是為了醫院外的人存在。

「上週說到哪了？」

他問大槪。同為遭到欺凌的人，沒什麼可隱瞞。有些話只能說給患病者聽。

「大概是你被敵人包圍，哭個不停那邊吧。」遙夏說道。

「是啊，多虧妳給我看內褲，我才停止哭泣。」

他說完，遙夏的輪椅急速前進，給了他一拳。相當有氣勢，很痛。他邊揉著挨揍的屁股，邊在沙發坐下。

正面是沙也的病床。在這之中，被欺凌得最慘的她卻什麼也無法說，只能沉睡。

⬍　⬍　⬍

「那麼，我們該怎麼從這邊上去？」

遙夏飄在泡泡中央抬頭看山崖。穿過泡泡灑下來的陽光，將她頭髮的粉色照得更加鮮豔。

三人在谷底。

蒼用左手搔搔頭，因為掉進河裡，濕髮還在滴水。

「我不知道。」

「什麼意思，那你是怎麼來這裡的？」

「從那邊山崖掉下來的。」

「哇，沒用。」

「我們也不能說別人啊。」

沙也笑了。

「喂～」崖上傳來聲音，「聽說往下游走一段路，就有路可以爬上來喔。」

遙夏和沙也對看。

「他那樣說耶。」

「那我們就走吧。」

遙夏消除泡泡，降落地面。

吹過河面的風帶著焦臭，那是魔骸屍體燒焦的味道。崖上的某個人有製造火焰的能力。

遙夏和沙也並排行走。雙腳踏地的遙夏身高很高，至少有一百六十五公分吧，而沙也比較嬌小。

「這邊好難走喔。」

被河岸岩石絆倒的沙也抓住遙夏肩膀。遙夏也因為穿著樂福鞋，在岩石斜面上滑了一下。

她的服裝與此格格不入，穿制服來山上也太奇怪了，更別說現在是戰場。

「妳們從哪來的？」

蒼一問，兩人停下腳步轉過頭。

「我們從橫山台市來。」

「在橫山台市出生、長大。我和普魯從托兒所到國中都一起，高中就分開了。」
橫山台市在東京西側，從津久見市葵區這裡來看，等於越過一座山。
「那邊怎麼樣？怪病擴散了嗎？」
「好幾千人都住院了。」遙夏的樂福鞋踩在岩石尖端，「彷彿世界末日。」
「剛剛那個什麼 Shield 的，是生病後才能變出來的嗎？」
「對啊。」遙夏看著蒼的右手，「你也是一樣嗎？」
蒼點點頭，長槍還維持與魔骸戰鬥時的模樣。
遙夏壓住被風吹亂的頭髮。
「最先是發燒，發現時，身邊就出現了什麼東西。」
「那時候想著『來了！』呢。」沙也爬上大岩石，「我從小就對這種東西有憧憬啊，特殊能力之類的東西。」
「妳是動漫看太多啦。」
遙夏伸出手，抓住差點在岩石上失去平衡的沙也。
她們看起來和直到昨天還在一起的脩介與美森不同，脩介和美森就在這個怪病蔓延的中心。他們和蒼有共通點——失去相同東西，期望著相同夢想。
遙夏和沙也則是外來者，蒼覺得自己與她們身邊的氣氛水火不容。
「妳們為什麼來這裡？有什麼目的？」

蒼把長槍尖端抵在腳邊岩石上。
「剛剛也說了啊，來解救世間眾生。」
遙夏說完後，沙也噴笑出聲。
「普魯啊，說什麼『拯救人類』、『下地獄』真的太誇張了，明明就是個笨蛋。」
「妳煩死了。」
遙夏放開沙也的手。
和這兩人說話好像會打亂自己的步調。這點也與和脩介、美森在一起時不同。
「妳們兩個都不是第一次和魔骸作戰吧，之前在哪裡對戰過嗎？」
「魔骸？」遙夏歪著頭，「那什麼？」
「啊，對不起，我們自己命名的。惡魔的魔加上骨骸的骸，總覺得比叫『那個』或是『蜥蜴』更好。」
「蜥蜴？」遙夏還是歪著頭，「那東西與其說蜥蜴，更像河馬吧？」
「有那麼像河馬嗎？」沙也再次爬上岩石，「要是河馬長那樣，才不會變成動物園的明星。」
「但魔骸這名字不錯耶，那些傢伙肯定是惡魔的手下。」
遙夏一個人「嗯、嗯」地點頭同意，邁出腳步。沙也也跳下岩石跟在她後面。
蒼把長槍當拐杖撐在地上，追在她們後面走。

「那麼，妳們第一次在哪看見魔骸？」

「高天山喔。」

遙夏沒轉過頭直接回答。

「已經到那裡了啊……」

高天山聳立在津久見市和橫山台市的界線上，那附近應該已經被自衛隊封鎖了，可以自由進出山路嗎？那座山因為很受登山客歡迎，所以登山路線非常多。

沙也轉過頭來微笑。

「我們為了測試力量入山，然後就剛好……你說是魔骸嗎？剛好看見那個，就把他們全殺了，但想著或許還有更多，就走到這裡來。」

爬往崖上的道路窄小又險峻，如果有人從上面下來，大概連錯身而過都辦不到。蒼把右手長槍撐在岩壁上往上爬，他還不想要把長槍弄掉，因為還不知道崖上的是怎樣一群人。

爬上崖後是碎石路，又白又乾，有著不同於一般山路的尖銳。上面有淺淺車輪痕跡，附近有工地嗎？

大約二十個男女等著蒼三人，大家都很年輕，看起來只有高中左右。

「妳們帶了一個很厲害的傢伙來耶。」

高大男子對遙夏說，遙夏大概是運動不足，只是一小段爬坡就讓她上氣不接下氣。她雙手撐在腳上，感覺隨時會吐出來。

「這麼說來，你叫什麼名字？」

沙也看著蒼。她雖然不如遙夏嚴重，但也有點喘。

「上原，上原蒼。」

「我是大和田由一，『Wild Fire』小隊的隊長。」

男人伸出右手，接著發現蒼的右手被長槍覆蓋又換成左手。蒼在褲子上擦了一下滿是擦傷的掌心後，和他握手。

「什麼時候選你當隊長了啊？」

遙夏抬頭，自稱由一的男人俯視仍舊彎著腰的她。

「又沒關係，『Wild Fire』這個名字是我取的耶。」

蒼心想，自己跟動不動就想取名字的人還真有緣，讓他想起了替他右手長槍取名的脩介。

「你那個是長槍嗎？」

由一指著問。

「『Bloodlet Lancet』，是抽光魔骸血液的針。」

蒼回答。

「魔骸就是指那些蜥蜴。」沙也補充。

「這樣啊。」由一嘲諷地笑了，「看來你似乎喜歡到處取名啊。」

「或許如此。」蒼也用鼻子哼聲冷笑。

「你看見我的『Nitro Aerial』了吧？一瞬間就能把你口中的魔骸化成灰。」

蒼觀察由一。他穿著拉鍊外還有一排釦子的登山風衣和攀岩褲，腳上是皮製登山鞋。每樣都算是登山用衣物，但有點太古典，跟角色扮演沒兩樣。

但話說回來，蒼的衣服破破爛爛，根本沒資格批評別人的裝備。由一的同伴，不是和他同樣穿著戶外運動風的服裝，就是和沙也一樣穿運動休閒服。只有一個人穿著專業的運動服裝，但他腳上穿著公路跑鞋，而非越野跑鞋。

「你是高中生嗎？」

由一問完後，蒼點點頭。

「幾年級？」

「二年級。」

「和我同年啊。哪間高中？」

「暮野澤的惠成學園。」

「啊，那一間。」

由一揚起嘴角一笑，蒼瞪著他。

「你有什麼意見嗎？」

「沒，沒意見。」由一用登山連帽衣的衣領遮住嘴巴，「順帶一提，我是橫山台東高中。」

這間學校連蒼也知道，是知名升學高中。
「啊，那一間。」
蒼瞪著對方說道。
由一把下半張臉遮在衣領裡，瞇細眼睛。蒼心想：「笑屁啊。」
由一仰頭看天，吸了吸鼻子。
「你住在那個鎮上嗎？途中經過的那個。」
「對。」
「從這附近封鎖後一直住到現在嗎？」
「就算是又怎樣？」
「沒有啦——」
由一臉朝上，只有眼睛看著蒼。
「我只是覺得，真虧你可以待在那麼臭的地方耶。」
「你說什麼……」
身體發熱，和疾病的發燒不同。只有表面一層皮發熱，顫慄到冒出冷汗。
即使蒼朝由一衝上去，由一也不改輕鬆表情，站在兩人間的遙夏和沙也抓住蒼的手臂，阻止他。
「你生什麼氣啊？」

「別吵架啦。」

他人的制止更提高蒼的熱度。

「你再說一次試試看，混帳！」

他發出自出生以來未曾喊出的粗暴聲音，旁人也連忙插入兩人之間。由一冷淡地俯視蒼。

「我說那個小鎮臭死人了，跟死掉的小龍蝦臭味沒兩樣。」

「去死！我要殺了你！」

蒼舉起長槍想衝上前，但眾人壓制住他。

「喂，大和田，你說過頭了。」

一個男人抓住由一的衣領，由一慢慢扳開他的手。

「我只是說實話啊，而且，先挑釁的人可是他耶。」

對方被拉遠後，蒼揮開纏繞在身上的手。

「你這長槍太危險了，先弄掉吧。」

沙也說著，她的小手還抓著蒼的袖子。

蒼的右手與地面平行，引爆長槍後碎片四散、塵土飛揚。

「這都不知該說方便還不方便了。」

遙夏拍拍自己的西裝外套衣領。

蒼離開上一秒壓制著自己的人們站起身。下唇裂開，他舔掉血絲後和著口水吐到地上，乾燥碎石地上的白色泡沫帶一點紅。

他無法忍受有人說小鎮的壞話。外來者知道什麼？除了目睹居民死絕的自己以外，還有誰有資格說話。

「欸，」遙夏靠近他，探頭看他的臉。「你真的沒聞到那個臭味嗎？」

「什麼？」

他還以為自己又被瞧不起了，但遙夏眼睛裡沒有嘲弄神色。

「我什麼……也沒有感覺到。」

「我們走到湖邊就發現了，有一股酸臭味，立刻知道前面死了很多人。」

「但是……我……」

蒼擦擦自己的鼻子，有汗水和泥土的味道，他並沒有失去嗅覺。

一直沾染著屍臭味，他的身體肯定也有相同氣味，小鎮上有太多死亡了。

「我們該出發了喔。」

集團在由一一聲令下開始行動，由一轉過頭看蒼。

「正義的夥伴來了，你可以回家了。在小鎮好好休息吧，也換個衣服。」

由一俯視蒼身上破破爛爛的風衣。

「我們要到深山去，去打倒魔骸。」沙也捲起運動外套衣袖，「如果你也願意來，會幫了我們大忙。」

蒼一動也不動。

一個男人雙手提著背包走過來，分別交給沙也和遙夏，似乎是她們跳下山崖前寄放的。

遙夏背起黑色背包，抓著背帶跳了一下。

「為什麼有力量卻不拿來幫人呢？無法理解。」

蒼沒有回答，獨自目送他們往深山離去的背影。

他沒打算加入他們。感覺只要和他們同行，在小鎮裡獨自生活的時間、和脩介與美森一起戰鬥的記憶、殺死所有魔骸的夢想都會遭到玷汙。

這是為了夢想而戰，不是遊戲，他無法忍受這些人當成期末考完要去慶功。

他翻找背包的側袋，寶特瓶裝水應該放在這裡，但不見了，大概是滑下山崖時弄丟了吧。

沒辦法，他只好放下背包，從裡面拿出水壺。那是他來這裡前，從家旁河川汲的水。含進變得微溫的水，一口還不夠，一口氣喝掉半瓶。

得回家才行。小鎮才是自己該守護的地方，小鎮是自己的戰場——他努力這樣想，另一方面卻有打碎這種想法的東西。

由一那彷彿看輕自己的視線，沙也知道他不幫忙時的失望表情，遙夏瞧不起所有事情的語氣。

他真想一輩子與這些無緣。他想要永遠獨自戰鬥，這樣比較輕鬆。

日光穿過半透明的寶特瓶，想到回家的路程，補給一點水會比較好。

他走剛剛爬上來的路回到谷底，趴在河岸邊汲水。一喝，水相當冰冷。這裡的溫度比家旁的河水還低。

他掬水洗臉，腦袋逐漸清醒，洗掉多餘的思考，只留下純粹的東西。

蒼只有夢想，除此之外的感情、欲望及願望全是多餘的東西。

現在的他，想藉著逃離由一的惡意與融入集團的不自在，以獲得心靈平靜。但就連平靜也是多餘的，在夢想面前毫無價值。

如果想殺光魔骸，同伴越多越好——既然理解這一點，為什麼不願意行動呢？

擁有夢想前，覆蓋每一天的怠惰、躊躇、放棄，是惡；認為這也是某種人性的天真，是惡。

他只是純粹想為了夢想而活。如同停止游泳就會死去的魚，如同飛上晴空半天、留下後代就會死亡的蟲，他想要把活著與活著的目的直接連結。

為此，即使崩潰也無所謂。不管夢想最終會實現或破滅，他已崩壞的一部分都沒辦法復原。崩壞的，或許是自己的全部。

這樣也沒關係，這樣才能稱得上是夢想，值得賭上自己。

抹殺思考多餘事情的心，成為直直貫穿的長槍。

他重新綁好鞋帶，潮濕鞋帶上的結牢牢固定。

一開始跑，身體立刻回想起過去的習慣，維持一定的呼吸節奏，他覺得每天在山裡奔跑毫無白費。

爬上山崖，走過碎石路，凹凸路面的突起相當尖銳，這是專給車輛行走的道路。

蒼跑一段路後追上一行人。隊伍拉得很長，就像馬拉松比賽後半的模樣。

隊伍最後是那個跑鞋男，聽到腳步聲，他轉頭看蒼。追過他也很奇怪，所以蒼放緩腳步與他並行。

一度離開他們又再回來，蒼還以為他會說什麼挖苦的話，但他只說了「嗨」，蒼輕輕點頭回應。

沙也和遙夏走在三公尺前，沙也轉過頭來對蒼揮揮手，遙夏轉過來看，表情沒變化，立刻轉回去。

「你那個——」男子指著蒼的腳，「是越野跑鞋？」

「啊，嗯。」蒼點點頭。

「你在跑越野跑啊？」

「嗯。」

「常來這附近嗎？」

「我不會來這邊，主要都跑車駕山。你呢？公路跑？」

「嗯，我也想要試試看越野跑，但我家離山有點距離。」

「我家後面就是山。」

蒼說完，男子笑了。大概是有跑步這個共同話題，兩人聊得很熱絡。蒼意外地想著，和人聊天有這麼輕鬆啊。

「我叫野澤，多指教啦。」

「我叫上原，請多指教。」

「你是田徑隊的嗎？」

「沒有，我喜歡自己跑。」

「我也是。」

「平日的山裡頗能獨處。」

「超適合沒朋友的我耶。」

野澤笑了。總感覺兩人的個性挺相似。

「越野跑怎樣啊？不會受傷嗎？」

「嗯，會受傷喔。」

他說著自己踩到不穩固的岩石扭傷腳，結果邊哭邊下山的事情時，追上走在前面的沙也和遙夏。她們似乎是停下腳步等待後面的蒼和野澤。

「看你聊得很開心耶，剛剛明明還氣成那樣。」

「不可以說這種話。」

沙也輕拍遙夏的手。

「這種就叫做傲嬌吧？」

「出現了，誤用傲嬌的人。」

她們兩人加入後就打亂對話節奏，蒼和野澤都閉上嘴。感覺好不容易建立起來的親密氣氛被搗亂了。

走一段路後，和前方的距離逐漸縮短，前面一群人聚集。

「休息囉。」

由一下令。平常總獨自在山中奔跑的蒼，對連休息都要受人指示覺得厭煩。

這邊有小型攔河堰，似乎正在施工，重型機械擺在一旁，大家就在旁邊坐下。

蒼探頭看河川。越過攔河堰落下的水流比家旁的河流更加湍急，河岸隱藏在樹木陰影下，很暗。激流水聲大得不輸給男女說話的聲音，像是興奮迎接罕見來客。

「噯，要不要吃糖？」

沙也喊他。

她和遙夏鋪好折疊式坐墊，坐在上面。蒼坐在地上，野澤獨自坐在稍遠處。

接過糖果丟進口中，不自然的草莓味甜到舌頭都要融化了。

「甜食是惡魔做出來的東西喔。」

遙夏這樣說，啃咬看起來很硬的巧克力棒。

「因為會變胖嗎？」沙也雙手搓圓糖果包裝紙。

「更糟糕，會讓人類靈魂墮落。」

「要是願意幫我做甜點，感覺就是好人耶。」

遙夏哼了一聲恥笑沙也說出口的話。

要說墮落，就蒼來看，遙夏比看起來認真的沙也更墮落。他們學校裡也沒有把頭髮染成粉紅色的女生，而且裙子那麼短，她還盤腿坐，就快要可以看見內褲了。尖葉雜草碰觸她的大腿內側。

「話說回來，為什麼只有妳穿制服？」

「什麼？」遙夏皺眉，「你別問這種理所當然的問題，制服是我的制服啊！」

「糟糕，普魯比我想像的還要笨耶。」沙也失笑。

蒼環視周遭。野澤獨處，由一和五個人坐在一起，是集團中的最大小團體。這一團加入蒼後總共有二十一個人，讓他想起國中的班級。

「這裡全是高中生嗎？」

蒼開口問，沙也點點頭。

「有一個國三，其他都是高中生。」

「我的兩個同伴也都是高中生，他們兩個都有力量。為什麼全是這個年紀的人出現能力呢？」

「這個啊，是因為病原菌對生長賀爾蒙產生反應啦。」

「生長賀爾蒙？」

「這個疾病的病原菌會對生長賀爾蒙產生反應，然後在體外製造出特殊物質。十六到二十歲是生長賀爾蒙最旺盛的年紀。反過來說，這年紀以外的人，因為生長賀爾蒙變少，病原菌會讓體內細胞硬化而破壞組織。」

「妳怎麼會知道這麼多？」

「還有很多事情不懂啦，不知道同年紀的人為什麼有人死了，有人得到能力，也還沒找到治療方法與預防方法。而且，如果找到那種東西，我們的能力可能也無法發動了。對吧，普魯？」

與滿臉笑容的沙也相反，遙夏一臉不悅，用瞪人的眼神看蒼。

「你剛剛說同伴，那些人怎麼了？」

「死了，被魔骸殺了。」

蒼一回答，沙也和遙夏都噤口了。

氣氛變得尷尬，蒼想要改變氣氛而翻找口袋。

「做為剛剛糖果的回禮，這給妳……」

「這什麼？」

「運動時喝的果凍飲，吸收快速，可以立刻變成身體能量。」

遙夏接過後皺起眉頭看著包裝。

「什麼口味？上面寫英文看不懂。」

打開蓋子用力吸一口後，她睜大眼睛。

「嘔嘔嘔噁噁！超難吃！」

她痛苦地伸出舌頭，把果凍飲推還給蒼。

「有這麼難吃嗎？雖然超級甜，但也不至於——啊，這是培根口味耶。一袋綜合口味裡只會有一個，妳中獎了。」

「是爛獎好不好！」遙夏向沙也要水喝。

「這可是美國限定的珍品耶。」

「那種東西別亂出口啦。」

看見遙夏不斷咳嗽的痛苦模樣，沙也笑了。蒼也跟著笑。已經好久沒有這樣談笑。

休息十五分鐘後，集團又開始行動。

走完碎石路後，正式進入山路。因為道路狹窄，所以集團變成一長縱隊。

野澤殿後，蒼走在他前面。一時拉開的距離沒辦法再縮短，蒼沒辦法與他搭話。蒼的前面是遙夏和沙也。

集團的行走速度莫名快，蒼也開始喘了。爬山經驗越少的人，越容易在一開始狂衝。經驗豐富的人，從開始到最後都會保持和緩的固定速度。

遙夏和沙也停下腳步，當場蹲下。

蒼想著發生什麼事，彎身往前跑，追上兩人詢問狀況。

「不知道，前面的人停下來，我們跟著停下來而已。」沙也回答。

遙夏靜靜盯著道路前方，因為道路往左彎，所以看不見集團的領頭。

蒼又邁出腳步奔跑。因為壓低身體奔跑挺吃力，而且還是上坡，看見領頭的由一時，他已經上氣不接下氣。

「怎麼了嗎？」

蒼一問，由一蹲著轉過頭。在他身邊的長髮女生也一起轉過頭。

「前面有什麼。」

由一說完看著女生，她手張開，掌心朝上。伸長的指尖前各飄浮著一根針，針閃爍著紅、藍光芒。一看就知道這和蒼相同，是生病後得到的力量。

「我的『Probe』有反應，那棵樹——」女生指著前方，「那棵樹和那棵樹之間拉著一條線狀物，那似乎連接著什麼圓形的東西。」

由一蹲著往前走，盯著道路上方，最後才從連帽上衣口袋拿出小刀，縱向一揮。

「切斷囉。」

由一站起身，在女生手指的樹木旁到處察看，大概是發現什麼，開始在樹根附近搜索。

「圓形的東西是這個嗎？」

蒼看過由一手上的東西，看起來比在魔骸手中時還大。

「別碰撞那個東西。」

蒼說完，由一彎起嘴角笑了。

「撞了會怎樣？會爆炸嗎？」

「會發紅光，這個訊號會叫來魔骸，我剛剛就是中了這招。」

「這樣啊，那得小心點才行。」

才剛說完，由一就丟出魔骸的圓球。蒼瞬間像在接沙包般，好不容易才接到。

「喂、喂，小心點啊，你不是說不能碰撞嗎？」

由一邊笑邊往前走。

蒼緊握魔骸的圓球。他覺得自己沒一拳揍上去已經進步很多了，比剛見面時更習慣由一的個性。

集團追過他，沙也和遙夏也爬上來了。

「怎麼了？」

沙也問，蒼遞出圓球。

「魔骸的警報器，這裡似乎是他們的領域，別大意。」

「誰都沒大意過。從一開始就是。」

遙夏邊喘氣邊走過他身邊，他深深吸一口氣跟在兩人身後。

看見輸電鐵塔了。

輸電鐵塔很高，高高俯視杉樹林。深山中，這種人造物與周遭格格不入，反而讓人覺得那超越人類智慧。

鐵塔塔底一片寬敞，雜草被割得很短，似乎有人最近整理過。

經過旁邊時，蒼觀察著那裡。寬敞到足以讓許多人一起睡，地面平坦且沒有傾斜。

看手錶——下午兩點半，日落時間大概是四點半。

他提升速度追上遙夏和沙也。

「今天打算到哪裡去啊？」

蒼一問，她們兩人面面相覷。

「不知道，沙也知道嗎？」

「我也不知道。」

「那妳們知道最終目的地嗎？」

聽到這個問題，沙也把背包往身前拉。

「這我知道，因為有地圖。」

她拿出五萬分之一的登山用地圖，蒼的背包裡也有相同東西。

「這邊。」

她指著地圖上方的某座山。

「黃粱山啊……」

蒼試著計算寫在登山路線旁的路線時間後——距現在地點五小時，絕不可能在日落前抵達。得避免日落後在山中行走才行。

「妳們有帶帳篷來吧？」

看見遙夏和沙也點頭後，蒼往前跑。因為道路狹窄，追過其他人時，肩膀都快要互撞了。每個人都一臉詫異看著他，但他甩開大家繼續往前跑。

「喂，停一下。」

他喊完後，由一轉過頭。

「這次又有什麼事？」

他一臉厭煩。蒼在他身邊停下腳步，吐氣。

「今天別再繼續走，回去剛剛鐵塔那邊比較好，時間太晚了。」

「應該可以再走一段吧，天還這麼亮。」

由一抬頭看天空。

「山裡暗得很快，而且不是普通黑。就算戴頭燈也沒辦法好好走，要搭帳篷也得費一番功夫。趁天亮做好過夜準備比較好。」

蒼這段話讓由一面露笑容。

「那就這樣做吧。住山裡的人都這樣說了，準沒錯。」

他帶著同伴折返，蒼殿後。

在這個時間停止爬山果然是正確的。蒼腳步沉重，和魔骸戰鬥、滑下斜坡、從山崖掉下去等等也是原因之一，但最大的因素應該是這個「Wild Fire」小隊的存在吧。他們完全不照自己所想的做，跟牽一隻不受管教的大狗散步一樣。

蒼停下腳步喝水，破掉的風衣下，汗水發冷。

回到鐵塔處時大家都坐在草地上，走一天似乎累了，一臉陰沉地打瞌睡。還有人脫掉鞋子，倒成大字形。

有個雙人組立刻開始搭帳篷，仔細一看是沙也和遙夏。

「喂～這邊、這邊。」

遙夏朝他招手，蒼鑽進鐵塔底下，朝兩人走去。

「欸，這個該怎麼弄？」

橘色帳篷攤在地面，這是最常見的雙層帳篷。遙夏站著，雙手插在西裝外套口袋裡。

「自己弄啦。」

「不會弄。」

「但這是妳的吧？」

「是這樣說沒錯啦。」

蒼也沒用過這種帳篷，不清楚搭法，但這是以可以簡單架設聞名的款式，所以他也不是辦不到。

「總之，先把骨架拿出來。」

「這個嗎？」

遙夏從收納袋裡拿出好幾根棒子，蒼將其連接起來。

「啊，有說明書。」

蒼接過從袋中拿出的紙張攤開。

把骨架穿過拉環，把帳篷撐起來。把外帳蓋上去後固定，自立式帳篷的搭設果然很輕鬆。

「好厲害喔～手法真俐落。」

沙也探頭看著他的手邊。

「再來就是把營繩綁上營釘，營釘插入地面就完成了。」

「營繩是什麼？」

「拉緊帳篷的繩子。」

遙夏從收納袋中拿出營釘。

「我也想要有人幫我搭。」

沙也不安地說。

「要我教妳也可以喔。」

不知為何，遙夏很了不起地回答。

蒼在遠離她們一段距離處放下背包。

平地的邊緣，地面在前方突然傾斜，變成陡峭斜坡。要是下大雨，這邊就會因為土石流而率先崩落，但鐵塔還站在這裡，應該是沒有問題吧。

他的露營帳篷是簡易帳篷。緊急狀況時使用的簡易帳篷，也有人為了減輕行李重量當成主要露營帳篷使用。

在地面鋪好後，用營釘固定四角，因為非自立式，所以需要支柱。他撿了兩根樹枝立起帳頂，像三角柱橫倒的樣子。篷內狹窄、帳頂也很低，但已夠一個人睡。他把行李放裡面。

遙夏和沙也站著看他的帳篷。

「不覺得分不出哪個是我們的，哪個是別人的嗎？」

「真的耶，真想要有個記號什麼的。」

同款、同色的帳篷排滿整片草皮，這讓蒼覺得很怪異。他想起曾聽過熱門山區的露營地裡，一整片常見的帳篷，根本搞不清楚哪個是自己的事情，這才理解就是這麼一回事。

「我想到好方法了。」遙夏拍一下手，「拉到那個奇怪形狀的帳篷旁邊就好認了。」

「好主意。」

兩人把帳篷拉近簡易帳篷旁。蒼想要移動到別的地方去，但已經固定營釘了，現在拆也很麻煩。他只好放棄坐下，看著兩人踩著營釘頭，把營釘釘入地面。

「不好好固定，帳篷會被風吹走喔。」

「你來幫忙啦。」

遙夏瞪他，蒼聳聳肩。

「我會給妳建議。可別被營繩絆到腳啊。」

「我還沒笨成那樣。」

固定好所有營釘後，她用手背擦拭額頭上的汗水。

周遭開始變暗，在山上，果然覺得比平地暗得快。

蒼用卡式爐煮水，決定早點吃晚餐。菜單是冷凍乾燥的義大利麵和湯，兩者皆只需煮熱水即可完成。

沙也和遙夏也在用卡式爐，似乎打算煮泡麵。

蒼打開義大利麵的袋子，往裡面倒熱水。撒上調味粉末、均勻混和後，壓緊夾鏈袋，接著把湯粉倒進剩下的熱水中。

等三分鐘就完成了，短義大利麵沾滿奶油醬汁。雖然和真正的義大利麵不同，但這也很好吃。

「你吃什麼？」

遙夏邊吃泡麵邊走近，蒼把義大利麵的包裝給她看。

「『菠菜白醬筆管麵』耶。」

「感覺超級賢慧耶。」

當他吃完義大利麵、喝完湯時，已經暗到連手邊也看不清，月亮、星星高掛天空。

「登山客在天黑後都在幹嘛啊？」

沙也邊喝咖啡邊問，坐在各自帳篷前的三人距離很近，其他人的說話聲感覺很遠。

「有人會喝酒舉辦宴會，但我會睡覺，隔天早上要很早起啊。」

「早是幾點啊？」

「兩點之類的。」

「太早了吧。」遙夏邊玩指甲邊說，「那是哪裡有趣？」

「有趣的地方不是早起，而是看日出之類的，有很多啦。」

蒼回想起和父親在山裡度過的夜晚。雖然在家裡幾乎沒什麼對話，但不知為何在帳篷內、提燈的燈光下就能聊天。都是些無關緊要的對話，他現在已經想不起到底說過什麼了。

他對現在在此感到與當時相同安心的自己憤怒，連「晚安」也沒說就走進帳篷，鑽進睡袋裡。

在山上醒來時，總會不知道自己身處何處而混亂，是因為太暗嗎？還是因為帳篷內太小？

蒼從睡袋伸出雙手，按下手錶的燈，時間剛過午夜零時。

不是因為寒冷醒來，在睡袋中連腳趾尖都暖呼呼的，是睡飽了自然醒來。

雖然睡飽了是很好，但也太早起了，還有六小時才日出。

蒼閉上眼，在山裡入眠會感到孤獨，不小心就想起山下的事。學校的同學們現在也正在睡覺嗎？媽媽還醒著嗎？

現在，朋友和母親都不在了，思緒飛出小鎮外。健康的人正在健康的睡眠中嗎？橫山台市患病的人，正因發燒呻吟，度過漫漫長夜嗎？封鎖大蓮實峠的自衛隊隊員有輪流休息嗎？

魔骸肯定也在這座山裡某處睡覺吧。

憎恨到想殺人的人、誘人殺意的被憎恨者，都得保持平時的行動。得吃飯、得喝水，也得睡覺。

得活到殺人者與被殺者命運交錯那時才行。

蒼覺得這是相當迂迴漫長的一段路。

呆呆看著帳頂時開始想尿尿，因為出去外面太痛苦，所以他忍了一會兒，但這只是繞遠路，所以他乾脆起床。

他穿上放在睡袋下當枕頭用的鞋子。外面很冷，他穿上羽絨衣。總覺得臉很熱，大概因為使用力量而發燒了吧。

雖然有戴頭燈，但沒開燈也能走路。月光照射下，一大片帳篷看起來像連綿山脈。鐵塔彷彿從夜空伸下來的手，抓住地面，想要挖走一大塊。蒼走到鐵塔下，從正下方抬頭看，鐵架化作黑影朝他逼近，他感受到巨大力量。雖然是人造物，卻有著能捏死一個人類的巨大力量。

穿過帳篷間，橫越道路走近樹林，稍微走一段路後，腳差點滑下去，這邊有斜坡，他已經不想再滑下去了。

他躲在樹木陰影處小解，打在杉葉落葉堆上發出「波噠波噠」的聲音，解放感令他不禁嘆息。

解放完後，他走回道路。好安靜，連風聲也沒有，也聽不見帳篷下的均勻鼻息，只有沉重的黑暗。

總覺得直接回帳篷很可惜，他正獨占著嚴肅的山裡氣氛。蒼往白天來的方向回頭走一段路，雖然黑暗卻沒有不舒服感。就算有鬼或妖怪也不怕，因為他可是經歷過更恐怖的地獄。

正當他想要吹個口哨時，察覺怪異感而停下腳步。

黑暗那頭有什麼東西。

可以聽見呼吸聲。

「沒什麼可怕的東西」這句話早從腦袋消失。山裡的野獸很恐怖，如果是妖怪，頂多嚇一跳而已，但熊或野豬的攻擊可是會致命。

蒼當場蹲下，只要壓低視線，就可以看穿黑暗。

側耳靜聽，前方不遠處的樹林中有氣息，他壓低身體靠近那邊。

可聽見草叢那頭傳來負傷野獸會發出的喘息聲，他抬起身體窺探。

一開始以為只有一個人。

有人趴在地面，身體小幅度搖擺，發出呻吟般的喘息。

仔細一看才發現下面還有一個人，像被上面那個人壓扁的姿勢。上方的人把褲子脫到膝蓋處，露出屁股。下方的人一絲不掛，大腿在黑暗中反白，纏住上方的人的腰，腳踝交錯。

和在網路影片上看見的不同，兩人互相緊擁，只有臀部震動般移動。蒼這才知道影片上的東西只是給人看的表演而已。

影片中，女演員會發出高聲呻吟，但眼前的女人只發出努力隱忍的聲音。

蒼稍微觀察一段時間後，感覺身體變冷，就離開現場了。

他邊走在來時路上，邊想著剛剛看到的場面。

人類，只要活著就會做這種事情吧。光吃東西、喝水及睡眠還不夠。不知為何，他覺得肚子餓了。

走到自己帳篷附近時，有什麼東西絆住腳，差點跌倒時，手撐住了地面。

「呀！」

附近的帳篷傳出尖叫聲。

「沙也，怎麼了！」

遙夏從對面帳篷衝出來，是脫掉西裝外套的制服裝扮，腳上隨意套著樂福鞋。

沙也從帳篷爬出來，服裝和白天相同。

「我的帳篷晃了一下。」

蒼走到她們身邊，雙手合十道歉：

「對不起，我的腳被營繩絆到了。」

「說『別被營繩絆倒』的人是你吧。」

遙夏雙手環胸瞪他。

「我剛才在那邊看到不得了的事情，所以有點發呆。」

「什麼不得了的事情？」

「欸，要不要去裡面說？」沙也搓揉手臂，「這邊爆冷的耶。」

在帳篷內打開ＬＥＤ提燈後，裡面變得明亮。沙也和遙夏坐在睡袋上，蒼穿著鞋在入口附近坐下。

「雖然不知道是誰，但有人在樹林裡做愛。」

「什麼？」遙夏瞪他，「你幹嘛因為這種事情嚇到啊？處男嗎？」

「肯定是小淵和三國啦，嗯。」沙也自行斷定後，點點頭。

「真是的……別因為這種小事吵醒人啦。」

「真的很對不起。」

蒼朝遙夏低頭道歉。

「我要去尿尿準備睡覺了。」

遙夏拿著小馬克杯走出帳篷，留下蒼和沙也。

沙也此時沒戴眼鏡，眼睛因此看起來更大，綁成雙馬尾的頭髮也放下來，與白天的氛圍有些許不同。

剛睡醒的人會發出的微熱氣味充滿單人用帳篷，沙也的屁股把睡袋的羽絨部分壓扁，放在地上的提燈只照在兩人身上，以外的世界是一片黑。

沙也手伸過來，靠近蒼，肩膀上的髮絲滑落。氣味變得更濃，蒼吞了吞口水。

她的氣味經過他身邊，往背包的側口袋翻找。

「要來一根嗎？」

她遞出香菸盒，他搖搖頭。沙也走出帳篷點燃香菸。

「因為普魯討厭，所以我不太能抽。她會說『香菸使人的靈魂墮落』之類的。」

她一笑，煙霧從嘴巴流瀉而出，溶入黑暗中。

「她不是老說著『世間眾生～』或是『惡魔～』之類的嗎？那個是宗教。」

「宗教？」

「對，她媽媽很迷，說著『這世界即將滅亡』之類的，明明沒工作又沒有錢，卻每天都在家附近傳教。似乎是這世界就快要滅亡了，所以不需要工作。」

「所以魔骸才來了嗎？」

「誰知道。但是啊，我曾聽過『天會降罪給墮落的世界』之類的話，他們可能這樣覺得吧。」

沙也笑著，抬頭朝天吐了一口長長白煙。

蒼無法在心中將宗教與遙夏連結起來。將那個粉色頭髮、短裙且一臉不悅的她，擺在外公的喪禮，或是附近人家庭院裡的墳墓等自己熟知的宗教風景中，應該會看起來格格不入吧。

「我現在才想起來，普魯小學時曾有一次——」

沙也把香菸捻熄在攜帶式菸灰缸中，又叼了一根新的菸時，聽見尖叫聲。

『嗚哇啊啊啊啊啊啊啊啊啊啊！』

蒼和沙也對看，那是遙夏的聲音。

沙也丟掉還沒點著的香菸，衝了出去，蒼也衝出帳篷。

「聲音從哪來？」

「樹林裡。」

他把自己剛剛去過的地方放在心上回答。

他們橫越道路，走進樹林裡。

「普魯，妳在哪裡？」

『別過來！』遙夏回應。

「聲音意外地近耶。」

「不，晚上聲音可以傳得很遠。」蒼點亮頭燈，「我去看看，妳去找誰過來。」

蒼照亮腳邊一次後，一鼓作氣跳下斜坡，張開雙手保持平衡，用鞋底滑下去。

『討厭啦，就說別靠近了啊！』

聲音意外地近在身邊，蒼滑動腳來剎車，屁股跌坐在地。

手撐在地上後拿頭燈一照，眼熟的樂福鞋出現在黑暗中。

有雙腳朝天伸出草叢。蒼站起身，撥開刺人的葉子。

「沒事吧？發生什麼事？」

草叢那頭有塊白布。內褲在雙腿間拉緊，就像做工不好的口罩。

跌在地上的遙夏用雙手遮住腿間，她的裙子往上捲，下半身可說全露在外面。頭燈的白色燈光閃耀，將她的曲線照得一清二楚。

「我就叫你別靠近啊！」

遙夏伸腳一踢。光照亮雙腿間暗處，那拉走蒼的注意力，導致樂福鞋尖踢中他的胸口，令他滾下斜坡。

「普魯，沒事吧？」

沙也也下來到遙夏身邊，她腳邊鬆動的土落在蒼的臉上。

「尿到一半腳滑了。」

遙夏抓著沙也的手站起身。

「嚇人也該有個限度啊。」

蒼也抓住附近的樹木站起身。

遙夏抬起腳脫掉內褲，往山谷下丟。白色布料越過蒼的頭頂，被黑暗吞噬。

「喂，別亂丟垃圾，山會髒掉。」

「那件內褲已經八成是土了，丟著不管就會回歸塵土。」

遙夏脫掉樂福鞋，倒出裡面的泥土。

蒼用腳尖插進斜坡，開始往上爬。今天和斜坡還真有緣呢。

遙夏朝沙也伸出屁股。

「欸，我好像擦傷了，妳可以幫我看嗎？」

「哪邊、哪邊？」

沙也蹲下身，朝遙夏的裙底看。

「啊，有一點流血。」

「真假？糟透了。」

蒼側眼看著兩人，踏著柔軟泥土往前走。沙也的燈讓遙夏的裙子從裡頭透光。爬上斜坡後，一群人聚集在那邊，大家都拿著燈，像在舉行什麼宗教活動。

由一手上有個大提燈。

「發生什麼事？」

「你問本人吧，在下面。」

蒼拍拍手上的泥土。

一組男女站在離大家稍遠處說著什麼，經過兩人身邊時，蒼指著男生說：

「你的褲頭翻起來了喔。」

「欸？啊啊……」

男生整理好運動長褲褲頭翻起來的地方，還把T恤下襬拉出衣服。蒼盯著站旁邊的女生，那是白天使用「Probe」的女生。

見到他們兩人那時太暗了看不清楚，但在遙夏那時似乎看見了。在她用手遮住之前，一瞬間進入視野中的，是燈光導致的影子嗎？或者是——

蒼走回自己帳篷，「墮落」這個詞巴著他的腦袋不放。

獨自待在小鎮時，一切感覺都更加敏銳，才不是這種夏令營般的氣氛。和脩介、美森在一起時，也比如今這樣好太多了。明明要將「殺死魔骸」這個目標以外的全部東西從生活中排除才行，這裡多餘的東西太多了。

他將建議用量三倍的退燒藥丟進嘴裡，咬碎後苦澀蔓延。他將這當成責罰墮落的自己，和唾液一直留在嘴裡。

大概是凌晨半睡半醒，醒來後，身體反而更加疲憊。

蒼吃掉能量果凍飲和維他命解決早餐後，收好帳篷。

其他人悠閒吃著早餐、收拾帳篷，蒼坐在地上眺望這一幕。

「啊啊，好冷。」

遙夏邊搓雙腳邊拔營釘，蒼看著她心想：「別穿制服，穿更保暖的衣服不就好了嗎？」

沙也臉上掛著不懷好意的笑容靠近蒼。

「你在想她下面還是什麼都沒穿嗎？」

「欸？沒……」

蒼反省著自己有那樣直盯著遙夏的屁股看嗎？

「真遺憾，她已經穿上新的內褲了。」

沙也笑著走回自己的帳篷。

為了別招致誤會，蒼背對她們。遠處山間，湖水在朝陽照射下閃閃發亮。

出發後，集團的速度遲遲無法提升，大概是昨天走太快了。短短縱隊腳步緩慢地往上爬。蒼也腳步沉重，還有點發燒。他邊啃退燒藥邊走在集團後方。這裡似乎是少有人行走的路線，臉、腳沾上蜘蛛網。即使步調相當緩慢，還是有點喘。每次一喘，他就停下腳步回頭看，從杉樹間看遠處的湖泊。

越過山頂，稍微往下坡走後，出現岔路。

蒼打開登山地圖。往右走就是黃粱山，左邊是幾乎不曾整頓過的道路，前方是聽也沒聽過的山頂。

集團毫不躊躇地往左邊前進，蒼拴緊水瓶瓶蓋後，跑著追上去。

「喂，黃粱山不往那邊耶。」

沙也停下腳步。

「我們知道。」

「欸？不是要去黃粱山嗎？」

「真正的目的地是這邊。」

「但那條路沒有整頓過，很難辨識，別走那邊比較好吧。老實說，我也沒走過，沒自信。」

「這我們也做好覺悟了。」

沙也朝著前方回答。因為和方才的氣氛不同，讓蒼覺得她有點怪異。

「為什麼妳那麼有自信？你們也是第一次走吧？」

「如果不放心，你可以在這裡折返也沒關係，不會有任何人責怪你。」

沙也繼續走，道路覆蓋在矮竹叢中，已經看不見前方集團的身影。

蒼生平第一次覺得身處深山相當恐怖。

他們是不是知道魔骸的正確所在處呢？

被不同於魔骸的另一種魔物引誘至此，前方等著的，是與那個小鎮不同種類的黑暗。

但是，已經不能回頭了。第一個飛身撲進襲擊小鎮的災厄中心的人，得是他才行。只是單純殺光所有魔骸還不行，要自己親手殺掉才行。

讓人幫忙實現的夢想，根本毫無價值。

蒼邁出腳步，吹過山脈稜線的風穿過矮竹叢後，往湖泊而去。堅硬綠葉覆蓋道路，看不見前方。感覺風衣袖子快被劃破了。

往前走一段路後，集團停滯不前，一看，前面有個峭壁，高約五公尺左右，沒有鎖鏈也沒有繩子。

「保持距離，一個一個慢慢爬上去，手腳要確保三個支撐點。」

蒼說完後，由一轉過頭咋舌。

集團開始攀岩，形成縱隊，蒼殿後。遙夏轉過頭問：

「你不先走嗎？」

「等大家都過去後我再上去。」

他吸食果凍飲、喝水。

輪到沙也了。她的腳踏上岩石，仰頭看斜面。

「嗚哇……我不擅長這種耶。」

「只要確保三個支撐點，就不會掉下來，放輕鬆爬吧。」

蒼用力互搓掌心。得搓暖手，這樣指尖的感覺才會變得敏銳。

沙也慢慢爬上去，但在斜面中央停下來了。

「啊～不行不行不行不行，好恐怖好恐怖好恐怖。」
「不可以看下面啦。」
遙夏雙手扠腰抬頭看。
「身體離開斜面，這樣比較容易保持平衡。」
蒼建議後，沙也抬起身體，一點一點往上爬。
「好，接下來輪到我。」遙夏高高抬起腳踏上岩石，「這我挺擅長的呢。」
正如她所言，她輕輕鬆鬆往上爬。
看來就算不用盯著也沒問題，所以蒼立刻跟上去。
腳完全離開地面後，奇妙感覺襲來——昨天從山崖上跌落時那種輕飄飄浮起來的感覺。像把自己的生命丟進殘酷事物中的感覺。
手腳無法離開現在緊抓的岩石，感覺只要一動就會掉下去。雖然嘲笑有懼高症的人，但蒼現在很能感同身受。
深呼吸一次，放開右手，正在尋找下一個抓握點時，頭上傳來「哐啷哐啷」的聲音。
他立刻將身體貼緊斜面。
拳頭大的石頭掉下來，擦過他的肩膀。
「喂！妳別開玩笑！」他的怒吼震響岩壁，「有落石的時候要提醒下面的人啊！」
「抱歉、抱歉。」

遙夏沒誠意的道歉讓他一怒，頭往上抬。

裙底一片陰影，在黑暗樹林中時更暗，只有白色布料清楚明亮。

因為遙夏抬起右腳，內褲右半邊嵌進臀縫中，半邊臀部現蹤。渾圓緊緻的肌膚有著不同於內褲的白。緊貼雙腿間的布料單薄，對從下往上看的蒼來說，就算是藏起來的部位，也和沒隱藏一樣。

「喂！」遙夏往下看，「你是不是在看我的內褲！」

「沒、沒有……我沒有看。」

蒼慌慌張張移開視線。

遙夏右手離開岩壁，壓住裙襬。

「我沒手了，你先上去。」

遙夏把裙襬往雙腿間壓，想遮住內褲。這樣一來確實看不見內褲，但還是能看見她的大腿根部和臀部，這樣看起來像裙下什麼也沒穿，反而讓蒼更無法移開視線。

蒼爬上斜面，和遙夏並排，她瞪著蒼。或許多心了，她看起來似乎臉泛潮紅。

「你這個變態，從下面看人家的內褲興奮了吧。」

「不……才沒有興奮。」

「你說謊的時候，語調會變得特別有禮貌呢。」

蒼握拳，朝拳頭裡吹氣暖手。

「回到剛剛的話題，有落石時要提醒下方的人，這不是開玩笑，是認真的。」

「那你看見上面人的內褲時，也會提醒嗎？」

「嗯……我下次會這樣做。」

「什麼下次會啊，踹你下去喔。」

蒼拋下生氣的遙夏，攀住岩壁，把身體往上拉。

爬到頂端時，只見沙也坐在石頭上喝水。

「你和普魯聊什麼啊？」

「稍微聊了一點攀岩技巧。」

蒼站在崖邊朝下看，遙夏痛苦地張著嘴往上爬。想到她的裙內現在也正朝著五公尺遠的地面大開，身體便被飄飄然的感覺襲擊。

不知何時，懼高症治好了。

在矮竹叢中前進，就快要到下坡時，遙夏和沙也蹲下身。

前方如傳話遊戲般傳來指示：

「『Probe』偵測到敵人了，前方五百公尺，做好戰鬥準備。」

沙也放下背包，拿出防護衣。

「我幫妳拿這個。」

遙夏抱著沙也的背包。

蒼有點猶豫，最後決定先不變出長槍。因為要蹲低身體移動，手上有長槍很礙事。

他們壓低身體前進，視線被竹葉遮蔽。但前方沙也的白色防護衣相當醒目，所以不需要擔心走散。

行進中，竹葉打在臉上。葉片的邊緣如鈍刀，臉快被割傷了。感覺戰鬥即將接近，就快要流血了。

前進路線呈直角轉彎後碰到一塊大岩石，集團蹲在岩石陰影處，由一朝晚一步才抵達的蒼、遙夏和沙也招手。

「那邊，有看到嗎？」

從岩石後探出頭，山稜線最低處——也就是所謂的山坳——寬廣的空間上張著好幾個天幕帳，似乎是露營地常見的篷布。天幕布料的質感，與車駕山上勾在樹枝上的布料類似。

「魔骸就在那下面嗎？」

「總共五十四隻。」

「Probe」的三國說道，由一讓同伴聚集在他身邊。

「我們分兩路，一路繞到對面去，從兩邊夾擊。開始攻擊的訊號就是我的『Nitro Aerial』。」

其中六人離開走下山路，野澤和昨晚露天做愛的小淵也在其中。

蒼沒有動，因為他認為自己並非由一的屬下，不需要聽從他的作戰方法與命令。

「你就待在我看得見的地方。要是你亂來，麻煩的可是我。」

蒼不理由一，喝了一點水。

「待著不動好冷喔。」

遙夏搓揉穿著西裝外套的雙手。

「我是很熱，真希望快一點開始。」

沙也把口罩拉到下顎，嘆了一口氣。

由一看手錶後抬起頭來。

「三國，哪裡的敵人最多？」

「前方算起第二個帳篷。」

「好。」

由一站起身，左手往前伸直，手腕兩側突出兩根尖棒，兩根棒子間拉起絲線變成一把弓。

他將弓水平擺放，右手把弓弦拉到極限。

「那麼，吹響號角吧。」

咻的一聲，短箭破風飛去，射穿天幕。從下燃起熊熊火焰，一個魔骸全身浴火跑出來，瘋狂亂舞，最後跪地倒下。

「上吧，突擊啦！」

沙也邊揮動大劍邊衝下斜坡，斬斷的竹葉到處亂飛，後面兩個人也跟著她衝過她走出來的道路。

從天幕下走出來的魔骸攻擊沙也，她用大劍將對方攔腰斬斷。緊跟在後的女生使用鞭子，一甩打在魔骸身上，掀起對方血肉。另一個男生從掌心發射出無數子彈，魔骸胸口被打出大洞而倒下。

遠方的戰鬥也開始了，高聲大叫在樹木間響起，魔骸四處逃竄。

「你不去嗎？」

遙夏看著蒼。

「我觀察狀況。」

「真不合群。」

「常有人這樣說。」

在蒼看來，現在戰鬥的每個人，能力都比他更加優秀，就算面對複數對手也遊刃有餘。蒼只能在一對一時發揮力量，所以才會對美森見死不救。

「附近有一隻！來這裡了！」

三國驚聲大叫。

魔骸從最前方的天幕帳下衝出來，轉頭看了同伴一個接一個被殺害的現場後，邁步奔跑，跑上斜坡朝這裡過來。

「那傢伙交給你們自己想辦法啊！」

沙也邊揮動大劍邊喊。

由一再度把短箭搭上弓。

「初鹿野，用『Cascade Shield』保護三國和妳自己。」

「那傢伙交給我。」

蒼站起身，沒等由一回應就跑下斜坡，竹葉打在他腳上。

魔骸衝過來，看見蒼後拿出光棒。

蒼右手變出長槍，原本想藉著衝勢刺擊，但長度屈居弱勢。

對手會怎麼攻擊呢？因為衝上斜坡，應該沒辦法大幅度轉動上半身和揮動手臂。那麼，那傢伙只能選擇刺擊，除此之外別無他法。

對方伸長手不斷朝蒼刺擊，蒼用長槍往外撥開，接著立刻引爆長槍，爆炸風打壞對方平衡，讓他趴倒在斜坡上。

蒼左手立刻變出新的長槍。

「去死吧。」

長槍朝魔骸頸後刺下去，對方身體抖動痙攣。他這反射性、等於生命的動作令蒼不悅，蒼立刻引爆長槍，炸飛魔骸上半身。

生命活動消失，會動的只剩下從染血竹葉上滴落的血滴。

「還真誇張啊。」

躲在岩石後的遙夏探出頭來。

蒼低頭看被飛散的肉片、鮮血染濕的草叢。

「又把山弄髒了。」

「你是守山人一族還什麼的嗎？」

沙也在下方揮手。

「喂～似乎結束了喔～」

天幕上燃燒的火焰消失，由一現身。

「你的戰鬥方法還真噁心，老實說我都倒退三尺了。」

由一斜眼看著魔骸的屍體與鮮血如此說道，蒼一句話也無法回應。

三國追在由一身後滑下斜坡，一屁股坐在地上。

「右邊還有一隻！」

蒼往樹林中看去，魔骸的剪影出現在林間。正當他變出標槍打算丟過去時，一個巨大的迴力鏢飛過來。

與地面平行飛過來的迴力鏢砍下魔骸的頭，接著違反物理法則垂直彈起，飛回來時方向。

「是野澤的『Cytokine Storm』，那超強呢。」

由一小聲說。

山坳瀰漫血肉的焦臭味，四散戰鬥的人們聚集起來，臉上掛著笑容，與周遭的惡臭格格不入。

沙也把劍尖插在地面站著，肩膀起伏喘息，防護衣上滿是鮮血，劍上滴血未染。刀刃表面有高黏稠的透明液體不斷流動，蒼覺得那看起來像吸血後流口水。

「我們的損傷呢？」

「零，全員平安。」

由一問完，持鞭的女生回答：

「那個呢？」

「安全抓到了。」

「很好。」

兩人彼此點頭。

「那個是指什麼？」

蒼詢問後，由一沒有回答。

野澤走近指著蒼的衣服問：

「血也太多了吧，還好嗎？」

「全是魔骸的血。」

蒼看著對方的衣服。

「你的衣服真乾淨呢。」

「因為是飛行武器啊。」

野澤調整好扛在肩上的迴力鏢。那與滑雪板差不多大小，如果沒有因病而獲得的力量，根本無法相信能將這個拋那麼遠。

「魔骸這樣就全殺光了嗎？」

蒼提問後，野澤轉頭往後看了一眼。

「不，隔壁那座山上有樹木倒下的痕跡，那邊才是總部吧。」

「接下來要去那邊嗎？」

「不，我們——」

「喂，野澤。」由一插入兩人對話中，斜視蒼一眼後瞪著野澤，「別多話，這傢伙可是外人啊。」

野澤聳聳肩，由一又冷淡地看了蒼一眼才離開。

「從第一次見到那傢伙起，他就是那種高高在上的態度。」

野澤目送由一離去的背影喃喃說道。

「你們不是舊識啊？」

「生病後才第一次見面。他在醫院突然問我：『你哪間高中？』我聽了他念的高中後回說：『那是我考來備用，但最後沒去念的高中啊。』他就馬上跑掉了。」

野澤一笑，蒼也笑了。除了蒼以外，似乎也有人對由一的態度反感。

其他小隊的人也回來了。蒼覺得這一幕看起來很怪，感覺人數比剛剛還多。

「喂……那傢伙是什麼？」

昨天露天做愛的小淵和另一個男生中間夾著兩個魔骸走過來。兩個魔骸胸口都閃爍著紅、藍光芒，不斷眨眼。但那和人類的眼瞼不同，是一層從下往上覆蓋住黑眼珠的薄膜。

不想走入人群中的魔骸停下腳步，小淵輕推他的背部。

「還真溫馴。」

由一說完後，小淵笑了。

「大概是害怕吧，因為同伴就在眼前被殺啊。」

「總之，平安抓到真是太好了。要是不小心誤殺，我們的努力就全泡湯了。」

蒼一頭霧水。他們是抱著與蒼不同的目的來到這裡，而且知道蒼不知道的事情。

「到底是怎麼一回事？你們的目的是什麼？」

集團的視線聚集在蒼身上，但沒人回答他的問題。

蒼覺得「與這群人無法溝通」，被人類包圍的蜥蜴妖怪大概也有相同想法吧。

遙夏開口：

「我們是為了要活捉這些傢伙才被聚集起來的。」

集團的視線接著移到她身上，她反瞪周遭的人後看著蒼。

蒼也看著她。
「被聚集起來……被誰啊？」
蒼一問，遙夏別開眼。
「這和外人無關吧。」由一冷淡拋下這句話。
蒼想著：「為什麼是我？」一直住在那個小鎮，失去一切，身處災難中心的自己，為什麼非得受到這種對待不可？如果自己是外人，那這世上的生者全是外人。
「喂，兩個都要帶走嗎？」
小淵問，由一雙手環胸。
「一隻就好了吧，帶小的走，要是他反抗我們也頭大。」
「那就殺了這個吧。」
一個男生走上前，掌心貼在大魔骸胸口。是剛剛戰鬥中，從掌心發射小型子彈的男生。
「只要遭到我的『Star Burst』攻擊，就會出現星型傷口，所以才取這個名字。若是極近距離攻擊就能留下漂亮的星星，你等著看吧。」
魔骸緊緊盯著接下來要殺了自己的人的臉，他不明白意思嗎？
小魔骸靠近大魔骸，大魔骸摸索小魔骸的手，緊緊握住。
蒼覺得快要無法呼吸了。他們的手，除了在無人的住宅中翻找、使用武器、抓起屍體以外，還有其他用途，就和人類相同。

「等等，為什麼要殺了？」

蒼的手從背後放在男子肩膀上，對方轉過頭，一臉詫異地看著蒼。

「幹嘛突然這樣說？你不也殺死了一大堆嗎？」

男子揮開蒼的手，蒼不知該如何回答。確實，他無法說明眼前的魔骸和他過去殺死的魔骸有哪裡不同，只是隱約感覺自己起不了殺意。

正當他想再次搭上男子肩膀時，反而被人抓住肩膀往後拉，強迫他轉過頭。

由一抓住蒼的衣領，臉湊上前。

「你在天真什麼？你到底是站在哪一邊？」

聞到對方口中氣味，蒼皺起臉來。

「至少，我不站在你這邊。」

旁人湊上來拉開兩人，由一揮開同伴的手，背過身去。束縛蒼的手也放開他，他拉整自己的衣領。

下一瞬間，由一轉過頭來就是一拳，蒼腳步踉蹌。接著由一將蒼撞倒在地，整個人跨坐在蒼身上揮拳。

蒼立即拱起身體撞開由一，接著爬過地面，反過來壓在由一身上。

朝由一臉上揮一拳後，對方轉過頭去，想從蒼身下逃開。但蒼不允許，抓住他的頭髮把他的臉壓在地上，再往耳朵旁揮去一拳。

蒼想著要殺了他。只要把長槍插進他的脖子，他應該會顫抖痙攣，立刻就會斷氣吧。

由一雙手抱頭，蜷縮身體。看見這一幕，蒼的殺意頓時消失，殺了這種傢伙只是弄髒自己的長槍而已。

手撐在對方背部準備起身時，一陣衝擊襲來。瞬間陣風般的東西從正面直擊，蒼一屁股坐在地上。

不知道發生什麼事情。蒼環視四周，杉樹搖晃，發出嘰嘰聲響，枝葉落下如雨聲。其他人也倒在地上。

「這什麼啊？」

「嚇死我了～」

眾人七嘴八舌，相視而笑。蒼碰觸自己的身體，檢查身體是否有異狀。剛剛那是什麼？和普通的風不同，感覺空氣的硬度突然增加。

「欸，看那個。」

遙夏手指湖泊方向。

無比巨大之物覆蓋天空，要是降落地面，應該可以當成津久見湖的蓋子。雖然並非是因為如此，但蒼覺得那看起來很像平底鍋的蓋子。黑色，邊緣處和雲朵相融而泛藍，巨大卻無聲無息地浮在天空中，相當令人毛骨悚然。

蓋子的把手處閃爍著紅、藍光芒。

他記得這種感覺。

「糟糕，糟糕過頭了，事前說明根本沒說會出現如此巨大的東西啊。」

與說出口的話相反，沙也原地輕輕跳躍，搖晃身體。

「世界要毀滅了，正確的人與世間眾生都要死了。」

遙夏雙手在胸前合十，開始念起「父與子與犯下的罪行，子與父與犯下的罪行」這咒語般的內容。

由一站起身，指著魔骸。

「喂，抓好他們，可要看好啊。」

他指示同伴之時，也沒有看蒼一眼。

蒼抬頭看浮在半空中的東西，因為相當高，他的脖子都痛了。雖然他不是遙夏，但也覺得世界要毀滅了。災厄可是以清楚的形體現身。如果一開始不是以疾病這種肉眼看不見的方式，而是這種一目了然的樣子出現，自己可能也不會抵抗、對戰，而是當作「命運」接受了吧。

遠方傳來吸塵器運轉的聲音，人造聲音在山中可以傳得特別遠。空中的小點越變越大，魔骸的白色木馬飛來停在蒼他們的上空，比先前看到的還要更大。

木馬上坐著三個魔骸，明明身處高空，卻像要下腳踏車般把腳踩在空中。

魔骸浮在空中，機制似乎與浮在空中的木馬相同，高頻「嘰」聲加倍出現。

兩個大魔骸夾著一個小魔骸浮在半空中，大的和至今看見的魔骸相同身高。因為穿著全黑鎧甲、戴頭盔，看起來很像機器人。

中間的魔骸尺寸與人類相仿，和旁邊兩個相同穿著黑色鎧甲，反而更凸顯他的嬌小。頭盔臉的部分往前伸長，讓人想起鱷魚或鯊魚這類凶猛生物。

「來了個好像是最終大魔王的傢伙耶。」

沙也抬頭看天空，重新戴上口罩。

將視線拉回空中的魔骸，發現小的不見了，蒼環視周遭。

「危險！」遙夏大喊。

魔骸緊貼著地面飛行，掀起塵土縱貫山坳。

他撞上「Star Burst」男子的身體後直接升空，男子的身體對折成兩半。

抵達原本高度後，「鱷魚」拋下男子，男子如斷線的玩偶般撞上地面，再也不動，三國驚聲尖叫。

「鱷魚」手中有發光的三叉戟。

「那個混帳……」

由一拉緊弓弦射擊，但空中的「鱷魚」輕輕滑動閃開，轉過去面對同伴。鎧甲胸前閃爍紅、藍光芒，大魔骸胸口也跟著發光，接著從腰間取下棒子，伸長棒子變成三叉戟。

「要來了！」

蒼大叫，右手變出標槍，準備應戰。

三個魔骸急速下降，地面驚叫聲不斷。小淵頭被砍飛，使鞭女的頭裂成兩半。

「鱷魚」朝蒼一直線衝過來，蒼把標槍往後拉拋出去，對方輕輕閃過，接著急速升空。

魔骸重複從上空襲擊好幾次，彷彿朝水中魚群俯衝攻擊的海鳥，輪流狩獵地上的人類。想要跑上斜坡逃走的人也被球狀炸彈炸飛。

蒼緊握標槍，環視四周。他們對從空中攻擊的敵人束手無策，那該怎麼辦？要逃嗎？但只要往回走，就會在爬坡途中被追上。那麼下坡呢──

「喂，把那個泡泡變出來！」

蒼指示遙夏後，朝她的方向跑過去。遙夏變出「Cascade Shield」，她的身體在球中飄浮。

「聽好了，別允許我進去！」

蒼說完撞上泡泡，那比想像中還重、還硬，他又再一次用肩膀撞，不斷重複後，泡泡開始往下滾。

「你要幹嘛？」

沙也一問，蒼指著泡泡說：

「妳也進去！」

雖然她一臉詫異，但大概察覺蒼的意圖了，弄掉大劍、脫掉防護衣跳進泡泡裡，接著在泡泡內壁上奔跑，用如倉鼠跑滾輪般的方法滾動泡泡。

蒼一回頭，野澤一個人朝魔骸擲迴力鏢。

「你也快來！」

「等我給他們一擊之後再說。」

野澤沒轉過頭直接說。

「別管那個了，快點過來！」

「那些傢伙動個不停完全打不到，就這樣逃走我不舒服。」

因為他完全不肯動，蒼咋舌後，跑回他身邊。

雖然可以控制迴力鏢的軌道，但魔骸總在千鈞一髮之際閃開。只要他們繼續自由飛翔，就永遠無法擊中。

一瞬間就好，可以奪走他們的自由即可。

閃過迴力鏢的魔骸繞到野澤身後，貼著地面飛過來。

「後面！」

蒼變出標槍丟了過去。

魔骸稍微往上飄閃過標槍。

這一瞬間，蒼心裡默念「消失吧」。

標槍爆炸，爆炸風彈飛魔骸。他的頭朝下飛行，手腳不停掙扎，似乎是無法控制飛行用的裝置。

「就是現在！」

蒼大叫。

聞言，野澤的回力鏢劃過弧線飛去，從上空攻擊魔骸，砍下他的頭。噴血的身體砸到地面，翻轉。

「好！」

蒼握拳，野澤豎起大拇指，朝著他笑。

但是，笑容一瞬間消失了，蒼還以為自己看錯。

「笑容」飛過他身邊，如足球般彈跳。滾落地面後，笑容仍然是笑容。失去頭顱的身體，鮮血如泉湧。「鱷魚」就站在另一頭，維持砍掉野澤頭時的姿勢，三叉戟保持水平。

「鱷魚」的頭盔上沒有眼睛，蒼卻覺得他看著自己。

「唔……該死。」

蒼轉身奔跑。

才離開一會兒，遙夏的泡泡已經跑遠了，即將抵達斜坡上方。要是泡泡滾下斜坡，可就追不上了。

轉頭一看，「鱷魚」拿好三叉戟，慢慢飄浮升空。

蒼朝著前方衝刺，感覺泡泡離他越來越遠。

「啊啊，可惡……該死該死。」

蒼雙手變出標槍，如滑雪桿般插入地面，默念「消失吧」使其爆炸。爆炸風重推他的背部，他的身體浮起來。

比跳遠世界紀錄更長的滯空時間讓他飛越了距離，一頭撞進泡泡中。

「嗚喔喔喔啊啊啊！」

他在泡泡內壁上猛烈反彈，撞上奔跑的沙也，兩人跌成一團。

「好痛！」

沙也大叫。隨著泡泡的滾動，蒼和沙也纏成一團跟著轉上去又掉落，和洗衣機裡的衣服沒兩樣。泡泡滾下斜坡後，滾動速度更快了。

「抓住我！」

聽見遙夏的聲音，蒼伸長手，碰到她的腳，在泡泡內壁一蹬緊緊攀住。汗濕的掌心在光裸的腳上易滑，蒼往上爬抱住遙夏的腰後，沙也從後方壓在他身上。

飄浮在泡泡中心的遙夏隨著泡泡滾動也垂直轉動，蒼用力抓住她的衣服，避免自己掉下去。裙子在他臉頰下皺成一團，沙也的胸部緊緊壓在他背上。

泡泡外，天地景色眼花撩亂地交替，身體要被往外拉去了。

「嗚喔喔喔喔喔喔！」

「哇啊啊啊啊啊！」

「噫呀呀呀呀呀呀！」

泡泡大幅彈跳後自由落體，遠處的地面突然逼近，蒼緊緊閉上眼睛。

彈跳好幾回後，泡泡的滾動趨緩，最後在遙夏的身體與地面平行的狀態停下來，吊掛在半空中的蒼放開手。

「痛！」

被蒼壓在身下的沙也大叫。

泡泡突然消失，遙夏的身體往下掉。

「痛！」

當遙夏墊背的蒼大叫。

沙也從兩人身體下爬出來。

「令人意外，我一點也不暈耶，我有當太空人的素質。」

「我不行，現在還在轉。」

蒼仍閉著眼睛，這和孩提時張開雙手轉圈圈一模一樣，世界拋下自己兀自旋轉。

遙夏手撐在他的胸膛站起身，腳步不穩、搖搖擺擺地往前走，把自己和沙也的背包丟地上。

「普魯，妳還好嗎？」

沙也問她，她也沒有回頭。仔細一看，發現她蹲在地上呻吟、嘔吐。

蒼衝上前去輕撫她的背，厚重的西裝外套底下是喘息嘔吐的身體，有生命的觸感。

「拿去，喝點水。」

遙夏推開沙也遞上前的水瓶往前走，掬起小溪流的水來喝。

蒼往周圍看，岩石間，小溪流白色的水花落下，三人位在峽谷底。抬頭一看，天空狹長，看不見那飄浮在半空中的巨大物體。

「嗚……好噁心。」

「普魯從小就會暈車啊，小三遠足時也在巴士裡——」

「這種時候就別說那個了吧。」

遙夏扶著沙也的肩膀行走。她的臉色蒼白。蒼伸手拉起她空著的那隻手。

「在他們追上來之前離開這裡吧，妳能走嗎？」

「我沒事。」

遙夏輕輕甩開他的手。

「要去哪？」

沙也看著瀑布的上游和下游。

「因為不知道這裡是哪裡，總之先往上爬。」

「要往更深山去嗎？」

「在山裡迷路時，大原則就是往上爬，因為山路往山頂集中，只要往上爬就容易找到山路。越往下走，山路就會越散開，找到山路的可能性也會變低。」

「不行啦。」遙夏一臉蒼白地瞪著蒼，「我們要下山，得去集合地點才行。」

「什麼意思？」

「預防遇到和同伴走散、集團分散的情況，我們早已決定好集合地點，在富士谷車站。」

「竟然是那裡。」蒼想起離家最近的車站，「富士谷車站就在那個飄在空中的東西的方向耶，老實說我覺得很危險。而且說是集合，其他人應該——」

話還沒說完，蒼就閉上嘴。野澤的「笑容」閃過腦海，被殺者的死前慘叫在耳邊響起。遙夏低下頭。

「但說不定有誰把那個魔骸帶回去啊。」

「帶那種東西回去要幹嘛？」

「研究，研究魔骸。這樣一來，就能知道為什麼會發生這種事情。」

「你們是那個吧……」蒼手摸額頭，「不只這一群人吧？後面還有其他人？」

沙也和遙夏互看後，沙也露出下定決心的表情，往前站一步。

「是防衛省（註3）要我們來的，我們的任務是要活捉魔骸回去。」

「什麼……那你們不是自願來的嗎？」

「是自願的啦！」

註3：防衛省是日本國防事務的最高主管機關，主要負責管理自衛隊。

遙夏放開沙也的肩膀，衝上前來。

「我們是為了拯救世界免於毀滅才來的！」

「妳可以稍微安靜點嗎？越講越複雜了。」

蒼把手擋在遙夏面前，她揮開他的手，鼓起雙頰轉過頭去。

沙也看著遙夏咯咯笑著。

「我呢，說是自願也算是自願吧。」

「但有人命令吧？」

「跟命令有點不同，沒那麼大的強制力，也可以拒絕。但我們沒有拒絕，每個人都有自己的理由就是了。」

「如果防衛省有什麼意見，派自衛隊不就好了嗎？叫他們穿防護衣啊。」

蒼想到跑進他家拿走他手機的那群人。

「要是穿防護衣就沒辦法長時間活動，所以能普通上前線的我們才會被選出來，因為我們免疫。」

「是有病吧，不是免疫。」

「哎呀，差不多啦。」沙也一笑，「然後呢，他們就拿地圖和衛星照片給我們看，跟我們說『去這裡』。」

「魔骸的事情也全知道了嗎……」

「也有你的照片喔。」

「我的？為什麼……」

蒼當場蹲下身，抱著頭。他以為自己在世人看不見的地方獨自作戰，原來全被看見了。

「既然這樣，為什麼沒有人來救我們。」蒼低語。

他也知道自己太天真了，但是，如果有外部援助，脩介和美森或許就不會死。

想著「夢想就是殺光所有魔骸」讓他無比羞恥。小鎮外有更大的想法在行動，他深深體認自己不過是井底之蛙。

「沙也，我們走吧。」

遙夏抓起放在地上的背包，站在蒼面前，居高臨下看著他說：

「你想要誰來救你？我是救人的一方，因為我有力量，所以能拯救世間眾生、拯救世界。我也相信我能辦到，因為不相信，就誰也救不了。」

沙也同樣拿起自己的背包。

「我的夢想是擁有別人都沒有，僅屬於自己的力量，結果因為生這個病而實現了。雖然不覺得自己能拯救世界，但也覺得有力量就要用，而且可以幫上普魯的忙。」

蒼坐在原地目送兩人離去的背影。

她們打算為了其他人使用能力，兩人的夢想好耀眼。

蒼的夢想好灰暗，而且是為了自己使用能力，他在她們面前感到自卑。

但是，他是在夢想的指引下走到這裡。

就算與人相較後看起來拙劣，他也不能捨棄夢想。

蒼站起身。

「我的夢想是要對魔骸復仇，用我的力量殺光他們。」

沙也和遙夏轉過頭。

「這樣啊，挺不錯的嘛。」沙也面露微笑，「感覺終於聽見你的真心話了。」

遙夏皺起眉頭。

「殺光什麼的，用那種骯髒字詞，靈魂也會跟著變髒。」

「普魯好煩喔，那可是最令人興奮的地方耶。」

沙也拍了遙夏的臀部。

蒼跟在兩人身後，他不討厭沿著溪流往下走。與其選擇背對敵人的安全道路，他更想走險峻的最短道路。

沙也和遙夏不知道他心中的覺悟，邊走邊聊天。

「上原說要殺光他們，但那些傢伙總共有多少啊？」

「一百左右？」

「那個幽浮那麼大，應該可以載更多吧。」

「欸，那個是幽浮嗎？一般來說，幽浮不是應該更小一點嗎？」

「又不知道一般的幽浮長怎樣。」

溪流的潺潺水聲中，交雜爽朗的對話聲。

沒想要加入對話的蒼，第一次對人說出自己的夢想，感覺心裡深處吹起一陣風，變得輕鬆起來。在滾落谷底的大岩石上邊跳邊走的腳步也變得輕巧，這種興奮的感覺與到了晚上就會發高燒的預兆有點雷同。

▲▼　▲▼　▲▼

西曬的陽光從病房窗簾縫隙照入室內，覺得這相當珍貴的蒼用掌心接下陽光。天空明明如此寬廣，卻總是被什麼東西遮掩。

他喝下變溫的紅茶。說太多話了，喉嚨好痛。不想繼續說下去了，接下來就要講到他夢想破滅的故事。

遙夏和沙也的夢想能說實現了嗎？世界雖然沒有毀滅，卻變了個模樣，自己得到力量後，相對的是罹患無法痊癒的疾病。

「欸，大槻先生有夢想嗎？」

遙夏在輪椅上翹腳，勾在腳趾尖上的拖鞋落地。

坐在蒼身邊的大槻從病人服口袋裡拿出手機來。

「我的夢想是成為音樂人。你們看，我做過這種事。」

他朝遙夏遞出手機。遙夏用腳趾尖勾起拖鞋後，往前移動輪椅。只要把扶手上的把手往前倒就能移動，所以沒有操作的感覺，輪椅看起來像依她的意志前進。

「大槻先生，你留長髮耶。」

遙夏把手機交給蒼。

「真的耶。」

手機畫面上，出現大槻甩動頭髮彈吉他的身影。

「已經不做音樂了嗎？」

「現在是CD賣不出去的時代啊。我也三十五了，所以不玩樂團，跑去上班。然後就得了這個病。現在很閒，所以想說要不要再來彈吉他。」

「不錯啊？反正在這裡也沒事做。」

遙夏點點頭。

住院確實相當無聊，蒼也有同樣感受。

他想著和遙夏在這裡共度的時光，是做些什麼度過了每一天呢？晚上都夢些什麼呢？

大槻走出病房去丟紙杯，蒼從沙發站起身，走到窗戶旁。

「欸，」他邊用指尖拉開窗簾縫隙邊說：「要不要去海邊？」

「現在？」

遙夏在他背後問，輪椅的車輪壓得地板作響。

「嗯，現在。」

「為什麼？」

「夕陽很漂亮，所以想去看，但只有我一個人，畫面有點不好看。」

「確實會被人誤會是離家出走的人。」

遙夏說要先回自己病房一趟就離開了。蒼對沙也說一聲後朝大廳走去，替遙夏向櫃檯行政人員提出外出申請。

「別待太久喔，傍晚後會開始吹冷風。」

「我知道了。」

遙夏邊滑手機邊從電梯出來，輪椅的扶手上有飲料架，上面放著寶特瓶。他們對行政人員揮揮手後，走出大廳。

雖然傍晚了，外頭還是很熱，海沙的燒灼香甜氣味乘著風飄散過來。

走在國道上，可以看見大海就在堤防那頭，但看不見沙灘。

「我啊，下次要和班上的人一起去海邊。」

「是喔，很好啊。」

走在前方的遙夏沒轉過頭回應。大概是路面的小凹凸震動車輪吧，感覺她的聲音些微顫抖。

「但老實說，我不太想去。」

「為什麼？」

「我不擅長團體活動，和人說話好累。」

「啊……我也想大概是這樣吧。」

「但也想著，和他們──和『Wild Fire』小隊的人多聊一點就好了。雖然現在說這些也太遲了。」

「嗯，是啊。」

遙夏手撐著臉，手肘拄在輪椅扶手上。

「最近，我開始慢慢想不起大和田或野澤的臉。明明還沒經過一年耶。」

「我也是，感覺記憶越來越淡。」遙夏拿起寶特瓶就口，大口暢飲。「我死了之後也會變成那樣嗎？」

穿越好久才變綠燈的斑馬線後，就是通往沙灘的長斜坡。沿著堤防建設的三公尺斜坡。

蒼追過慢慢前進的輪椅，站在沙灘上。正面有個鋼筋組合起來的建築物，那是與國道等高的組合屋的基座。堤防似乎正在進行整修工程。鋼筋在海風吹拂下，表面出現紅黑色的鐵鏽，蒼覺得那看起來好像乾涸的血跡。

被鋼筋占據空間後，沙灘變得狹小，警告看板上寫著：

CAUTION！漲潮時禁止通行

他朝外海看去，海浪從遠方打過來。廣闊大海的一點點小變化，都能讓人無法行動。人會因為巨大之物的一點反覆無常而死亡。

「別用輪椅進沙灘比較好吧。」

遙夏把輪椅停在斜坡最下方，拿起飲料架上的寶特瓶站起身。蒼朝她伸出手，但她沒伸手，腳步稍微不穩地走在沙灘上。強風拍打她的病人服。

朝鋼筋的反方向走去，堤防底部朝外突出，兩人在上面坐下。

他環視沙灘。

「一個人也沒有。」

「因為是平日啊，而且這附近沒有海之家也沒有淋浴設備。」

遙夏喝下寶特瓶中的水。

兩人在組合屋陰影處。只是比國道與城鎮還低，就讓人有種與世界遠遠隔離的感覺。

話說回來，眼前毫無遮蔽物，大海一片廣闊。太陽因一整天的疲憊發熱，閃耀著橘紅光芒。天空失去蒼藍，取而代之的是沙灘染上一片藍。鄰近陸地的小島變成黑影。

這是所有事物展露白天不為人知光景的時刻。

「真漂亮。」

他看了遙夏的側臉，她的肌膚染上灰藍色，這反而讓她在陽光底下的白皙浮現在他的眼瞼後方。

「在你老家也能看見吧，就在湖泊旁邊啊。」

她微嘟的嘴唇看起來帶有陰影。

「津久見湖禁止游泳啦，因為是人工湖。」

「什麼意思？」

「那是在山間蓄水做出來的人工湖，所以沒有沙灘，岸邊就是深水區了。」

「那湖泊根本沒有意義了啊。」

「很沒意義。」

蒼用鞋跟踢砂挖洞，大概是浪花不會打到這裡來，不管挖多深都是乾砂。

「聽說那個小鎮明年就要解除封鎖。」

「我知道，電視有報。」

「我打算要回自己家，也想從那裡通勤上大學。」

「喔，挺不錯的嘛。」

「那間大學有專攻災害地復興行政工作的老師，我想要進那個老師的研究室，畢業後就回老家當公務員，復興小鎮。」

「你有好好思考將來的事情啊。」

遙夏把寶特瓶往上丟，再用雙手接住。

「妳也來玩啊。」

「才不要咧，那麼深山。」

「確實是深山，但是個好地方喔，超安靜。」

「像在湖底嗎？」

遙夏凝視著他，他點點頭。

「嗯，就像在湖底。」

兩人距離好近，染成相同顏色。他覺得就像兩人單獨身處「Cascade Shield」中。在這裡就安全了，沒有她的許可，誰都進不來。為了安全起見，兩人得要靠得很近。

「遙夏，妳要不要和我一起生活？」

「什麼？」

她繃起臉。

「那麼一來，不只一週一次，每天都能見面。」

「什麼？」

「我想一直和妳在一起，有好多事情想對妳說、想聽妳說。」

他伸手輕輕撫摸她的頭髮。不是只有對她說話、聽她說話，也想要碰觸她、撫摸她。不是遙遠的憧憬，而是想用各種方法感受現在就在這裡的她。

她的眼神飄移，看著外海方向。他撫摸她的頭髮，手指滑入髮絲間，指甲描繪出臉頰形狀。她就在這裡。

蒼想更貼近看，臉往她靠近，她看著他瞪大眼睛。更靠近後，她低下頭，長長睫毛下方出現陰影。

他的唇貼上她的，她的唇柔軟、乾澀。一動也不動一段時間後，相貼的唇稍微分開，流瀉出嘆息。

她縮起身體離開他的唇。

「不可以啦。」

他和她好近，近到他可以感受到她說出口的話語變成呼吸。

「為什麼？」

「結婚之前不可以接吻。」

「妳是明治時代來的嗎？」

還以為她在開玩笑，但她拉開身體看著他的眼神相當認真。

「還沒結婚的男女也不能住在一起，弄髒靈魂後可是會下地獄的。」

從第一次見面起，她就會說出這種無厘頭的事情，沙也說是因為宗教。

染成粉色的頭髮，粗暴又惡毒的措辭，總是不開心的表情——在這些表面下，有什麼來歷不明的東西。說什麼地獄、墮落、靈魂，讓人想知道她說這些神秘卻又帶著陳腐話語的真意。

「地獄啊……早就看過類似的東西了，那裡什麼也沒有。」

他握住她的手臂往懷中抱，她撞上他的胸膛抬頭看他。他摘下眼鏡，把臉埋在她的秀髮中。有股令人懷念的氣味，那是他在住院時也用過的洗髮乳氣味。

在額頭落下一吻、在臉頰落下一吻，最後抵達嘴唇。他輕輕吸吮她的下唇，柔軟唇肉被他稍微拉扯後，又繃得緊緊的。

接著，在她的雙唇落下一吻，將自己的熱度慢慢傳遍後，雙唇分離。重複著這個動作後，她的嘴唇漸漸放鬆，也配合他的動作移動。分離時，兩人同樣微嘟著雙唇。

襯衫領口被揪緊，她手上的寶特瓶掉在沙灘上。他的雙手放在她肩上，想將她抓得更緊。病人服袖口寬鬆，手輕輕鬆鬆就滑進去，往更深的陰影處而去。他覺得自己變成了蛇或蜥蜴這類喜愛陰濕的生物。

指尖撥開汗濕貼在肌膚上的病人服，越過沒什麼肉的單薄後背，往下撫摸她的背脊稜線。那裡沒有內衣的背釦。掌心與後背的汗水融為一體。

她的嘴唇離開，吐了一口長長的氣，她還抓著他的衣領。他原本要把手從袖口抽回來，又換了個想法，滑過腋下轉往身體前方。和後背不同，前方有著柔軟觸感。他像在確認柔軟觸感般撫摸，她的乳房完整收在他的掌心中，指間夾著頂端突起。

「結婚吧，現在立刻。」

「你只是因為想摸胸部才這樣說吧。」

從睫毛幾乎相貼的近距離看，她瞪著他的表情也像是笑容。

「結婚之後，確實是每天都可以盡情摸胸部，但我想要和妳共組一個幸福家庭。」

「前半段放在心裡別說啊。」

兩人再次接吻。他伸出舌尖後，碰到她的舌，驚訝著那份柔軟而放鬆。兩人的軟舌在兩人間碰觸，呼吸相互融合。就連流瀉出的呼吸也覺得可惜，四唇貼合，困住呼吸，變成專屬兩人之物。

她把頭靠在他肩頭。

「說要結婚，但我一點也不了解你耶，除了知道你是處男以外。」

「只知道這個就夠了。」

他撫摸她的頭髮，摩娑她的後頸。

她抬起頭，他的掌心貼著她的臉頰，感覺有點熱。

「我的病治不好喔。」

「我知道，我也是。」

「永遠耶。」

「嗯，永遠。」

「一輩子喔。」

「嗯，一輩子。」

他緊緊抱住她。即使如此，還是覺得兩人間有距離。

他抱起她，讓她坐在腿間，環抱她的腰，從後方緊緊抱住她。

「嗚哇，好熱……」她小聲說。

「住在那個小鎮是我的夢想，我希望把妳加進夢想中。」

「別擅自把我加進去。」

「沒關係啦，我也沒取得小鎮同意，反正是夢想啊。但是，如果妳願意和我一起作夢，我會很開心。」

大海染成黑色，天空也染上一片紫。即將沉沒的太陽帶著最後的光芒漂浮在海浪間，彷彿是渡海的光之道路。

兩人用相同視線看著眼前這片光景，眼睛開始發痛，他重新戴好眼鏡。他覺得，戰役最後的終點就是這裡。

她的手交疊在他的之上。

「給我一點時間，我會好好回覆你。」

「我知道了，我等妳。」

他在她的耳朵落下一吻。她輕咳，敲響他與她後背緊貼的胸口，彷彿是從自己身體裡出現的。

他們一輩子都有相同疾病。從他手中奪走許多事物的疾病，現在讓他和她擁有相近的肉體。他將她抱得更緊，她的汗水、熱度與咳嗽都令他憐愛。

「水。」

「給妳。」

他撿起沙灘上的寶特瓶遞給她。她抬頭喝水，他連這也感覺水像直接流進自己的身體裡。他想要同等接受她的痛、她的苦、她的療癒與喜悅。

他在她的喉頭落下一吻，她口中的水噴出來。

「你幹嘛啦。」

說著，她用手擦拭從口中流出的水。

他執起她的手，吸吮她手背上的水滴，舔拭從她嘴角流落的水珠，吸吮她濕潤的唇。寶特瓶又從她手中掉落，乾燥白砂貪婪地吸乾流出的水。

「第四章」

關於來不及對她說的事

Several things I talked to her at the beach hospital

對遙夏傳達所有心意後，蒼感覺一切都結束了。

失去一切後得到她，就故事來說，或許算收支平衡了吧。

所以，當大槻聯絡他，說遙夏病情急轉直下時，比起驚訝、不安，他更先感覺到天明時夢境破滅的不舒服。

他在上學校的暑期課程時看見ＬＹＮＥ的訊息，沒經過老師允許就衝出教室。想到自己忘記帶書包時，他已經搭上海邊沿線的電車。大概因為暑假，乘客比平常多。看著窗外海景而發出歡呼的他們、彎腰駝背的魔骸，所有一切都看起來遠得與自己無關。就連電車的搖晃也覺得與自己無關。他抓著吊環，手插在口袋裡站著。

大槻在醫院大廳等他。

「遙夏的狀況怎樣？」

蒼連招呼也沒打就直接問。

「現在在診療室裡。」

大槻邊和他併肩齊走邊說。

「為什麼突然……」

「遙夏這陣子，只要到傍晚都會去海邊。她三天前開始發燒，醫生說應該是吹到冷風引起的，今天早上就失去意識了。」

兩人一起搭上電梯，蒼感受到電梯上升時的輕微震動。

他已經兩週沒見到遙夏了。上週原本要來，但她傳訊說「再等我一陣子」，所以蒼就放棄了。因此，他不知道為什麼才兩週，事情會變成這樣。

走出電梯，眼前一片騷動。平常只聽見醫生、護士腳步聲的走廊，現在腳步聲與人聲鼎沸。一群老人家口中唱著什麼，並且彷彿裸足踩在炙熱沙灘上跳來跳去。仔細一聽，他們用特殊節奏吟唱著：「喔喔普魯登斯、喔喔普魯登斯。」

蒼皺起眉頭。

「那是在幹嘛？」

「說是在替遙夏祈福。」

大槻搔搔頭。

大概是沙也口中的宗教吧。

「請警衛來把他們趕走就好了吧，太打擾人了。」

「遙夏媽媽也在裡面，曾經想要趕過一次，結果起了大爭執，大聲爭吵之類的。」

遙夏母親就在團體裡，蒼還在住院時曾見過一次。她一頭白髮且沒化妝，看起來和蒼的祖母差不多年紀，和遙夏一點也不像。

「他們覺得那樣做就能讓病情好轉嗎？」

「誰知道啊，醫生還叫這『病房之舞』。」

大槪也一臉厭惡地盯著局外人的「祈禱」。

蒼邁出腳步，直直走在走廊的正中央。沉浸在求神拜佛中的這群人根本沒有讓路的意思，所以他直接穿越。肩膀與手肘碰撞，有人撞到他之後閃開，即使如此，還是沒停下口中的祈禱，大聲高喊「喔喔痛苦之事降臨吧，喔喔痛苦之事降臨吧，喔喔普魯登斯」，跳躍後重重踩響地板。

他根本不相信祈禱的力量。如果祈禱能實現什麼，那個小鎮的人就不會死，同伴們也不會喪命，就連戰役也能獲得勝利。

祈禱根本無效。但是，即使明白這點，卻也沒辦法阻止自己祈禱——不曾面臨那種狀況的人的祈禱，又有多少力量？

有個四十多歲、比身邊人還年輕的男人，他穿著灰色西裝，手拿神社神官手持揮動的大幣（註4），聲音嘹亮地吟唱祈禱言詞，旁邊的人跟著唱和。

蒼停下腳步，緊盯著男人。男人邊吟唱祈禱詞邊側眼看他，額頭上冒出薄薄的汗水。突然冒出「想殺了這傢伙」的念頭。

用比祈禱更微小的心理與身體動作，就能消除這礙耳的聲音，比殺死魔骸還簡單。

「阿蒼，我們走吧。」

大槪碰觸他的背。蒼從男人身上移開視線，邁開腳步。右手肘內側留下拉扯的感覺。

治療室就和動物園、水族館沒兩樣。

蒼站在可以透過玻璃俯視病床的地方，牆壁、地板都漆成水藍色，如同北極熊或企鵝游泳的水池。

遙夏就沉在池底。管線緊抓著她不肯放，氧氣面罩覆蓋她的臉遮住表情。工具箱般的醫療推車抽屜敞開，可看見裡頭的藥物。

病床旁的機械上，有四個圓筒轉動著。

「那個就是人工心肺機。」

大槻手指抵在玻璃上。

「聽說遙夏妹妹身體裡到處發炎，幾乎所有臟器都失去功能了。」

蒼回想起自己躺在那張病床上的事。醫師、護士、西裝打扮的陌生人就從這個參觀室低頭俯視他，也看見祖父母的臉。在因高燒與疼痛反覆昏迷的短暫清醒時間裡，他看見面對自己的臉孔。

他們根本幫不上任何忙。就算看見他們的臉，他的燒也不會退，疼痛亦無法平息。

註4：或稱「大麻」，是神道祭祀中用以袚除的道具之一，於榊枝或是白木棒掛上紙垂或麻葶製作而成。

那時，他無比憎恨站在樓上的人，好想讓他們承受自己的高燒、痛楚與痛苦。

他從遙夏身上別開眼，邁開腳步。他根本無法想像她有多痛苦。已經康復的他，早已遠離那水底般的地方。

「我們走吧。」

他們分開擋在走廊上的一群人，朝沙也房間走去。

她一如往常躺在病床上。

「唷，別來無恙。」

輕拍她的手，發現她指甲長了。指甲上有直線，凹凸不平，如同長期泡在冰水般毫無血色。平常是誰幫她剪指甲的呢？

「沒什麼變化就好了。」

他說完，在沙發上坐下，大概也坐在他身邊。

沙也身邊的設備、分分秒秒出現改變的監視螢幕、還有插在她身上的管線都比遙夏還少，這表示遙夏的狀況比沉睡半年以上的沙也更加危急。

聽見祈禱聲，他咋舌站起身，關上拉門。即使如此，吟唱還是鑽進房裡。房門和牆壁都是一整片玻璃，外頭明明沒有人影，聲音卻帶著確實的存在感待在房裡。

他打開電視，提高音量，把祈禱聲攆出房間。電視正在播放談話節目，畫面上出現魔骸的身影。

「要不要……換個頻道？」

大槻的臉湊上前來。

蒼發現自己露出戰鬥時的表情，吐氣，放鬆臉部肌肉。

節目的評論員不知是作家還是律師，蒼在評論員停頓時聽見了祈禱聲。呼喊著遙夏的本名，稱頌著神之名。

「繼續說之前沒說完的吧。」

他一說，大槻眼下的肌肉抽蓄了一下。

「上原小弟，你沒事嗎？」

「沒事。」想對大槻笑卻沒辦法好好露出笑容，「我覺得說些什麼應該可以比較平靜。」

只要自己發出聲音，就可以不必聽到外頭的聲音。

他也不知道遙夏不在這，自己是不是真的能沒事。如果她不在這裡聽他說話，感覺他對她的心意就要衝出口了。

沙也一句話也沒說。

▲▼　▲▼　▲▼

他們和走在前頭的沙也拉開很大的距離。

隨著「Cascade Shield」滾下谷底後，沿著谷底往山下走，最後走到橫切路面的細小溪流。蒼跳到另一邊，繼續往山下走。

這條路少有人經過，地圖上也沒畫。靠著地圖和指北針，他大概能掌握現在位置。以見慣的山頂為目標測量方位時，一直能看見那個巨大飛行物出現在視線中。「Wild Fire」小隊成員被從那裡飛過來的「鱷魚」殺死了。而現在，蒼他們三人正朝著飛行物的正下方——湖泊走去。

蒼之所以落後沙也許多，是因為顧著遙夏。她從剛剛起就很不對勁，腳步不穩、眼神飄忽，臉色也很差。

蒼停下腳步，從背包側袋拿出水瓶，正當他喝水時，遙夏越過他，可以聽見她粗喘的呼吸聲。

「補充點水分吧。」

對她這樣說，她也沒回頭。

她的背包一陣搖晃，雙手、雙膝著地，臉朝著道路外、山谷方向的斜坡伸出去。

她發出快窒息的聲音後，一陣嘔吐。

蒼丟掉水瓶衝上前，替她把背包卸下，雖然已止住嘔吐還是輕撫她的背部。她滿身大汗，連西裝外套表面都能感覺到汗濕。

他把手伸到她的髮下，碰觸她的脖子，與他的想像相反，那邊十分乾燥。

「好燙……」

手穿過她的下巴下方，掌心貼上脖子的另一側，拇指指腹貼上她的唇，唇上濕潤。總覺得闖入了她不能碰觸的地方，他將手從她的髮間抽離。

「水……」

她喘氣著說，蒼從她的背包中拿出水瓶。

「有辦法起來嗎？」

他伸出手後，她也伸出手，他握住她沾滿泥土的手掌，拉她起身。

「稍微休息一下吧。」

蒼喊住走在前方的沙也，在並排的背包上坐下。

遙夏含入水瓶中的水，漱口後吐在斜坡上。

「哪時開始不舒服的？」

「一大早開始，但是剛剛才變嚴重。」

「我變出長槍時也會發燒，大概是力量的副作用。」

「之前沒這樣過，因為他們要我們別太常使用力量。」

他們是受人指示來到這裡，說是防衛省還什麼的組織，將他們送往死地。他們到底掌握狀況到什麼程度？連那個飛行物體的真面目也知道嗎？

「好熱。」

她脫掉制服西裝外套，捲起襯衫袖子。

「可以夾在這邊。」

蒼拉拉背包前的鬆緊帶，遙夏張開腳，把西裝外套綁在屁股下的包包上。

大開的雙腿內側的白，延續到裙底下的陰暗。髮絲落在汗水沾濕的白色襯衫上，髮尾的粉紅色在她的胸前擺盪。她皺緊眉頭、嘟起雙唇，明顯露出不悅臉色。

如果她是同班同學，肯定是遙遠的存在吧。但是現在，他可以用掌心直接感覺她的熱度。

蒼心裡想著，不想死。接下來前往的地方有非常多敵人，但他不想死在那裡，也不想讓她死。不想讓任何人奪走這個熱度。

「普魯，沒事嗎？」

走在前方的沙也折返回來，蒼看見她的臉嚇一大跳。

「喂，妳那是……怎麼了？」

「欸，這個？」

沙也用手背擦拭鼻下後，一片血紅滲開。

「鼻血從剛才開始就流個不停。」

沙也面對兩人坐下，接過遙夏遞過來的面紙，擦拭鼻子和手。

「除了鼻血之外呢？有發燒嗎？」

「有點燒。」

「要吃這個嗎？」

蒼從背包的前袋中拿出退燒藥，剝下兩片丟給沙也，她立刻配水瓶的水吃掉。

「妳也吃。」

他拿給遙夏，但她卻搖搖頭。

「我不吃世間的藥。」

「出現了，世間。」沙也笑著，翻找運動外套的口袋。「如果真如妳所說，世間的人都墮落下地獄的話，地獄現在可是人滿為患啊。」

「像這樣一直不願意面對正確事情，就是世間眾生的特徵。」

「好啦、好啦。」

沙也拿出菸盒，叼起一根菸點火。

遙夏站起身，和沙也保持距離。

「我討厭香菸。」

「我知道。」沙也吐出長長一口煙，「但我喜歡，因為我是世間眾生。」

蒼拿起背包站起來，丟到遙夏身邊去。

「其實我也討厭香菸。」

「第一次和你意見一致。」

在遙夏注視下，蒼聳聳肩坐下來說：

「我也可以去天堂嗎？」

「對我來說，比起遙遠的天堂，眼前的一根菸更重要。」

沙也用力吸一口氣，香菸前端紅紅燃燒。蒼把兩顆退燒藥丟進嘴裡，直接咬碎。

「今天有辦法抵達車站嗎？」

遙夏站著俯視蒼問道。

她們正朝富士谷車站前進，因為「Wild Fire」小隊決定的集合地點就是那裡。蒼也朝那裡前進，他打算回自己的小鎮，戰鬥到最後一刻。

他拿出地圖，用其他登山路線來推測。

「從這邊大概五小時吧。」

一看手錶——下午一點半。

「應該沒辦法在白天抵達，再過一會兒就找地方露宿吧。」

他要收起地圖時看見自己的拇指，指腹上沾染些許紅色唇彩。蒼抬頭看遙夏，她看著天空。他偷偷握緊拇指，打開背包的口袋。

因為會很醒目，所以他們沒有搭帳篷。

反正不會有人經過，他們就在路上併排睡袋。

蒼原本想離兩個女生遠一點睡，但她們說要預防敵人來襲，所以只好和她們併排一起睡。

他們躺在地上看著星空。點燈可能會被敵人發現，加上沙也和遙夏都不舒服，因此日落的同時，他們都鑽進睡袋裡。從天而降的白色星光讓地面的風變得更冷。往旁邊看，從人形睡袋中露出的兩張臉併排。

「星星好漂亮喔。」

「缺一塊就是了。」

沙也蠕動身體，戴上眼鏡。遙夏的聲音從那頭傳來：

魔骸的飛行物遮住一部分星空，蒼覺得彷彿將夜空挖了一個大洞。

「林間夏令營的時候，我們也兩個人溜出營區去看星星呢。」

「對啊，還聊了將來的事情，說『要念同一間高中喔』之類的。」

「那時我完全忘了普魯是笨蛋。」

三人暴露在夜風中，感覺孤立無援。明明獨自在小鎮裡戰鬥時也沒這種感覺，為什麼現在會這樣覺得呢？太不可思議了。

「世界會就這樣毀滅嗎？」

沙也摘下眼鏡，揉揉眼睛。

「總有一天會毀滅，這是絕對的。」

遙夏說完後，沙也嗤之以鼻。

「如果真要毀滅，真希望連山林都燒盡。大自然留著卻只有人類毀滅，總覺得很不甘心，很討厭。」

「這就取決於神明的裁量了。」

「但是，最後可以做完想做的事情才死，也就算了啦。照父母意見活著的人生不是很無趣嗎？要我們去念好學校、好好思考未來之類的，真的有夠無聊。高中也是，和普魯念同一間高中就好了。」

「但在我們學校，成績好的人會被欺負喔。」

「真假～果然得感謝我爸媽。」

蒼試著想像世界在自己死後的樣子，有山、有綠意、有湖泊，遙夏就在那裡。

至今從來不曾想像過這種事情，因為家人和鎮上的人都死了，只留下自己。自己死後，這個世界的存在與否根本無所謂。

只用自己的五感感受世界的存在根本不夠，需要其他人——其他希望在自己死後也繼續活著的人。

「世界不會毀滅，我們會活下來。我來保護妳們。」

「咦？我們現在被告白了嗎？」

沙也像毛毛蟲一樣蠕動身體。

「在星空下告白，這可是到目前為止氣氛最棒的告白呢。」

遙夏抬了一下腳。

有東西沙沙接觸睡袋表面，是掉落的杉葉。落在那個小鎮裡、落在埋葬美森的地方、落在遙夏和沙也身上。那也落在蒼的鼻子上，他用力吹掉。

走下山路，來到車道上。

雖然一大早就行動，但速度遲遲無法提升。遙夏仍然吐個不停，沙也的鼻血也止不住，結果一直到下午才下山。

看地圖，可知這裡是蒼家前方道路西邊的縣道，要往富士谷車站去，越過一座矮山是捷徑，但兩個女生的體力可能撐不了，所以他們決定南下朝湖泊沿岸的國道去。

蒼邊咬退燒藥邊走，身邊的氛圍和小鎮相仿讓他平靜下來。道路右手邊有河流。他的身體狀況雖然微燒但沒問題。

「還真寧靜。」

沙也看著道路兩側說，這裡沒有能讓魔骸隱藏巨大身體的地方，也沒有東西從天空飛來的跡象。

走上國道後，就成了從正下方仰望湖上飛行物的狀態。圓形黑影覆蓋天空，底部沒有輪廓也沒有突起。遙夏說是「幽浮」，那確實與電影中出現的飛天圓盤相似。

魔骸是從外太空來的嗎？但也不可能去問他們。

抵達富士谷車站已是傍晚時分。走進國道旁的小路後，就能從建築物間的縫隙看見夕陽。

那肯定照亮了湖面，將浪頭照得閃爍白光吧。那幅模樣清楚浮現在蒼的腦海中。

他們從遠處觀察車站，只有自動驗票閘門與窗口，沒有可以藏人的地方。重新再看，這真的是個很小的車站，把它捲進戰鬥中都讓人於心不忍。

車站鄰接觀光服務中心，如果真有人，只可能在那裡。

「我去看看。」

蒼要沙也和遙夏待在原處後邁出腳步。不能排除魔骸抓住哪個先抵達的人，在裡面埋伏的可能性。

他右手變出標槍，用雙手拿著，壓低身體穿過站前廣場。

爬上樓梯，朝車站內窺探，沒有人影。他接著前往左手邊的觀光服務中心。

自動門上鎖了，玻璃那頭一片黑，額頭貼在玻璃上凝視也看不見東西。旁邊有公廁，他也進去看了。

蒼隱約預感會是這麼一回事，應該沒人從天空飛來的「鱷魚」們的突襲下逃走吧。

即使如此，還是繼續察看這地方的理由，是對什麼也沒做到就逃走感到自責。如果沒人來到這裡，就得要親眼看到沒有人來的這個結果。

他鑽過沒關上的自動驗票閘門，朝窗口看，裡面空無一人。櫃檯那頭，各種工具靠邊排整齊，感覺明天隨時能重新開始工作。

蒼抬頭看天花板，長長吐出一口氣。果然沒人來，只有他們三人活下來。

突然想起車站內有無障礙廁所，這個車站裡能藏人的地方只有那裡。
轉過頭看背後那扇門時，視線角落有個怪異感，他往那邊看。
隔開車站與軌道的鐵網上，綁著幾片張貼海報的木板，木板間看見人臉。
「嗚哇！」
蒼嚇得倒退一步，手上的標槍不是拿來攻擊，而是撐在地上避免自己跌倒。
她緊緊盯著蒼看。
「上原？」
「啊，那個……妳叫什麼啊？」
「三國，三國花蓮。」她爬過鐵網站在蒼面前，「我的『Probe』偵測到你們來這裡了。另外兩個人呢？」
「在附近。」
蒼觀察和他並排行走的花蓮。髒汙的羽絨外套袖口破掉，白色羽毛跑出來，可以看見衣服下的手腕包著繃帶。
「妳受傷了嗎？」
「不知道為什麼，長出一顆一顆的東西，一直流血，還發燒。」
「我有退燒藥。」
「要說藥，我們有成堆的藥。」

花蓮有點嘲諷地笑了。

在山上雖然一起行動，他們卻沒說過話，所以現在走在一起總有點尷尬。也或許是他目擊了她半夜露天做愛吧。

「那個，小淵……他在我眼前被殺了。對不起，沒能救他。」

「我和那個人也不是那種關係啦。」花蓮繃緊臉，「那只是當下的氣氛影響。你看到了對吧？」

「欸？沒有，我沒有看到啦……」

蒼搔搔後頸。

「你呢？跟遙夏做了嗎？」

「欸？什麼意思？」

「你喜歡她吧？超明顯的。」

「『Probe』連這種事情也能察覺嗎？」

「看就知道了啦。你看著遙夏的眼睛，完全就是愛心啊。」

花蓮失笑，蒼抬起手用力揉眼睛。

和藏身建築物後的沙也、遙夏會合後，花蓮看見兩人，露出鬆一口氣的笑容。

蒼盯著遙夏看。自己的眼睛真的變得那麼奇怪嗎？他不知道。

發現他的視線後，遙夏皺起眉頭。

「幹嘛？」

「沒有……」

蒼別開眼，花蓮噴笑轉過頭去。

越過站前廣場後，那裡曾是他的戰場。脩介被殺死時的房子屋頂和牆壁仍維持遭破壞的樣子，如同博物館的展示品，將日本現代生活暴露在外人目光下。埋葬美森處，泥土比旁邊還黑，一眼就能認出來。

沒看見魔骸的屍體。明明那樣砍碎、四散了，卻連一點肉片、碎骨都不留。

穿過平交道，花蓮朝著診所前進。那是蒼剛生病時，人多到根本進不去的地方。

拉開玻璃拉門，穿過候診室。並排在窗台上的玩偶們，用著褪色的臉龐看著蒼等人。

沿著走廊走，右手邊是診療室，四周飄散著藥品氣味。

走廊盡頭的房間裡擺著好幾張床。

「什麼啊，你還活著啊。」

大和田由一單腳抱膝坐在床上，伸直的腳上纏著繃帶。

「腳還好嗎？」

沙也走近他身邊。

「被他們那個很像雷射的東西掃到，沒什麼啦。」

這樣回答的由一卻一臉土色，身上的毛絨外套衣襬有泥土髒汙，可以看見捲起衣袖的手臂上有水泡。
「你幹嘛一副要去爬富士山的打扮？」
由一看著蒼的標槍笑，蒼也看向自己的標槍。把它撐在地上，看起來確實很像富士山登山者會用的登山杖。蒼佩服他形容得真是貼切。
長槍那頭有什麼東西，有個巨大的東西縮在那裡。
眼睛聚焦的同時，蒼幾乎要窒息了，雙手握好標槍，壓低身體。
「喂，那傢伙——」
「等等，別衝動！」
花蓮連忙擋在他面前。
「喂、喂，可別殺了他，我們好不容易才帶過來的耶。」
由一用著莫名輕鬆的語氣說。
魔骸就在長槍前方、房間角落，彎曲他巨大的身體，看起來很拘束。細繩將他的雙手綁在身後。
蒼放下長槍。
「你們特地從那座山上帶下來了啊……」
「因為這就是我們的使命。」
花蓮直直盯著他的眼睛看。

「結果還是帶大的過來了。」由一一笑，伸直抱著的那隻腿。「小的不知道怎樣了，被他們回收了嗎？」

「和襷木先生聯絡上了嗎？」

遙夏在旁邊的床鋪坐下。

「沒，沒人接聽，雖然無線電有接通。」

「怎麼一回事？那邊也遇襲了嗎？」

「誰知道，只能確定狀況不太好。」

由一無力笑著，遙夏嘟起嘴，似乎在想些什麼。

「總之先去山的那頭看看吧，這樣一來就能知道什麼了吧。」

沙也把背上的背包放在床上，拿面紙擦鼻血。

蒼朝窗邊走去。花蓮想阻止他，他伸手制止。

低頭的魔骸發現他靠近，抬起頭來。他靠近看魔骸，魔骸小小的眼睛不停眨眼。眼瞼比旁邊鱗片色淺，鼻子前端有縱長的鼻孔，呼吸時都會開闔。胸口沒有發光，大概是理解就算想用這個溝通，對方也不懂吧。

他一點也不了解魔骸，卻殺了無數魔骸，現在又說需要留這一個活命。生命會因為時間、地點而有不同意義，蒼覺得要是能更簡單一點就好了。

「哇，我的腳超臭。」

遙夏坐在床上脫鞋。
「誰叫妳要穿樂福鞋。」
沙也坐在對面的床上，把面紙塞進鼻孔。
蒼背靠在牆壁上，順著牆壁往下滑坐在地上。魔骸看著他。蒼雖然瞪著魔骸，但魔骸似乎不理解眼神的涵義，毫不客氣地繼續看著他。
診所似乎有事先儲藏物資，有豐富的水和食物。
日落後，他們拉上窗簾避免外面看見屋內的光，開始準備食物。他們圍坐在兩個卡式爐旁邊，各自戴上頭燈照亮手邊。
「好久沒吃熱食了，好開心喔。」
撕開泡麵蓋子的沙也相當興奮地說著。
用露營鍋煮滾水，倒進泡麵容器後，遙夏拿空的馬克杯壓在蓋子上。
「咦？普魯，妳固定蓋子的膠帶呢？」
「和塑膠套一起丟掉了。」
「哇，這女人有夠隨便，我不行～」
因為熱水不夠蒼用，他又把露營鍋放回卡式爐上。
大家一同等待泡麵泡好，這一幕看在蒼眼中顯得相當莊重。看著爐火的眼神，彷彿追悼死者；緊握匙叉的手，像是對著神明祈禱。他想著，遠古的人類應該就是這樣度過夜晚的吧。但他們現在圍繞的不是火紅的營火，而是瓦斯爐的藍火。頭燈的ＬＥＤ光芒將人影照映在牆上，那也相當清楚，完全不會搖晃。

「上原啊，」坐在正面的花蓮把玩手上的湯匙，「是這個鎮上的居民吧？」

蒼點點頭，頭燈上下擺盪，照映在那頭牆壁上的花蓮身影一度變淡又再次變深。

「家人呢？」

「因為這個病死了，鄰居們也全死光了，高中同學大概也都死了。」

牆壁上的影子搖晃。

「你是為了復仇而戰嗎？」

「對。」

「還真偉大。」由一手撐著地板，往上挺胸。「跟英雄一樣，擁有宿命之類的。和我們完全不同呢。」

「不可以嘲笑人家，那可是相當偉大耶。」

遙夏瞪著由一。

「所以我說了偉大啊，又沒有嘲笑他。」由一用鼻子吭聲冷笑，「別說那個了，已經三分鐘了吧？」

他撕下泡麵蓋子，拿起匙叉攪拌。

沙也吸食泡麵，熱氣將她的眼鏡染成一片白。

「我只想著，想拿這個力量對怪獸攻無不克而已，也沒有資格說人。」

蒼不覺得自己偉大，只是在那個小鎮出生、長大，然後疾病在那個鎮上蔓延，接著魔骸出現，所以他才挺身而戰。特地從外面來鎮上的「Wild Fire」小隊成員才更偉大。死去的人，肯定也有各自的夢想與目標。為了和自己無關的人而置身危險中，蒼根本學不來。

熱水煮沸後，把水倒進泡麵容器中。遙夏沒有拿起來吃，只是看著蒼，他努努下巴要她趕快吃。和別人吃飯就是這點麻煩，因為討厭這樣，在輸電鐵塔下露營那晚，他也沒和其他人一起吃飯。

那時明明有大約二十人，現在只剩五個人。一想到過世的人就讓他難過，騷動鼻子的香氣中混雜著罪惡感。為了活下去的行為伴隨著愧疚。

他突然轉過頭去，魔骸橫躺在影子深處。

「你們給他吃什麼？」

「有給他水。」花蓮回答。

蒼站起身，翻找堆在房間角落的物資，拿出叉子和瓶裝水，也拿起放在地上的泡麵，朝窗邊走去。

「喂，你可別多事啊。」

由一說完，蒼轉過頭去。

「你們不是要活著帶他回去嗎？如果他餓死了，不就賠了夫人又折兵？」
他解開魔骸的束縛，在靠著牆壁的魔骸前撕下泡麵蓋子，小眼睛追著冉冉上升的熱氣跑。
「用這個，這樣吃。」
示範該怎麼用叉子吃麵後，蒼把它們遞給魔骸。金屬覆蓋的胸部發出紅、藍光芒。
「水也放這邊，要喝喔。」
蒼打開瓶裝水後，放在床上。魔骸用指尖捏起叉子，捲起麵條送入口中。
蒼回到火邊，遙夏遞給他新的泡麵。
「給你，番茄口味，你喜歡這種女孩子氣的東西對吧？」
「謝謝啦。」
他接下後打開包裝，撕開蓋子後，把鍋中剩下的熱水倒進去。
「啊，我原本打算拿來泡飯後的咖啡耶……」沙也用匙叉尖端刺起小蝦子，放入口中，
「算了，無所謂。」
由一和花蓮從蒼身上別開眼，默默繼續吃麵。
蒼想著又是一個人的晚餐了，但也覺得這樣一來就不用感受罪惡感與愧疚。
熱醒。
蒼滿身大汗，頭好痛，關節也好痛，就跟剛發病時沒兩樣。

踢掉棉被，身體熱到都要在黑暗中燃起火焰。他拿起放在枕邊的寶特瓶喝水，因為室溫低，水冰得牙痛。

他從口袋中拿出退燒藥咬下，用水沖淡口中苦澀。

一翻身，床就發出嘎吱聲。診所的床是用鐵管接起來的便宜東西，吵得要命。因此，昨晚也不太能入睡。

魔骸拘束地彎曲身體縮在房間角落睡覺。蒼感覺自己在作惡夢——竟然與發誓要全殺光的傢伙在同一間房入睡。

淡藍日光隱約從窗簾縫隙照射進來，打開手錶的冷光，時間是凌晨五點半。

感覺有東西在動，蒼慢慢轉過頭。

遙夏起床了，穿上西裝外套走出房間。

等了一會兒，蒼也離開床鋪，想穿鞋時踢到標槍。發燒和頭痛似乎是從昨晚就一直變出這東西的副作用。

蒼撿起標槍，追在遙夏身後，走廊那頭傳來她的聲音。

走廊中段的候診室附近有洗手間，那裡傳來低嘔聲。

蒼轉身回去拿了一瓶新的瓶裝水。

遙夏一臉蒼白從洗手間出來。

「還好嗎？」

蒼遞出瓶裝水。

「嗯。」

她接過水，漱口後吐在廁所裡。

「還想吐嗎？」

「嗯，但沒事。」

打算邁開腳步的她突然腳軟，寶特瓶掉到地上，蒼拋下標槍抱緊她的身體。

「好臭。」

她的聲音在蒼的鎖骨凹陷處響起。

「妳也是。」

靠近一看，她的頭髮油膩、黏成一團，早已沒有剛見面時的香甜氣味。即使如此，她身上的氣味還是與其他東西完全不同。臉頰靠近她的頭，吸滿她的髮香後，感覺身體都要發出喜悅之聲。

她的鼻子如鉤子般掛在他肩上。往他身上靠的臉頰與胸部的柔軟，更凸顯出他身體的粗野。透過衣物傳出來的熱度告訴他，兩人有著相同疾病。

「今天能走嗎？」

因為嘴巴就在她的耳朵旁，自然變成低聲細語。

如果要走國道朝東京前進，就得越過大蓮實峠的髮夾彎，步行距離漫長，而且四周空曠無物，或許會被魔骸發現。

如果走山路越過菰岳峠應該會更快。這條路是以前的幹道，大概是最短距離。從這裡走到山路要一個半小時，越過菰岳峠要兩小時。

「可以走。」

遙夏也輕聲回答。

「如果妳走不下去了，我背妳。」

「不用啦，不需要。」

「我說過吧？說要保護妳。」

「你是殺戮者，守護者是我，我會保護大家和世間眾生。」

「世間眾生先別管了，妳先保護好妳自己啊。」

蒼說完後，遙夏抬起頭。

「從小，大人一直對我說世界要毀滅了，媽媽、師父、師兄們，大家都這樣說。所以我一直好害怕，我和教會的人、世間眾生，大家全都要死了。」

她直直看著蒼。蒼的掌心感受到她不怎麼有肉的單薄肩膀，這讓他輕易想像出年幼的她——害怕死亡與毀滅，不停顫抖的她。

「拯救大家也是拯救我自己，拯救恐懼世界毀滅的我，拯救想著反正遲早有一天要毀滅，於是自暴自棄，毫不珍視自己、家人與正確教誨的我。」

「所以帶那個魔骸回去後，就能拯救大家嗎？」

「對。」遙夏點點頭，「只要研究那個，肯定就能明白疾病和魔骸的弱點等等。我雖然沒有消滅所有魔骸的力量，但還能幫上這個忙。」

「這樣啊。」蒼也點點頭，「嗯，或許是如此。」

蒼完全不懂她的意思。今後，不管兩人變得多麼親密，有些事情應該一輩子都無法互相理解吧。

這樣也沒關係，他們現在正打算朝相同地點前進——往東邊去，越過山林。

而且擁有相同夢想——消滅魔骸。

除此之外，現在的兩人不需要其他。

遙夏盯著她剛剛還靠著的蒼的肩膀。

「對不起，沾上鼻水了。」

蒼拉拉風衣。

「反正都髒了。」

遙夏低下頭，自己領會了什麼，輕輕點頭。

「你說要保護我，我很開心，謝謝你。」

「嗯。」

她抽離身體，氣味與體溫都從蒼手中離去，只有視線糾纏著沒分開。

寶特瓶掉在地上。

「啊，水。」

「嗯。」

當蒼要把水遞給她時，突然停下動作。

有什麼動靜。

「怎麼了？」

她一臉詫異。

蒼轉頭看醫院門口，毛玻璃那頭只有隱約帶著灰藍的朝日，沒看見可疑的影子。

他抬頭看天花板，凝視一段時間後，聽見「叩咚」的沉重聲音。這間診所是平房，如果真有什麼，那就是在屋頂。

遙夏也凝視著天花板，蒼靠到她身邊，對她咬耳朵：

「把其他人叫起來。」

她點點頭，悄聲走回放病床的房間。

蒼藏身在附近的診療室裡，微微探出頭看著門口。

門板上的毛玻璃邊緣隱約看見巨大黑影，那不可能會錯認為人類，是大到動作遲鈍的傢伙，殺了人也無所謂的蜥蜴頭。

他握住標槍確認觸感，從這邊到門口有五公尺，用丟的也能丟到。

環視診療室一圈，裡面擺著一張連翻身也難的小床，桌上有電腦和文具。看見裡面的流理台，他突然覺得口渴。

視線停在桌子旁的推車上，他拉過推車，拿起托盤上牙醫用的口腔鏡。

將鏡子伸出走廊、調整角度後，可以清楚看見門口。兩片拉門重疊的地方有個發光的東西伸進來，慢慢畫圓移動。看來他們正打算要切開玻璃。

蒼深呼吸。前一陣子突襲了他們的住處，這次換成他們來偷襲了。但現在，蒼也在埋伏準備偷襲的他們。彼此的立場沒有什麼絕對，打算殺人者反被殺，不想死所以殺人。

蒼又變出另一把標槍，放在地上。

鏡中看見整個鎖頭被挖空，大手鑽進洞裡打開門。

魔骸從門口爬進來，這個建築物對他們來說太小了，蜥蜴的臉占滿小圓鏡。

蒼衝出走廊，擲出標槍，刺中魔骸的同時默念「消失吧」。魔骸炸飛後化作血花與肉片，從天花板到地板一片濕。

跟在後面的敵人開槍。那和之前不同，是連續射擊的攻擊。爆炸聲響起，光線一閃一滅。

躲在陰影處的蒼只伸出手拋出標槍，刺中牆壁後引爆，槍擊一瞬間停止。

第二根標槍看準目標，刺進從大門陰影處看這邊的魔骸肩膀，炸飛他的上半身。

蒼跑出走廊，背對門口往前跑，背後傳來槍響，燒黑天花板。

前方傳來玻璃破碎的聲音，蒼右手變出「Bloodlet Lancet」，衝進房間裡。

窗簾陷入火海，火焰波及旁邊的床鋪，白煙充斥房間。
他和正面的沙也對上眼，她手拿大劍，藏身床鋪後面。
「那些傢伙從窗戶進來，大和田擋住他們了。」
遙夏變出「Cascade Shield」，待在窗戶對面的牆邊，逮到的魔骸和花蓮也在裡面。
由一從泡泡後面射箭，「Nitro Aerial」的火焰形成屏障，阻止敵人入侵。
「喂，大門那邊怎樣了？」
由一朝蒼大喊。
「暫時擋住他們，但應該還會再來。」
「好，交給我。」
由一拖著腳走到蒼身邊，坐下朝走廊射箭，火焰屏障遮住視線，看不見大門。
「多虧抓住那個魔骸當俘虜，我們才得救，因為他們沒胡亂丟炸彈進房裡。」
「欸，不覺得敵人的攻擊結束了嗎？」
沙也把劍尖插在地板站起身。
蒼轉過去看花蓮問：
「附近有敵人嗎？」
在「Cascade Shield」中的花蓮掌心朝上，「Probe」的針就在她的指尖旋轉。
「到處是敵人，數也數不清，我們完全被包圍了。」

蒼看向窗外，庭院的樹木熊熊燃燒，沒看見魔骸。
他們不可能就這樣退縮，敵人的下一招是什麼？
蒼突然想起方才的事。和遙夏在一起時——屋頂上的腳步聲。
蒼抬頭看屋頂。有什麼東西在動，無數個腳步聲。
「要從上面來了！」
天花板崩落，兩個魔骸掉下來，一個掉在地板上，另一個掉在沙也藏身的床鋪上。床鋪承受不了，被他壓扁。
「嗚喔啦啊啊啊啊！」
沙也揮動大劍，砍在床鋪的魔骸身上。魔骸的手臂、身體和手上的槍都被斬成兩半掉在地上。另一個魔骸舉槍對著沙也，但她速度更快，從正面朝臉砍去，一擊落地，將魔骸砍成兩半。
「這些傢伙也太弱了吧～」
沙也笑著，一道鼻血從她的鼻子流下。
蒼往上看，腳步聲沒有停歇。
天花板又爆炸了，水泥塊從天而降，沙也抱住頭。
兩個魔骸掉下來，這次落在遙夏他們身邊。
一個壓低姿勢拿槍對著蒼。

蒼把「Lancet」插在地板上，引爆後身體也隨之浮起，飛過魔骸頭上，抓住他們鑿空的大洞邊緣，眼下的敵人跟不上他的動作。

空著的手也變出「Lancet」，他跳下去刺中魔骸肩頭的同時引爆。血如湧泉般噴出，肉片四散。

旁邊的魔骸試著拿好槍，但蒼用新的「Lancet」橫砍過去，斬斷魔骸雙手。蒼跳到掙扎的魔骸身上，劃過魔骸脖子，頸骨斷裂，蒼接著用手扭斷。切面流出的血沾到「Cascade Shield」，裡頭的遙夏露出厭惡表情。

蒼把割下來的頭從天花板的洞往外丟，這是給魔骸的訊息——進到這裡來的全都會死，做好覺悟再進來。

他和泡泡中的遙夏對上眼，發現她眼中露出憐憫神色。正如她所說，她是守護者，而蒼是殺戮者。蒼引爆「Lancet」後，露出沒沾上血汙的手。

「下次就換我了。」

沙也繞過床鋪跑過來，大概是踩到地板的血窪，滑了一跤跌坐在地，想去幫她的蒼也滑一跤，他抓住床鋪，兩人對上眼後，都好笑地大笑出聲。

「還好嗎？」

他伸出手，沙也原本想抓住他的手，卻猶豫了。

「別碰我比較好。」

「為什麼？」

「我手上有『Septic Death』的毒液，因為我沒時間穿上防護衣。」

一看，只見她的手紅腫，跟造型氣球沒兩樣。大劍的劍柄閃爍水光。

「會痛嗎？」

「有一點。自己說也很奇怪，這力量超不方便。」

她把劍插在地上站起身。

「你的身體還好嗎？」

「有點發燒。」

「只有那樣算沒事吧。比起那個，不覺得肚子餓了嗎？」

「餓了。」

他們從一旁堆積的物資中拿出巧克力棒，沙也拿床單擦完鼻血後咬下一口，蒼在咀嚼時把退燒藥丟進口中，中和味道。

「啊～好想抽菸喔。」

「午餐要怎麼辦？在山上可以用火就好了。」

吃完一根巧克力棒，喝水後吐了一口氣。

「喂，你要吃嗎？」

蒼也問由一，他直盯著走廊那頭看，頭轉也不轉。沙也邊吃糖果邊穿上防護衣。

「你們為什麼能那麼冷靜啊？太奇怪了吧。」

花蓮說。蒼也問她要不要吃巧克力棒，但她搖搖頭。人質的魔骸恐懼著同伴流了一地的血，縮起身子。消除「Cascade Shield」後的遙夏蹲在房間角落嘔吐。

「普魯，喝點水吧。」

沙也說著，拿起水要走過去時，頭頂傳來騷動。

遠方響起吸塵器運轉的聲音，越來越近。

「會飛的那個來了啊。」

沙也把連身工作服造型的防護衣拉鍊拉到脖子。

『建築物裡的人——』

聲音響起，蒼等人面面相覷。

彷彿透過麥克風傳來的聲音，音調高昂，聽起來像女人的聲音。

蒼從天花板的洞看向天空。看不見聲音的主人。

『從裡面出來，並釋放我們的同胞，如此一來，我們就保證你們的生命安全。』

聲音感覺並不帶刺，反而像溫柔勸說。

「她在說日語耶。」戴上口罩後，沙也的聲音悶在裡面，「該不會出現他們其實是人類的結局吧？」

「饒了我吧。」花蓮皺起臉來。

「那麼，要怎麼辦？」蒼輪流看她們的臉，「要如魔骸所說的乖乖出去，還是要繼續固守這裡？」

「固守是在知道援軍即將抵達才成立吧。」

只從防護衣帽子和口罩間露出眼睛的沙也如是說。

「或許會來啊。」

聞言，沙也冷哼恥笑遙夏說出口的話。

「不會來吧，無線電也無法接通，他們怎麼可能知道現在這個狀況？」

「襷木先生肯定會有辦法。」

遙夏的臉比剛起床時更加蒼白。

「那個襷木到底是何方人物？」

蒼提問。遙夏沒有回答，沙也代替遙夏開口：

「政治家啦。眾議院議員，這次事件的負責人。」

「他明明說會全力支援我們。」花蓮摸摸額頭，「結果只是出一張嘴。」

「還不知道啊，他說不定正為了我們努力。」

遙夏激動地反駁，沙也拉起橡膠手套的束口，發出「啪」一聲。

「我打從一開始就覺得那個人無法信任，因為他說出口的話語輕薄沒重量。但是啊，那個政治家是年輕帥哥嘛，普魯可能很喜歡吧。」

「才沒那回事！」

遙夏嘟起嘴，蒼側眼看著她，胸口些微刺痛。和他不認識的男人見面時，遙夏會露出怎樣的表情呢？他還完全不了解她。

「談論不在這裡的人也不是方法，先想想現在該怎麼辦。」

蒼說著，環視房內，剛剛躺的床已經埋在瓦礫堆中，天花板掉落，殘存範圍還比缺失範圍小。地上的血開始乾涸，鞋底黏答答。

「這樣下去，我們和建築物都撐不下去。」

「所以要聽他們的話，從這裡出去比較好嗎？」

花蓮一問，蒼點點頭。

「我也投出去一票。」沙也微微舉手，「寬敞一點，『Septic Death』也比較容易戰鬥。」

「出去了就有勝算嗎？」

花蓮問，蒼看著在旁邊縮成一團的魔骸。

「我們手上有人質，拿這當盾牌越過山去吧。只要進入東京就有其他人，大概會有辦法。」

「如果沒有辦法呢？」

「那就是世界毀滅之時吧。」

蒼說完自己笑了。他看遙夏，遙夏沒有笑容。

「那我也贊成出去。」花蓮戳戳魔骸的手，「雖然被完全包圍，但只要拿這傢伙出來用，還有機會吧。」

「我反對。」

背後傳來聲音，蒼轉過頭去。

由一背靠在牆上瞪著蒼。

「反對？那你也提個應對方案啊。」

蒼說完後，由一離開牆壁往這邊走，拖行的左腳趾尖泡在血窪中，在乾燥的地板上畫出一條血痕。

「沒有什麼應對方案，只是不想受你指使而已。」

「你是怎樣？」

蒼心想，都這種時候了還說什麼無聊話，打算推開他，但他揮開蒼的手，反過來抓住蒼的衣領。

「我看你不爽啦，明明後面才來，卻一副自以為是的樣子。」

蒼十分困惑。沒什麼後面才來，他人一直都在這裡啊，就只待在這裡。

由一的吐息從牙縫流瀉，唾液隨著他每次吐氣變成白色泡泡。

「我也理解你自以為是的理由。你有戰鬥的理由，父母因病死亡，所以想要報仇嘛，『原來如此啊』的感覺。我遇到相同狀況也會有同樣舉動，這理由太正當了。但是，我也有我的理由。和你比起來可能沒什麼，但我在電視上看見生病的人，也打從心裡想著要幫忙；知道魔骸的事情後，也想要殺了他們。不是想出風頭或想當英雄，而是真的那樣想。」

他放開蒼的衣領，捲起毛絨外套的袖子。

「但是你看，這是怎樣？你使用力量的後遺症只有發燒，我卻是這樣。」

他的手腕上有好幾個大水泡，比昨天還嚴重。手臂內側柔軟肌膚上的浮腫漲滿液體發亮，有的破裂流出混雜血液的組織液，腐臭味直擊蒼的鼻子。

「這是怎樣？太奇怪了吧。我只是稍微用一下『Nitro Aerial』，全身上下就變成這樣，痛得不得了，只是衣服摩擦都讓我想大叫。為什麼？我明明也很努力啊。這也太不公平了，你光是居住地點就比我有利，還有動力，一個人也能戰鬥，後遺症也輕。我住的地方不好，即使如此還是很努力，好不容易才戰到這裡，但身體根本不聽使喚。打從一開始就註定我不行，我會輸給疾病。可惡，這什麼嘛，為什麼世界這麼不公平。」

由一流下淚水。

蒼無法理解他說出口的話。蒼不認為自己很特別，只是因為陷入這種狀況才戰鬥。如果真要論公平不公平，他才想要大聲主張自己遭受不公平的對待吧。

由一雙眼通紅瞪著他。

「你從一開始就一副了不起的態度，瞧不起我們，我看得出來。」

「才沒那回事。」

「誰知道啊。」

由一轉過頭，拖著單腳離開。蒼看著他離去的背影，厭惡著「這傢伙在說什麼話啊」，卻也彷彿看見過去的自己。瞧不起談論夢想的人，但也有一部分仰慕他們，認為他們和自己不同。將他們視為特殊的存在，根本沒思考過，他們也可能是無法逃脫而身處那種狀況。

夢想不能由自己選擇。某天，突然阻擋在前途前方，不由分說扭轉人類的命運，人也可能因此死亡。

和疾病沒兩樣。

周遭的人開始準備離開，蒼也打算動起來卻動彈不得。呼吸窘迫、腳麻、發燒，他從口袋中拿出退燒藥咬碎，好不容易才踏出一步。

用口腔鏡窺探外頭，沒看見敵人的身影。

蒼看了一眼跟在他後頭的人才鑽出大門，診所外與平時並無兩樣。正面是停車場，左手邊是隧道，右手邊是平交道。天空開始泛白，風很冰冷。

沒看見敵人，但感覺近在身邊。一如往常的風景卻與平常不同，正被病原菌般看不見的威脅侵襲。

他用右手上的「Lancet」劃過地面，空著的左手抓住背包提環，得用自己的力量在敵人中開出一條血路才行。

耳邊隱約聽見的聲音逐漸變大，他抬頭看天空，在頭上盤旋的黑影以直立姿勢滯空，慢慢下降。黑色鎧甲，三叉戟，前端很長的頭盔——是那個「鱷魚」。

那東西站在蒼面前。在同一個平面上，可知對方的身高與蒼相仿。兩人距離約三公尺，是持「Lancet」可以衝上前的範圍，同時在對方武器的攻擊範圍內。

「我們的同胞在哪？」

「鱷魚」問，明明戴著頭盔，聲音卻很清楚，大概是擴音器發出的聲音。

蒼用手朝診所打暗號，夥伴們從建築物走出來，最前方的沙也用大劍抵著人質的魔骸，要他蹲下。

「啊，果然是那個『狗』耶。」

遙夏說完後，沙也轉過頭去。

「狗？那個形狀怎麼看都是鱷魚吧？」

「欸～是狗吧？」

遙夏口中的「狗」胸部閃爍紅、藍光芒，人質魔骸的胸口也閃爍著光芒，蒼驚覺後指著人質。

「讓他轉過去。」

花蓮敲敲魔骸的手臂要他轉身，他被繩子束縛的手轉而朝向蒼。

蒼瞪著「狗」。

「別擅自交談，你聽得懂我說的話吧？」

「狗」稍微抬起下顎。

「我們有使用翻譯程式。」

女性聲音似乎是程式的聲音，沒有抑揚頓挫，無法聽取其中感情。

蒼揮動「Lancet」在空中畫出小圓圈，思考能否殺死眼前這傢伙。殺死不會說話的蜥蜴也不會心痛，但能與對方對話時又如何呢？如果對方求饒，自己或許會因而躊躇。

「狗」往前走一步，被趁虛而入的蒼立刻繃緊身體。

「我們是維拉克，從遙遠星球而來。」

蒼觀察外星人的全身。金屬鎧甲表面有霧面處理，朝陽照射下帶著微光，浮在頭盔表面的幾何學模樣動個不停。雖然沒有眼睛、沒有耳朵，卻能看見自己的身影、聽見自己的聲音。

「看吧，果然是幽浮。」

「得對普魯從頭說明幽浮的定義才行呢。」

遙夏和沙也對話著。

蒼朝「狗」舉起「Lancet」槍尖。

「那麼，維拉克小姐，妳的——」

「不對，維拉克是我們的總稱，我的名字叫梅姆，梅姆・卡拉・揚特。」

「謝謝妳仔細說明。」

「也告訴我你的名字吧。」
「我拒絕。」
蒼說完後，「狗」伸出手。
「那麼，繼續剛剛的話題。」
「妳的同夥在哪？我們被你們包圍了吧？」
「狗」朝周圍看，蒼也警戒著對方的動作轉過去。只見魔骸陸續現身，從建築物後方、樹林中、隧道上方——見慣的小鎮風景被魔骸掩埋，無數槍口朝著他們。
「那麼，接下來換我們說話了。」
「狗」不理會蒼的震驚繼續說。
「放開我們的同胞。」
「我拒絕。」蒼搖頭。
「如果你放開我們的同胞，我們就保證你們的安全。」
「我們無法信任你們。」
「你們的目的是什麼？」
「往東方去。在這之間，你們只要攻擊我們，這個人質就沒命。」
「東方是要去東京嗎？」
「妳知道得真多呢。」

「我們的使節團現在就在那邊，正在和你們的政府對話。」

「……對話？談什麼？」

「關於被你們所殺的我們的同胞。」

空氣一瞬間變得緊繃。頭盔下方，「狗」大概露出十分憤怒的表情吧。

蒼反而抬高下顎，挺出胸膛瞪著對方。

「我們確實殺死了你們一些同胞，數也數不盡。但你們也殺了許多人，散播疾病，把鎮上的人——我的父母及朋友們都殺光了。你們就算被殺也不能有怨言吧。」

「我們也聽說疾病的事情了。」

「狗」的聲音仍舊沒有抑揚頓挫。

「但我們也不理解其中原因。」

「別裝傻！」診所方向傳來怒吼。轉頭一看，花蓮手指著「狗」說，「就時間點來看，原因就只有你們啊！」

「早知道你們是要來毀滅世界的惡魔！」

「反正是用了生化武器之類的吧。」

沙也和遙夏也異口同聲地責備「狗」。

「狗」轉過頭看著她們開口：

「沒那回事。我們第一批來到這星球的同胞，根本沒想要危害這個星球的人類。他們不可能帶著生化武器，他們是難民。」

「什麼……？」

蒼盯著「狗」的臉，但對方的頭盔上根本沒有任何得以讀取感情的東西。

「他們是因殖民星的氣象異常而逃出來的難民，由於太空船在中途故障，才會迫降在這個星球上。」

「狗」握緊持三叉戟的手後又慢慢放鬆。

蒼想起在深山時的事情。野澤說「隔壁那座山有樹木倒下的痕跡」，那是太空船迫降留下的痕跡嗎？

蒼回想他殺死的魔骸——只拿著單發槍的那些魔骸。少數人來偵查小鎮，在山路上設置警報裝置，在深山裡搭帳篷生活。那和今天早上襲擊診所、現在包圍他們的魔骸都不同。

蒼殺死的傢伙都想要活下去。與希望在空無一人的小鎮中活下去的他相同。

蒼拉下風衣拉鍊，自己身體散發出的血腥味讓他無法呼吸。右手的「Lancet」好沉重。

「就算你這麼說，我們怎麼可能相信？」

「狗」聽到花蓮這句話後轉過頭去。

「你們的政府應該會在近期宣布吧。」

遙夏和沙也彼此對看。

「如果是難民，我們不幫忙不行吧？」

「比起那個，疾病的事情怎麼了？」

蒼覺得她們好遙遠。她們不是受憤怒與憎恨驅動，不曾體會蒼這種從心裡深處、從每一滴血液湧上殺意的感覺。

因為他有，才能毫不痛心地殺掉好幾個魔骸，可以閉上眼當作看不見可能被殺的恐懼。

但她們不同，她們是受人指示來到這裡。就這點來說，她們不如蒼，也很可憐。

「他們——」蒼用左手指著遙夏等人，「是政府的人要他們來的，只是要他們活捉你們的同伴，所以他們不需要負責。如果你們正在與我們的政府對話，問政府就知道了。」

「狗」摸著自己的側臉。

「你們的政府說，這個小隊與他們無關。」

聽到這句話，診所前的人開始騷動。

「什麼？那什麼意思？」

「你再去問一次襷木先生啊。」

「那個人果然無法信任。」

戰爭已經脫離蒼的掌握，接下來就由政府、星球之類更巨大的東西接手了。既沒有從拿命拚搏中解脫的喜悅，也沒有殺光魔骸的夢想被剝奪的悲傷。就像坐在冬陽下，即使感覺這份溫暖是僅屬於自己的貴重之物，但終究會在春天來臨後，將這份溫暖平等分給所有人。與這相同，蒼只覺得這僅代表時間過去了而已。

將戰爭發展交給巨大之物後，他的手上只剩下微小之物。獨留在任誰也不會多加留意的小鎮的這條生命——他現在該守護的，只剩下這個。

他指著同伴如是說。

「我們討論一下。」

「我知道了。」

「狗」將三叉戟尖插在地面。

蒼看著對方，往後退到診所前。

同伴們明顯意志消沉，反而是俘虜的魔骸看起來更冷靜。

「要不要把這傢伙還給他們？」

蒼問完後，一群人只是低頭不語。大概是被襷木這個人拋棄讓他們大受打擊吧。受他人指示做事的結果就是這樣，和自行開始的自己不同。

說他「一副自以為是」的由一，大概是看穿了他這種想法。

「就算把這傢伙帶去東京，到了那邊，只要有人過河拆橋地說『根本沒有人要你們帶他過來』，就不會有人保護我們。我不相信在東京的傢伙。與其費盡千辛萬苦去一個不信任的地方，我寧願選擇和眼前無法信任的人談判。如果事態會變得嚴重，那越早變化越好，拖越久只是越無法收拾。」

蒼一口氣說完，咬碎退燒藥，喝下水瓶中的水。

花蓮的臉皺成一團。

「為什麼……為什麼我們得受這種罪？壞人明明是他們，我們做的事明明才正確啊。」

「神明肯定會在正確者死後拉他一把。」遙夏把手放在她肩上，「所以別被現世束縛妳的心。」

「知道結果才轉轉蛋的人還真從容啊。」

沙也拉下防護衣拉鍊拿出香菸，拉開口罩刁了一根，邊點燃邊看蒼。

「和死後的世界會怎樣相比，上原很實際，真不錯。但是個無趣的人就是了。」

「那還真對不起。」

蒼說完，沙也邊吐出一道細煙邊笑，由一扭向一邊。

「你有什麼意見嗎？」

其他人似乎也沒有異議，所以他對「狗」說：

「要放過人質也可以，但有個條件。」

「什麼條件？」

「狗」加大聲量，翻譯程式那東西似乎也可以自動調節音量。

「帶我們去東京，有人沒辦法走。」

「可以。」

「狗」又再次把手貼在側臉。

蒼把「Lancet」抵在束縛人質的繩子上，切斷。

「去吧。」

蒼說完後推他一把，魔骸站起身，轉過頭看一眼後，慢慢邁出腳步。

「我們可以搭那個嗎？」

沙也指著空中的圓盤。

「誰知啊。」

「回東京後要對櫸木大叔抱怨，叫他起碼也派個計程車過來啊。」

蒼對她做個暗號後交換彼此位置，空著的左手抓住她的防護衣。

「如果那些傢伙有什麼奇怪舉動，我就用長槍的爆炸風衝上去。」

「那個聲音很恐怖耶。」

同伴的魔骸聚集起來迎接走近他們的魔骸，在旁等待的魔骸則舉起槍口對著蒼他們。

「喂，你要幹嘛啦！」

背後傳來花蓮的驚聲尖叫，蒼轉過頭。

由一充血的眼睛看著正面，他已經拉滿了弓——是「Nitro Aerial」，弦上的箭尖朝著蒼，不停顫抖。

蒼瞬間蹲下身體。

「嗚喔，幹嘛啦！」

因為他抓著沙也的衣領，所以沙也的身體也被他扯下去。
有東西劃破頭頂的空氣。
視線邊緣有什麼東西閃爍。
是火。
回到同伴身邊的魔骸身體熊熊燃燒，化作竄天紅光的黑色軸心，倒在地上。手腳掙扎、不停打滾的樣子，彷彿在看影片快轉。大概是尖叫，喉嚨有痰堵住的聲音不停歇地響徹周遭。鎧甲胸口不斷發光，「狗」衝到燃燒中的魔骸身邊，其他魔骸攤開那個透明的布，試圖撲滅火勢。
連蒼的皮膚也感受到那個熱度。
「你幹了什麼好事啊……」
背後傳來遙夏的聲音。
她看著身旁的由一，表情既非憤怒也非悲傷，像輕蔑又像寬恕。蒼活到今天還沒在任何人臉上看過這種表情。
由一的表情也很奇怪，扯動嘴角像在笑，眼睛裡卻沒任何色彩。
「別指使我……別指使我……混帳……自以為了不起……」
他盯著火焰，嘴巴喃喃自語。
「嗚哇，糟糕……該怎麼辦啊？」

沙也把劍插在地上站起來。
往前聚集的魔骸擠滿診所前的道路，除了試圖滅火的魔骸外，其他全把槍口指著蒼他們，但沒有開槍，似乎正在等待此處的長官「狗」指示。
要走只能趁現在。沒了人質後，就沒有繼續留在這裡的必要。
蒼轉過頭看同伴。
「丟掉行李。」
他也搖動肩膀把背包丟在地上，空著的左手變出標槍。
「快跑！」
蒼下達指示的同時丟出標槍，刺進持槍的魔骸身體後引爆。
沙也飛衝出去。
「我來殺出血路！」
她揮動大劍，旁邊的魔骸被腰斬，倒臥地面。
遙夏和花蓮也追在她身後跑出去。由一動也不動，茫然站在原地，也沒把背包放下。
蒼停下邁開的腳步，抓住由一肩膀。
「你也快走。」
一拉，由一便拖著腳開始奔跑。
最前方的沙也如字面所示，斬殺群聚的敵人往前進，突破前線抵達平交道。

由一的速度快不起來，蒼把他的手環上自己肩膀往前衝。包裹在火焰下的魔骸已經一動也不動，「狗」抬起頭看蒼。感覺頭盔底下是憎恨眼神的蒼，不肯服輸地瞪回去。

「危險！」

遙夏跑回頭，貼住他的胸膛後，在身邊做出「Cascade Shield」。

有什麼東西發光，從泡泡表面彈開。道路那頭的樹林中，魔骸從四面八方朝他們射擊。泡泡受攻擊處發出紅、藍光芒後消失，表面仍完美無瑕。

「這傢伙拜託妳了。」

蒼把由一推給飄浮在泡泡正中央的遙夏，從沒有攻擊側走出泡泡，把「Lancet」插在地面。引爆後，身體飄浮起來飛越泡泡。

樹林中的魔骸，將槍口朝著飛在空中的蒼。

但太遲了，他已經變出標槍，朝三個魔骸的正中央那個丟過去。看見標槍插進魔骸肩頭後，蒼默念「消失吧」，於是魔骸上半身化為粉塵。

蒼邊用「Lancet」砍殺沾滿同伴血肉而畏縮的魔骸邊著地。衝勁過大，他的手著地時蜥蜴的頭和手臂散落，血液沾濕枯葉。

蒼轉頭給另一個魔骸由下往上的斬擊，腹部縱向裂開的魔骸丟下槍，嘗試接住自己流出的腸肚。蒼再次刺擊往上一劃，貫穿魔骸的上下顎，魔骸的身體劇烈搖晃後倒在地上。

蒼轉頭看來時方向，沙也正揮砍不斷聚集的魔骸，魔骸試圖用光棒應戰，但敵不過她的大劍，魔骸的手臂、身體連同武器一起被砍斷。

沙也前進後，花蓮以及扶著由一的遙夏跟著前進。只有人類前進的道路空出來，四周的蜥蜴有的逃竄，有的想與人類抗衡而蠢動、拿身體衝撞。蒼覺得，彷彿是狂熱的遊行或是粗暴的祭典。

一群魔骸打算從後方塞住道路，蒼把「Lancet」插進地面，利用暴風飛越。

他拿砍死的魔骸身體當緩衝降低著地時的衝擊，接著坐在對方身上朝周遭揮槍，遭砍斷膝蓋的魔骸倒落地面。

跨過痛苦悶哼的魔骸身軀後，蒼追在同伴身後而去，不放過任何擋住他去路的敵人。肉片飛散，手指掉落，血液噴進口中，腦漿淋身。有魔骸試圖抓住刺進身體的長槍把蒼拉過去，蒼便連同魔骸的手一起炸掉，接著擲槍打倒背對他逃跑的魔骸。

越過平交道，走上國道，看不見敵人的身影了。

遙夏與她手扶的由一走在前面，蒼提高速度追上兩人。

「換手吧。」

聞言，遙夏轉過頭，看著蒼表情扭曲。

「你全身是血。」

「欸？」

他低頭看自己的身體，風衣、褲子和鞋子沾滿魔骸的血，路上留下他的足跡，轉頭一看，足跡從戰場直直追著他過來。

「妳先走。」

說完，蒼從她身上接過由一的手。她放開放在由一身上的手，看著跑在前方十公尺左右的沙也和花蓮後，又看著他。

「沒事嗎？」

「沒事。」

他把由一的手環上自己肩頭。

「衣服會髒掉。」由一碎念。

「待會兒再洗。」

蒼抱著由一的腰往前跑，由一拖著腳的身體沉重，前方的遙夏距離他們越來越遠。

「停一下。」

由一鬆開蒼的手，轉頭變出弓，射出一發「Nitro Aerial」的箭。路面燃起火焰，蔓延到石磚牆上，庭院的樹木也被波及。火焰爬上電線桿，燒斷電線。

「如此一來，應該可以稍微阻擋他們的去路。」

說完，他再次抓住蒼的身體。

「竟然在我的小鎮上放火。」蒼瞪著他，「待會兒要滅掉啊。」

由一反過來拉著蒼往前跑。

走過橋，是流經蒼家旁邊的小河，這條河匯流的湖泊就近在眼前卻看不見。

國道旁有房子，和蒼居住的小鎮不同，沒有山脈朝中間壓迫的感覺，飄散著開闊的氣氛。

他想著，住在這裡或許也不錯。

即使如此，感覺自己在這裡就會變得墮落。固守小鎮、為了守護小鎮而戰時，他走在正道上。但現在又如何？道路前方沒有確實之物，只是空虛地不停移動，彷彿失根的雜草。

「那些傢伙追上來了！」

跑在前方的花蓮轉頭大喊。

由一朝後方射擊「Nitro Aerial」，道路立刻燃起一道火焰牆壁。

由一抓住蒼的肩頭，攀在他身上，邊喘氣邊說：

「好像『三張護身符』啊。」

「那什麼？」

「以前流傳的故事。上山時遇到山姥姥，邊逃邊往身後丟出護身符。然後，護身符就變成河川、火海阻止山姥姥前進。我小時候在繪本上看到這個故事，覺得超恐怖。」

他笑完後輕咳。

蒼重新抓好由一的腰，加快跑步速度。

「要是真有那種東西就好了。」

「真是的，要是開始求神拜佛就完蛋了，但是這種狀況也沒辦法啊。」

「把狀況變成這樣的人就是你吧。」

「這倒是。」由一朝地面吐口水，「若是像初鹿野一樣真心相信，神明也會幫我嗎？」

「誰知道。」

蒼看著遙夏背影。大概是沒體力了，她只用慢跑的速度奔跑。

「初鹿野說過她要拯救世界，我也是一樣。疾病蔓延，跟怪物一樣的東西跑出來，世界陷入危機，所以我就想著，我要挺身而出拯救世界。其他人也一樣，死在山裡的所有人都一樣。」

「啊，我知道。」

蒼感覺由一手指緊緊陷入他的肩膀。

道路在前面分成岔路。

國道往右邊轉彎，直行的道路很小條，直線前進可以抵達國中，會再次看見那晚父母被送過去、擺放許多屍體的那個操場。路面上寫著「停止」的白字尖頭指著蒼。

分岔點前端有個加油站，三個女生就站在加油站前對他揮手。

「欸，要往哪邊走？」

沙也拉下口罩大喊。

蒼的腦海中浮現地圖。因為國道沿湖岸建設，會有點繞遠路。

「直線前進。」

蒼說完，女生們往小條路前進。
抵達加油站後，由一拍拍他的肩膀。
「到這邊就好。」
「什麼就好？」
蒼問，由一掙脫他的手，在加油站裡坐下，朝來時方向射擊「Nitro Aerial」。
「我來擋住他們，你和她們一起走。」
蒼低頭看由一。大概連坐著都很痛苦，由一手肘撐地，無力地垂下頭。
往國道看去，空氣因由一製造的火焰晃動，看起來像敵人身影。
「你要我把你丟在這裡嗎？」
「對，我已經累了。」
由一抬起頭。他臉上也長出手上的水泡，輪廓變得凹凸不平，眼瞼也腫得睜不開。他已經沒有表情了，蒼心想，這就是所謂的死相嗎？
至今，為了要殺死魔骸、為了要生存下去，蒼做出許多選擇。但他從沒做過要讓人死去的選擇。
「對不起，把事情搞成這樣。」
由一說。因為他坐在地上、手肘撐地，看起來像對蒼屈膝。
加油站裡的旗幟隨風拍動，發出被逼入絕境的聲音。從天花板垂落的加油管不為所動，只是靜靜等待經過的人。加油站裡的辦公室玻璃窗上有裂痕。

選擇這個地方死亡也太寂寥。

「要來了。」

由一吐出一口氣。

國道上的火焰連同道路一起被吹飛，大概是使用了炸彈吧，魔骸列隊從另一頭走過來。

「你快走。」

由一射出箭，道路再次被火焰牆壁遮掩。

蒼邁出腳步。雖然彼此的夢想不同，但同樣在追求夢想，因為如此，才有能互相理解的部分。他也明白，無法說服正在追求夢想的人。

「我好羨慕你。」

由一這句話讓蒼轉過頭。

「那你要和我交換嗎？」

聞言，對方沒有轉過頭。

「這我拒絕，我無法住在深山裡。」

由一背對著蒼揮揮手。

蒼往前跑，用力揮動手臂、抬高腳，甩開想繼續說下去的話，以及想留在這裡的心情。

跑過國中前，操場上的土被翻起。甩開這個光景、那晚的記憶。

他在上坡時追上三人，她們全都上氣不接下氣。

「大和田呢？」

沙也問，蒼轉頭看了一眼來時路。

「那傢伙留下來了。」

「留下來？」

花蓮皺起眉頭。

「說要擋住敵人，在加油站那邊。」

蒼說完，花蓮和沙也面面相覷。遙夏看著他，他也看著她。好希望她說些什麼，希望她責備他把由一拋下。

但是，遙夏只是沉默不語，睜大眼睛看著他，眼睛浮現慰勞他一般的慈祥眼神。他低下頭，咬緊唇。

「走吧。」

沙也這句話讓他們再度開始移動，走下斜坡後，與國道匯合。

遠處可見龍瀨橋，那是連結湖泊南端與北端的橋。與有拱橋支撐的月選大橋不同，從中央高塔斜拉出來的鋼索吊住橋面。

前方的路還很長，他們加快腳步。右手邊一片寬闊的湖面，朝陽在湖面上搖晃，告訴蒼即使是這種時候，風依然吹拂、仍會起浪。

背後傳來巨大聲響，他轉過頭，空氣震動、地面搖晃。
河岸的樹林那頭出現黑煙，蠕動的樣子彷彿貪婪的毛毛蟲，坦露火焰腹部，吞噬藍天。
每個人都一語不發地往前跑，大家都知道由一的下場了。
「有什麼東西來了！急速接近！」
花蓮大叫。曾經聽過的尖銳聲響起。
一隊坐著飛天木馬的魔骸從國道而來。
「離開國道！藏起來！」
蒼衝出去，背後的聲音不斷逼近。
他衝進民宅的院子。
魔骸的光線燒光圍牆與建築物，木馬的機械聲通過。
「我們上吧。」
身旁的沙也用手肘碰蒼，他點點頭。
遙夏和花蓮蹲在道路另一側。
「變出泡泡保護自己。」
蒼如此指示後，右手變出「Lancet」。
魔骸轉彎往這邊來，大約有十幾個，每個魔骸都跨坐在單人座的木馬上。
「欸，我也想要試試那個飛天的招式。」

沙也如此說，所以蒼抓住她的防護衣。她沒持大劍的手緊緊抓住他的身體。

「走囉。」

將「Lancet」深深刺進地面，引爆。身體追過炸飛的泥土往上浮。

「嗚喔喔，可以飛這麼高啊。」

沙也收緊環在蒼腰上的手，兩人飛得比旁邊的二樓住宅還要高。

下方的國道上，魔骸已經跑過頭了。

「有點飛太高了。」

「真假？」

蒼朝天空伸直手，變出「Lancet」後引爆。爆炸風推擠下，他們急速下降。

「嗚喔呀啊啊啊！」

沙也放開蒼的身體，揮動大劍，往飛來的魔骸與木馬砍下，連下方的道路一同敲碎。蒼也從上方刺擊魔骸，長槍連木馬一併刺穿，接著引爆。

隊伍中央空一塊的魔骸們停下木馬，打算散開。沙也衝上前去，伸長手臂橫掃。魔骸和木馬斷成碎片，呈放射狀四散。

一個魔骸背對兩人想要逃走，蒼利用「Lancet」的爆炸風跳躍，砍斷魔骸脖子。載著無頭魔骸的木馬前進一段距離後翻倒。

蒼擲出標槍爆破翻倒的木馬，試著多少削減敵方戰力。

路上沒有危險了，所以花蓮和遙夏跑出來。
「欸，」花蓮踢飛木馬的殘骸，「只要坐上這個，我們就能逃走了吧？」
「我也這樣想，為什麼要弄壞啦？」
遙夏雙手環胸瞪著沙也，沙也轉頭看蒼，張開雙手。
「為什麼搞得好像是我搞砸了啊？」
蒼指著她的臉問：
「喂……妳沒事嗎？」
她的口罩被鮮血染得紅黑。
「鼻血停不下來，快窒息了。」
沙也扯下臉上的口罩丟掉，掉落地面發出「啪」一聲。
「身體還好嗎？」
「不差，除了右手沒感覺以外。」
她拉下防護衣拉鍊拿出香菸。
「沒口罩就可以抽菸了，真好。」
她嘴上叼起一根菸點火，一臉美味地吸食。蒼拿出退燒藥啃。
他們分別走在左右人行道上，這邊和富士谷那邊不同，車道和人行道分得相當清楚，容易行走。

車道那端的花蓮揮手，指著來時路，似乎又有追兵出現了。

蒼拍拍前方沙也的肩膀後追過她，往前跑拉開和她們的距離。

木馬的運轉聲越來越近，蒼走出車道。

敵人大概有剛剛的兩倍，在離他很遠的地方停下木馬，那在標槍的射程範圍外，大約有二十公尺，魔骸大概學到近身戰對他們不利了吧。

其中也有以前看過的大型木馬，可以坐三個魔骸的那種。座位上放著一個腳架，槍就架在腳架上頭。

蒼將「Lancet」刺進路面，利用爆炸風往上飛，飛上兩層樓房屋的屋頂。瓦片屋頂不是很好站。

魔骸的槍噴火，蒼越過屋頂最高處，趴低身體，能聽見瓦片有節奏碎裂的聲音。

聽見香檳開瓶時的「啵」聲，有什麼東西飛過來了，蒼把「Lancet」插進屋頂跳起身，在隔壁屋頂著地。他上一秒還在的地方出現奇妙扭曲，瓦片和屋頂的直線都往一點吸進去，最後炸開。

碎片飛過來，蒼用手擋在面前。那是魔骸的炸彈，之前也看過。那個距離要丟也太遠了，似乎是用什麼道具扔過來的。

敵人的光彈燒掉屋頂，蒼一躍而下，跳到車道正中央，又再跳到對向的屋頂上，讓對方的視線跟著上下左右移動，不給他們瞄準目標的機會。

攻擊停下，一看，只見敵人的隊形亂掉了。

沙也從側邊攻擊，魔骸陷入大混亂。大劍揮舞、肉片四散，被打亂計畫的魔骸丟棄搭乘的木馬逃走。

蒼斷了他們的退路，一口氣飛越魔骸的頭頂站到正前方，揮砍、刺擊朝他衝來的魔骸，被夾擊的蜥蜴們張皇失措地抱著頭亂成一團。

其中一個拿起光棒朝蒼砍過來，蒼沒任何預備動作往前伸出左手，同時變出「Lancet」，往魔骸腹部刺去。對方痛苦呻吟，彎曲上半身。蒼用「Lancet」刺穿魔骸臉頰，槍身一直線貫穿張大的嘴巴，可見魔骸的小眼睛流下淚水。

蒼默念「消失吧」炸飛魔骸後，沙也出現在對面。

她正好砍下魔骸的頭，大劍劍尖正對著蒼。

有什麼東西飛過來噴到蒼臉上，一摸，臉上一片濕。

「啊，對不起……」沙也跑上前，「還好嗎？趕快擦掉。」

「這是什麼？」

蒼看著手上的液體，透明帶點黏稠。

「我的『Septic Death』毒液，碰到會很痛、很燙對吧？不快點擦掉就會和我一樣腫起來。」

「這個嗎？沒什麼感覺耶……」

手和臉都沒有異狀，反而是濺到臉上的血液變乾拉扯肌膚，更讓他噁心。

「咦？」沙也舉高劍，透過日光觀察。「這毒液該不會只會傷到我自己吧？這什麼力量啦，莫名其妙。」

花蓮和遙夏從住宅後方跑出來，各自跨上一匹木馬。

「這要怎樣才會動啊？」

花蓮坐在巨大木馬的座位上，在龍頭旁邊摸來摸去。

「踩踏板嗎？」跨坐在單人座木馬上的遙夏晃動雙腳，「但這太大了，我腳搆不到。」

兩個木馬都飄浮在半空中，但完全沒有往前進的跡象。

「會不會是像騎機車一樣轉動龍頭把手？」

蒼用袖子擦掉臉上的毒液，朝兩人身邊走去。

「我知道了！是這個啦！」花蓮對遙夏說，「龍頭旁邊這個像液晶螢幕的東西，只要點這個就好了吧？」

「欸？這個嗎？」

遙夏的臉貼近龍頭，下一秒，只留下不知該說是尖叫還是歡呼的叫聲，她直直往前衝去，花蓮的大木馬也急速前進追上她。

兩人掀起的沙塵讓蒼皺起臉，他用手摀住眼、口。

「我不喜歡耶～那種沒有任何保護的交通工具。」

沙也在蒼身後碎念。

「我很喜歡，很有速度感很棒。」

蒼轉過頭，沙也手擺在身旁木馬的座位上，對他笑說：

「真有你的風格。那個長槍也是一樣，直率、尖銳、有攻擊性還會爆炸——完全反映出你的個性。」

「說我壞話？」

「可能吧。」她淡淡一笑，「但我的更糟糕耶，大而化之又遜，還很不靈活，更別說還會噴毒——只毒自己的毒。這什麼啊？自殺傾向的表徵嗎？」

「才沒那回事吧。」

蒼轉過頭，看著遙夏和花蓮離開的方向。

「就要結束了啊。」沙也喃喃說道。

「什麼要結束了？」

「戰鬥。」她看著蒼，「只要搭上那個，感覺就可以直接逃走。」

「要真能逃跑，這樣也不錯。」

「但是啊，總覺得還想再這樣稍微久一點，回到日常生活太無聊了。既沒有驚心動魄的冒險，也沒有同樣擁有力量的夥伴。」

「但是，也沒有生命危險。」

「比起渾渾噩噩的無聊生活，有危險比較好。」

「妳腦袋有問題。」

蒼說完，沙也笑了。

「你再來要怎麼辦？要住哪？」

「不知道。」

「要不要來橫山台市？我們大概……可以變成好朋友。」她對蒼露出耀眼、泫然欲泣的笑容，「因為我和你是好搭檔啊。」

「是啊。」

他環視倒落身邊的魔骸屍體。

直線道路前方，遙夏操控的木馬轉過頭來，兩道軌跡交錯。遠方可見高天山往右邊漸漸下降的稜線，早上出來巡視的老鷹在天空中大大盤旋。

周遭的風景無比閒適，感覺與危險、自殺這類詞彙搭不上邊。

一聲巨響，打破這份閒適。

蒼迅速壓低身體，砂石如冰雹般從天而降。

「這什麼！發生什麼事！」

沙也大叫。

轉頭一看，遠方一棟民宅消失了，地面挖出一個大洞，地基、牆壁及屋頂全都不剩。木片與水泥碎片散落在道路上，細沙現在也還下個不停。

蒼想著，應該是剛剛那種炸彈吧，但那威力和只炸掉屋頂的炸彈完全不同等級。往周圍看，沒看見敵人。

感覺到什麼氣息的蒼抬頭看天空，聽到奇怪的聲音。有什麼破風的聲音。

「趴下！」

他大叫。

地面發出「咚」一聲巨響，柏油路面裂開。黑土如鮮血般噴出，爆炸風狠狠吹在臉上，剛剛破壞的木馬碎片四散。

石頭從天而降，蒼用手遮住臉，沙也拿大劍擋在頭上。

「快逃。」

「嗯。」

轉身逃跑時，又聽見破風的聲音。這次很近，感覺是從正上方攻擊。

衝擊狠推他的後背，身體像是浮了起來。轉過頭看背後，好暗。捲起的塵土遮住日光。瓦礫如大浪朝他撲來，木馬也在其中，垂直打轉朝他飛過來。沙也離木馬更近，雖然奔跑著，但與被爆炸風吹跑的木馬相較，慢到近乎可笑。

「快閃開！」

「什麼？」她轉頭看，「啊，糟——」

木馬只擦撞到她的身體，衝勢還在，撞上地面彈跳。重複彈跳幾次後，木馬狠狠撞上電線桿停下來。

明明只是擦撞而已，沙也卻一動也不動，擺出彷彿翻身到一半改變主意的奇妙扭曲姿勢。

「喂……妳還好嗎？」

跑近的蒼踩上一灘血，黑色血液沉重地在路面上擴散，沙也的頭就在中心。

她眼睛睜開，卻對探看的蒼沒任何反應，眨也不眨地看著天空那刺眼的藍。鼻血橫流過臉頰，流進耳朵裡，防護衣的帽子破掉，露出濕潤的頭髮。

掉落地面的大劍化作沙，隨風飛舞。

她的身體開始痙攣，後背重擊柏油路面後又反彈。以頭部為中心，用這個姿勢轉圈圈，雙腳彷彿有意識地踢著路面。

蒼坐在她身上壓住她，但巨大的力量幾乎撞開他。附近傳來爆炸聲，碎片落在他背部。他用力抱住她，她的震動傳進他心裡，關在心裡的恐懼就快要逃出來了。蒼咬緊牙根。

「沙也！」

有人從後方拉開他的身體。

遙夏拉開他之後，抱住沙也。

「為什麼會這樣……為什麼……」

手指擦拭她的鼻血，撫摸她的臉頰，沙也仍一臉木然。

花蓮的木馬停在一旁，蒼伸手阻止打算下木馬的她。

「等等！妳先別下來！」

他抓住遙夏肩膀，讓她看著自己。

「現在把她弄上那個木馬。我和妳一起搬，可以嗎？」

遙夏邊擦拭流下的淚水邊點頭，她的臉頰沾上沙也的鮮血，蒼伸手想要擦拭，又縮了回來。

「來吧。」

蒼雙手穿過沙也腋下，遙夏抬起沙也的雙腳。兩人配合號令一起抬起來，讓她坐在大型木馬後座。

「有像安全帶的東西。」

他們綁好花蓮手指的帶狀物，固定好沙也的身體。

「好，去吧！」

踢木馬的屁股示意後，花蓮慢慢往前進，接著加速在國道上直直往前奔馳。

「我們也走吧。」

兩人坐上遙夏的木馬，遙夏握緊龍頭，蒼抱著遙夏的腰。

「抓好喔。」

「我知道。」

木馬急速前進，蒼慌慌張張攀住遙夏後背。

制服西裝外套扎得他臉疼，夾在兩人間的長髮有點黏膩。

沿途遇到爆炸，一整間民宅形體全無地四散。

碎片亂飛，砸到蒼的臉頰和肩膀。

「痛！」

遙夏摸摸頭。

風景往後方流逝。道路爆炸，碎石如火山爆發般亂飛，但那也往後流逝，他們似乎完全甩開魔骸的炸彈攻擊了。

他們通過津久見湖車站前的十字路口。富士谷車站、津久見湖車站，下一個就是高天車站。因為有穿過山脈的鐵道，搭電車可以直行，但國道繞過山脈，所以得越過一個山峰才行。

「就這樣沿著道路前進，只要越過九彎十八拐的上坡路之後，就是橫山台市。」

遙夏沒有回答。蒼想要轉頭看，但隨風飄揚的粉色頭髮遮住他的視線。髮尾打在蒼臉上，留下抓搔般的觸感。

「沙也沒事吧？」

遙夏小聲呢喃的聲音混在風聲中。

「到那邊之後去找醫生應該就沒問題了吧。」

這句話並非只是安慰她。從沙也出血的狀況來看，蒼雖然覺得情況危急，但心中某處仍抱著只要越過山脈就能得救的希望。明明那般執著於自己的小鎮，現在卻感覺東京是可以實現所有夢想的地方。

即使如此——蒼看著浮在空中的魔骸圓盤——那東西似乎也不會消失。只要魔骸還在的一天，世界就沒辦法回復原狀。

「狗」口中的「對話」會成功嗎？只要談判破裂，就會發展成戰爭吧。人類與蜥蜴頭外星人的廝殺。

他已經不想繼續戰下去了，保護地球這件事已經超出他的能力。而且，他累了。燒遲遲不退，走不停、飛不停讓他膝蓋、腳踝都痛，遍體鱗傷，頭也好癢。

接下來交給其他人，肯定有更適合背負巨大之物戰鬥的人。

「欸，」遙夏開口，「你有沒有聽到什麼聲音？」

她轉過頭，撥開黏在臉上的頭髮。

「什麼聲音是指什麼？」

「『嘰——』的聲音，跟我們現在坐的東西很像。」

蒼定睛凝視來時路，但沒看見木馬。

「什麼都沒有啊。」蒼說完後立刻察覺不對勁，「不……聽見了。」

他恍然大悟，抬頭看天空，只見一個既沒揮動翅膀也沒旋轉的東西飛過來。

「是那個『狗』追上來了。」

「狗」飛在七、八公尺左右的高度，一直線飛過來。聲音越變越大、越來越刺耳，速度遠比木馬快。

距離近到可以清楚看見「狗」手上三叉戟的矛尖，但是「狗」沒有繼續逼近，大概是在尋找攻擊的機會。

蒼腳踏在兩側踏板上，變出標槍朝「狗」扔過去。他看準「狗」往旁邊閃過的一瞬間引爆，但有點太遠了。

「狗」曾經看過蒼用這種攻擊模式打倒同伴，大概已經看穿了吧。

蒼轉而變出「Lancet」。如果遠距離攻擊沒用，那就採近距離攻擊。他要在「狗」上前攻擊時回擊。

擺好架式，敵人卻不靠近。從上方觀察蒼一段時間後，「狗」提高速度，越過他們頭頂。

「打算跑到前面埋伏我們嗎？」

遙夏壓住頭髮，看著上空的「狗」。

「不，不對。」蒼面對前方坐好，「是打算攻擊前面兩個人。」

「要加快速度囉！」

木馬加速，遙夏的頭髮用力打在蒼的臉上。他用沒有「Lancet」的左手重新抓好她的西裝外套。

「妳這個速度有辦法轉彎嗎？」

「試試看！」

遙夏繼續加速，身體被往後拉，蒼消除右手的「Lancet」，緊緊攀住遙夏身體。臉埋在她的髮中，被她的氣味包圍。

從隨風飛揚的頭髮縫隙中看見紅、白水泥磚，自國道分出支線、大幅度轉彎後，變成經過國道上方的立體交叉。

蒼咋舌。應該要走那條路才對，完全忘了有那條路的存在。那是通往高速公路的道路，比起九彎十八拐的山路，在高速公路直線前進可以更快抵達。

只不過，從「狗」的行動看來，花蓮似乎是沿著國道前進，那他們也只能追上去了。

「完蛋完蛋完蛋了！」

遙夏大叫。

道路向右彎，護欄越來越近，即使她把身體往彎道內側倒、轉動龍頭，加速的木馬也沒辦法完全轉彎，不斷往外側擺動。

側邊踏板擦撞護欄，火花四散。

蒼左手變出「Lancet」往護欄一頂，引爆後利用反作用力讓木馬浮起來。

「喔喔，飛起來了！」

遙夏驚聲尖叫，木馬回到道路中央，往前奔馳。

「嗚哇～我還以為要出車禍了。」

「那是我的台詞吧。」
蒼低頭看擦撞後往上折的踏板。
「看到了！在那邊！」
遙夏大叫，看見行駛在前方的花蓮的木馬了。
「狗」就在上方。
「上面！敵人來了！」
遙夏一喊，花蓮轉過頭看天空。
「狗」先抬起身體後，接著頭朝下急速下降。
蒼抓住遙夏肩膀，站在座椅上。
「剎車！踩剎車！」
花蓮的木馬像是膨脹起來，蒼兩人一口氣追上急減速的花蓮。原本打算從上方攻擊花蓮的「狗」，擦過地面後呈V字形升空。
遙夏加速與花蓮並排。
「沙也還好嗎？」
「應該吧。」花蓮看著橫倒在座位上的沙也，「雖然還沒恢復意識。」
蒼視線追著在上空盤旋的「狗」。
「那傢伙意外地靈巧耶。」

「繼續閃躲下去，應該可以逃開吧？」
遙夏抬頭看準備繞到他們後方的「狗」，和蒼對上眼。
「接下來是一連串彎道，換成我們不靈巧了。」
「只要有我的駕駛技術就沒問題。」
說完，遙夏轉向正前方。
「駕駛技術啊……」
花蓮看了因碰撞而扭曲的踏板，聳聳肩。
「狗」繞到花蓮側邊。國道左側有水泥斜坡，「狗」就飛在斜坡上。
花蓮和遙夏交換眼神。
「又要緊急煞車？」
「我給妳暗號。」
「不。」蒼抬頭看「狗」，「我來。」
「你要給暗號？」
「不是。」
蒼就著站姿變出「Lancet」。遙夏抬頭看他，隨風飛揚的頭髮遮住眼睛，她伸手揮開。
蒼低頭看她。一看見她，就回想起早晨緊緊擁抱她時的觸感。那個瞬間，自己確確實實活著。那段記憶鮮明到讓他能取而代之地接受註定要死的命運。

「正如妳所說，我是殺戮者，為了殺戮才有這個力量。」

「狗」的矛尖朝著這邊，急速下降。

蒼跳到旁邊的木馬上，踏在沙也和花蓮之間的座位，朝著另一邊跳過去，將「Lancet」插進地面，引爆後身體浮起來。

蒼和急速下降的「狗」正面衝撞。蒼緊緊抓住以免被彈開，碰到了金屬管後緊緊抓住。

「狗」垂直上升，突然加速差點把蒼甩掉，蒼呈單手吊在上面的姿勢。右手抓著的似乎是「狗」背上飛行裝置的一部分。

「放手！」

「狗」大叫，用腳踹蒼的胸口。蒼往下看，剛剛還在的國道變成細線，湖泊也成水窪大小。圍繞在旁的山脈變成地圖上看見的形狀，遙遠下方有一隻鳥飛著。

蒼害怕地雙腳掙扎，但腳什麼也碰不到，讓他變得更加害怕。

「狗」用膝蓋踢他的臉、用三叉戟柄戳他的肩膀。

恐懼被憤怒取代，蒼左手變出「Lancet」，往「狗」身上刺去，但在碰到敵人身體前就停下了，「狗」用矛尖擋下。

蒼抬起頭，看著對方眼睛——雖然「狗」的臉遮掩在頭盔下看不見，但蒼知道，輕易就能想像出頭盔底下的憤怒表情。蒼咧嘴一笑。

蒼引爆「Lancet」，三叉戟炸飛，「狗」的身體失去平衡，頭朝下急速下降，蒼也跟著頭下腳上。

右手伸直，感覺抓住「狗」背上裝置的手快抓不住了，風打在身上很痛。

蒼用力拉近，爬上對方身體，攀在對方肩膀，腳纏在對方的腳上。這樣一來姿勢就安穩了。蒼的手碰到對方長長的嘴，往上推，看見覆蓋黑鱗的脖子，不知是皮膚還是衣服，不管是哪個，沒有鎧甲覆蓋的這裡毫無防備。

「狗」的手放到他臉上，想要推開他的臉，所以他甩開頭。但甩不開，「狗」的指甲陷入他的肌膚中。

「狗」的手指刺進他的右眼。他背過臉，對方的手指卻跟著跑，深深刺進眼裡，感覺有什麼被摧毀了。

蒼驚聲大叫。

劇烈疼痛讓他幾乎昏厥，溫暖液體流過臉頰，手指在他眼窩中移動，每動一次都帶給他新的疼痛。

「混帳混帳混帳！」

他右手變出「Lancet」，胡亂用力砍一通後，有砍斷什麼東西的觸感。

「狗」的身體開始螺旋扭轉，手離開蒼的臉，蒼也跟著對方一起旋轉，就快要飛出去了。引爆「Lancet」後，他利用衝勢繞到對方背後，腳纏住對方身體，在腹前交叉。「狗」背上的飛行裝置缺了一部分，似乎是剛剛砍掉了，「狗」的動作也因此變得奇怪。

他們上下顛倒往湖泊掉，近到連湖面每一個和緩的波浪都看得一清二楚。

「狗」的手撫摸頭盔側邊，接著大概操作了什麼，重新調整好姿勢抬起頭，如滑過湖面般飛翔，其衝擊濺起水花。

蒼在「狗」背上擦臉，湖水有點腥臭。正面可見橋，鋼索從高塔往橋身延伸。是龍瀨橋。

「狗」的手還摸著頭部側邊，蒼朝著那裡揍下去，「狗」把手收回去一次後，又再度伸向頭盔，蒼也再次揮拳。

「狗」拉升高度，稍微遠離湖面。「狗」扭轉身體轉圈，他背上的蒼變成倒吊狀態。對方的鎧甲濺濕，蒼手滑抓不住。快要掉下去時，蒼右手變出標槍，刺穿對方脖子，左手抓住另外一端，把自己的胸膛用力往上拉。

「狗」抓住標槍，試圖要拔出標槍，用蒼不懂的語言呻吟。

「我不知道妳在說什麼，翻譯機器去哪了？」

蒼又更加用力打算毀了對方的喉嚨，纏在身上的腳也更用力。

「狗」用手肘往下打蒼的腹部，另一隻手想要抓他的臉。

蒼沒放鬆力量，背部抽筋，很痛。唾液從嘴角流出。

聲音停止了，無力垂下的手碰到蒼的腰。緊貼著對方身體的蒼清楚知道，這不是裝出來的。類似軸心的什麼東西從「狗」的身體消失了。

他的手纏住「狗」的脖子，吐一口氣。

在這裡打倒這傢伙，是能改變什麼呢？「魔骸」的圓盤遮蓋上空，暗無天日，世界的危機尚未解除。

即使如此，現在暫時還不用死——包含遙夏她們在內。

「狗」失去意識，卻還持續飛行。

蒼思考著該怎麼降落，突然驚覺地抬起頭，看著前進方向。

龍瀨橋上的鐵塔近在眼前。

「可惡，真的假的……」

再這樣下去，他會直接撞上鐵塔；就算閃過鐵塔，也會撞到哪條斜拉的鋼索。支撐橋梁的鋼索有街燈柱那麼粗，依這種速度撞上去根本不可能沒事。

蒼看著下方，一整片水，沒辦法判斷高度。

他看著橋推算高度。比前幾天的山崖還高，起碼有十五公尺。

為了做好覺悟，他深吸一口氣。

蒼鬆開纏住對方身體的腳，打算跳下去，但手放不開——「狗」壓住他放在脖子上的手。

「放手！」

蒼用力拉扯自己的手。

「狗」說了什麼，但蒼聽不懂。

「混帳！看前面！」

蒼怒吼後，大動作朝行進方向看，「狗」也跟著轉頭去看，似乎這才理解狀況，想升空避開。

但來不及了，鐵塔已經近在眼前，連表面突出的六角螺絲的形狀都清楚可見。

蒼瞬間將標槍壓到「狗」身上。

「消失吧！」

引爆後，他的身體往下方炸飛。

蒼因慣性原理朝橋飛過去，但背對行進方向，看不見前方有什麼。

他鑽過鋼索下方，飛行高度似乎比想像的還低。

飛過橋上道路，蒼閉上眼睛，是否能躲過對向的鋼索全看運氣。

感覺飛行了相當長一段時間。

睜開眼時，看見腳尖已經通過橋的欄杆，他鬆了一口氣。如此一來，就不會撞上橋的任何部分了。

在他放心之時，劇烈疼痛襲擊身體。全身撞上硬物，頭都麻了，眼前一片黑暗。

蒼幾乎要大叫，但為了避免喝到水，他慌慌張張閉起嘴巴。無數氣泡遮蔽視線，什麼也看不到。

湖水冰冷。蒼仰躺著沉入湖中，划動雙手想要浮出水面，但疼痛如電流般竄過肩膀和腰，身體緊繃。

泡泡往上浮，從他身邊離開。看著泡泡無止盡上升的樣子，他知道自己沉得相當深了。穿透水面的光帶，在遠處搖盪。綠色混濁的水，早已昏暗。

一切變得模糊不已——顏色、光線、痛楚以及現在身處之地。世界失去輪廓。

他想著，就這樣結束了也不錯。父母、鎮上居民、美森和脩介還有「Wild Fire」小隊的成員們，都是這樣結束的嗎？痛苦到最後往生與突然墜落，兩者雖然有所差別，但最後都是這樣沉入深淵。

蒼並沒有滿足，只是覺得無能為力。剩下的，就交給水面上的人去做了。

現在，所有一切皆成為遙不可及的事。

遙夏——她的面容在腦海中閃過。一瞬間，感覺有光線射入視野中，小小熱度在身體深處燃起，又被湖水冷卻。

遠處水面泛白劃開，海獸般的影子貫穿昏暗的湖水，擦過他的身體。那是魔骸的木馬。

高處生成的泡泡不但沒消失，還越變越大。

那不是變大，而是朝著他接近，他看見裡面有人。

蒼的身體被泡泡包覆，壓迫身體的壓力消失，他吐出水。那裡有空氣，他吸飽胸腔後，空氣的甘甜令他嗆咳。

「喂，水噴到我了啦。」

聲音從天而降。

蒼倒臥在泡泡底部不斷喘氣。左半身痛到動彈不得，冷透的身體抖個不停。光線照在他身上。

「眼睛怎麼了？」

從短裙中露出的纖細雙腿在黑暗中隱約可見。

遙夏飄浮在「Cascade Shield」中，拿手機的手電筒照射蒼。

「被『狗』弄的。」

「看不到嗎？」

「對。」

他用睜開的眼睛看向泡泡外。混濁、昏暗，能見度極低。往上看，順著遙夏的腳，視線抵達她裙下的陰暗處。躺在泡泡正下方的他，正好對著白皙雙腳間的暗處。

「你在看什麼啦。」

遙夏手上的燈光刺進他的眼，他轉過頭。

「沒，什麼也看不見。」

「我取消允許你進入『Shield』喔。要是我拒絕你，你又得回到水中。」

「好啦、好啦。」

蒼攀著泡泡內壁坐起身。身體好痛，感覺比在水中時更無法呼吸。

「『狗』怎麼了？」

「掉進湖中了。」
「那兩個人呢？」
蒼問完，遙夏看了一眼水面後回答：
「大概逃走了，多虧你。」
「這樣啊，太好了。」蒼用掌心擦臉，「這樣就好了，真的。」
掌心中的水混雜血跡，右眼似乎還在流血。
「我是為了拯救世間眾生而戰。」遙夏居高臨下看著他。「你呢？」
「我想救的人全死光了，所以硬要說的話，我是為了復仇而戰。」
「復仇無法誕生出新東西。」
「確實如此。」
她說的不過只是場面話，隨處可見的無意義話語。
但是，她說出的場面話非常棒，讓人想一直聽下去，想要用場面話填平這只有討厭事物的世界。
靠近的泡泡搖晃，遙夏拿手機手電筒往外照，黑色物體在昏暗水中如沸騰般飛舞。
「我們似乎抵達湖底了。」
她說著，蒼站起身。
就算往上看也看不見水面在哪，湖底伸手不見五指。

只有遙夏手上的燈光淡淡照亮泡泡內部。
蒼轉過頭看她。
粉色頭髮在胸前糾結、交纏，膝蓋上有擦傷。
聞到她貼近的氣味。
「幹嘛？」
她不悅地問。
「不，沒什麼。」
蒼把視線移回泡泡外側。湖底泥土寂靜，沒有任何動靜。
「好安靜喔。」
「嗯。」
「彷彿世界終焉。」
「才不是終焉咧。」
遙夏這句話讓蒼轉過頭，她手中的燈光照著他的胸口。
「因為我們有兩個人，所以不會結束。只要有兩個人，就是開始。」
他點點頭。
光從他身上移到泡泡。
「欸，那個是什麼？」

蒼順著遙夏的指尖看去，額頭貼在泡泡上想看清楚。定睛凝視，可見黑暗湖水的那頭有巨大影子。

她往周邊照，有東西立於那頭俯視兩人。

「那什麼……民宅嗎？周遭全是耶。」

「小鎮。」蒼把臉貼在泡泡上，「是沉入津久見湖底的小鎮。」

「是久遠以前的遺跡還是什麼嗎？」

「戰後不久，為了要建水庫才淹沒的。」

歷史課上學過這個湖泊的歷史，但這是第一次親眼看見沉在湖底的小鎮。

之前住在這裡的人都去哪了？居民讓出土地後，都市的人才得以潤喉。

而居住湖畔的居民也讓出土地了——用更加殘酷的方法。

是一再上演的事情啊。

以為是安居之地的地方，也只不過是暫時的。

「在這之後，我該去哪裡才好呢？」

蒼小聲說，緊貼他臉頰的泡泡隨著他的聲音顫動。

「來我的教會吧。」遙夏說：「常有遇到困難的人來住喔。」

蒼轉過頭微笑。

「比起這個，我——」

「什麼啦？」

「不，沒什麼。」

他的真心話是想和她獨處。想在如湖底的地方，不被任何人打擾，和她一起安靜生活。

遙夏關掉手機燈光，黑暗流入泡泡中，蒼夢想中的親密關係也被吞噬，不知所蹤。

蒼把長槍刺出遙夏的泡泡外，引爆後，泡泡浮出水面。

泡泡飛出水面後在地面彈跳，這是橋頭的小小船舶停泊處。棧橋旁，蓋著塑膠布的遊湖船隨波起伏。

這裡離道路有一段距離，往橋上看，只見一群魔骸低頭俯視這邊。

蒼右手變出長槍。

「我去去就回來。」他說完後踏出泡泡一步，「我去搶他們的木馬來，妳等等。」

「駕駛包在我身上。」在泡泡中心的遙夏用力握拳。

「還真可靠啊。」

蒼深呼吸。每次呼吸都扯痛左腹，左手抬不起來，右眼看不見。

即使如此還是要戰鬥，她就在身後。

手伸進褲子口袋，大概是沉進湖底時弄掉了，已經沒有藥。

一個魔骸走下斜坡靠近他們。和「狗」相同，身上穿著黑色鎧甲。

「那傢伙是不是有點奇怪啊？」

遙夏在他背後說。

魔骸站在蒼面前，用手指拎起槍一揮，放在腳邊，鎧甲胸口發出紅、藍光芒。

蒼壓低身體，魔骸的投降姿勢或許是陷阱，畢竟數量是魔骸占上風，他們根本沒有投降的理由。

就算真的沒有殺意，蒼也能毫不躊躇地殺死對方。想到他們的所作所為，他那麼做也是理所當然。

看著蜥蜴頭的小眼睛，窺探著攻擊時機時，遙夏拍拍他的肩膀。

「有聲音。」

「聲音？」

蒼學她抬頭看天空。

東方天空有巨大物體劃過的聲音，天空中的小汙點逐漸變大，覆蓋視野。一架直升機飛過來，降落在橋頭。

當它飛在天上時看起來很小，降落地面後變得很大。機體膨脹且尾巴很長，蒼覺得好像魚。與運送雙親的救護車同為橄欖綠烤漆。

直升機門打開，魔骸往該處聚集。

戴上防毒面具的自衛隊員帶領旁觀的魔骸走下坡道，他的打扮和闖進蒼家裡的人相同。

走在他身後的，是一位穿著寬大袖子上衣的男人，輪廓深邃，一頭紅髮。脖子上纏著護甲般的東西。當他說出外語似的語言時，護甲上閃爍紅、藍光芒。與之呼應，蒼面前的魔骸胸口也跟著發光。魔骸走上斜坡，用光線與手勢對護甲男說著什麼。

「那什麼？同伴？原來不只有蜥蜴啊。」

遙夏站到蒼身邊。

「連狗都有了啊。」

直升機的螺旋槳停下轉動。

穿著白色防護衣的人小跑步追過自衛隊員，只有防毒面具是黑色的。見狀，蒼覺得那裡有什麼不祥之物。

自衛隊員也加快腳步，與白防護衣人並排，兩人站在遙夏面前，白防護衣人彎下腰，探看遙夏的臉。

「遙夏——」

聲音含糊不清，遙夏伸長脖子朝防毒面具的鏡片靠近。

「……欅木先生？」

男人把手放在遙夏肩上。

「妳真的相當努力了。」

「你為什麼會在這裡？」

「來接妳的，全部都結束了。」

襷木想要擁抱遙夏，但她推開，並逃開他身邊。

「結束了是什麼意思？」

「我們人類與維拉克第一次會面、協商。接著，我們有了『這次事故是一連串不幸交疊造成的悲劇』的共識。人類與維拉克都失去甚多，但我們肯定可以跨越這一切。」

遙夏環視圍繞在身邊的魔骸。

「維拉克……是指他們嗎？那些傢伙可是來殺我們的惡魔耶。」

「不，他們是擁有高等智能與先進文明的種族，還有包含不同種族在內的星球聯邦，人類將來也會成為其中一員。」

蒼看著蜥蜴頭維拉克與人類頭維拉克交談，完全不想想像自己成為其中一員的景象。

襷木的視線轉向蒼的右手。

「那是你的武器？」

他問了，蒼沒有回答。

「我是眾議院議員襷木清二，你是上原蒼吧？」

襷木在防毒面具底下對蒼微笑。如沙也所說，襷木相當年輕，大概與蒼的父親差不多年紀。

蒼沒有回答，對方又繼續說下去：

「我知道你，你一個人真的很努力了。你似乎受傷了，那麼，搭直升機去東京吧，治療後好好休息。」

「死掉的人呢？」不成聲的聲音從嘴巴流瀉，「就算你說結束了，我們也沒有辦法接受。那只是你們自說自話吧。」

「想到過世的那些人，我真的不知該說什麼好。政府會盡全力援助死者家屬。」

蒼也包含在「死者家屬」這個類別裡，但他自己並無如此自覺，反而覺得自己是死者，完全無法思考接下來的事情。

「走吧。」

遙夏拉起他的右手，他被遙夏拉著邁出腳步。

欅木和自衛隊員領著他們，魔骸為他們空出道路。

「回去後我想先洗澡，頭又癢又臭。」

遙夏抓著頭，蒼邊被她拉著走邊看著這一幕。

「然後要吃飯，還有味噌湯。我已經不想要吃杯麵了。」

蒼點點頭回應她這段話。

「還有要在自己的床上睡覺。昨天那張床嘰嘰軋軋吵死人了都不能睡。」

「那張床確實相當糟。」

兩人爬上斜坡，站在橋邊道路上。

遙夏轉過頭。

「然後——」

「然後？」

蒼注視著她。

「然後，還有很多事情啦。」

她瞇起眼睛，她的臉頰沾有煤灰。

「很多事情啊。」

蒼低下頭。

他原本以為自己是死者，但只要碰到她，輕而易舉就被拉上生者這一端。今後，他也會一直被死亡絆住腳步，偶爾還會沉得更深吧。即使如此，也還有她。只要順著她引導的方向前進，肯定可以活下去。

眼下遼闊的湖泊彷彿責備他一般，反射陽光尖銳的光線。蒼閉上睜開的那隻眼，揉了一次。

「離遠一點。」蒼說著，掙脫她的手。「搭直升機前得先把這個弄掉。」

右手朝天空伸直，蒼默念「消失吧」。

長槍爆裂的聲音炸響鐵塔與鋼索間，接著傳遍整座橋。旋轉的直升機螺旋槳，擾亂了餘韻。

說個不停到口都渴了。

蒼從沙發起身，拿起桌子上的水瓶，倒水進玻璃杯中一口飲盡。

電視新聞正在播放魔骸提供的影片。

魔骸的殖民星、氣象異常、戰爭，與漫無目的徘徊宇宙的難民們。

魔骸身上的常在菌，會在他們體表做出類似鎧甲的硬殼，發出紅、藍光芒。在地球環境中，此菌的傳染力極高，而且對人類有害。在與他們第一次接觸後，人類出現了許多個「健康被害者」。

「所以又怎樣？」大槻不屑地說，「原本的星球不能住了？那是對他們自己無害的菌？所以死了兩萬人也是無可奈何嗎？別開玩笑了，我可沒有理智到能被這種理由說服。」

蒼摘下眼鏡揉揉眼睛。試著閉上左眼，右眼視野一片白色模糊，幾乎沒有視力。「狗」戳傷他的右眼後，視力急速下降。

與魔骸和解，人類最終也將成為多種族共同體「維拉克」的一員。魔骸與人類，在這個框架下將視為同等存在。連外來的疾病也主動接納，成為自己的一部分。無法戰勝這個疾病的人，就會被拋棄。

▲▼

▲▼

▲▼

人類將無可取代之物放在天平兩側，努力要讓兩者取得平衡。他很想要接受這件事，希望自己可以成為理智的人。

病房房門打開，是熟識的護士。

「小蒼，遙夏醒過來了。」

聞言，蒼催促大槻走出病房。就算想起遙夏的事情，他也不會哭天喊地，因為他想要成為理智的人。

走進水族館般的治療室裡，不知為何，感覺消毒水味極為汙穢。

睡在中央病床上的遙夏，在挑高天花板的燈光照射下，半睡半醒般瞇著眼睛。大槻靠近後，她虛弱地抬起手。

「大槻先生，許多事情謝謝你了。」

「我才要謝謝妳和我當好朋友。生病後住院，其實我非常不安，有妳和沙也在真的幫了我不少。」

大槻站在床邊，注視她的臉一段時間後，轉頭看蒼。

「我去外面。」

他說完離開治療室。自動門關上後，關在房裡的機械聲相當刺耳。

蒼站在床邊，低頭看遙夏。

「會痛嗎？」

「有打止痛藥了。」

強烈照明不只奪走她臉上的生氣也奪走病容，連布滿她身體的管線都失去顏色，幾乎要讓人以為失去機能了。

「世間的藥？」

「對。」

她點點頭，認真的表情有趣得讓他不禁失笑。他不想在她面前擺出太嚴肅的表情。

「不管是世間的藥還是什麼，能止痛都好。」

「我的心臟剛剛停了。」

「真的假的？太誇張了。」

「所以才要用人工心肺來幫我血液循環。」

「那個嗎？」

他指著病床另一頭的機械。四個並排的圓筒正慢慢轉動著，那是她生命的活動。

「滿滿世間眾生的做法呢。在人類的身體裝上這種東西，有夠不自然。」

「大家都想要救妳啊。」

他碰觸她的臉頰、撫摸她的頭髮。她揚了一下下顎。

「大家都在上面看。」

樓上的參觀室裡滿是人，是剛剛在走廊祈禱、唱歌的那些人。遙夏母親雙掌貼著玻璃，低頭看這邊。

他把視線拉回她身上。

「與那無關，妳只需要看著我。」

她輕輕點頭，他執起她的手。

「我對大槻先生和沙也繼續說故事了，說到掉進湖裡，然後襻木搭直升機來那邊。」

「感覺那是好遙遠以前的事情了。」她閉上眼。

「還不到一年耶。」

「在賦予人類的短暫一生當中，一年前已是很久以前的事。」

因為她沒有睜開眼，所以他用力握住她的手。

她像突然驚覺般睜開眼睛，視線有點飄移。他執起她的手，拉近自己的身體。

「現在我會想，真希望一直在那裡戰鬥下去。沙也也說過相同的話。或者是想要一直待在湖底。」

「那樣不行，那不是人類的正道。」

「誰規定的？」

「神明。」

「那就沒有辦法了。」

他用自己的手指分開她的手指。她的手背和掌心乾燥得令人驚訝，讓他想要更用力收緊手指。

「之前那件事，我想要聽妳的回答，求婚的事情。」

他說完後，她看著上方，接著又把視線拉回他身上。

「我一直在思考，身處如此墮落的世間，真的可以結婚嗎？」

「和世間沒關係，這是我和妳之間的問題。」

「而且對象還是個突然親人的墮落男人。」

「那是因為當時的氣氛……」

「但如果是我，或許能拯救你別再繼續墮落下去，所以——」

她直直注視著他。

「好，我跟你結婚。」

「真假？太棒了，啊，但是等一下。」他輕輕搖頭，「糟糕……應該要買好戒指才對。」

「沒關係，不需要戒指。就算沒有那種東西，話語也能留下，心意也會留下，這樣就夠了。」

她靜靜說。他點點頭，摘下眼鏡，湊近臉頰，在她唇上輕輕一吻。

乾燥的嘴唇仍然緊閉，稍微拉遠後，她的唇瓣動起來。

「你要摸一摸胸部嗎？」

「欸？」

他抬起身體，注視著她的臉。

「你喜歡胸部啊，對吧？」

「不，也稱不上是喜歡啦。」

「你還是一樣不擅長說謊。」

髮旋感受到從參觀室投射的刺痛視線，他把頭靠在遙夏胸部上。太陽穴壓著柔軟之物，臉頰摩擦後，病人服的觸感讓他回想起住院時的事情。

她沒責怪他孩子氣的舉動，反而用慈愛的眼神看著，溫柔撫摸他的頭髮。

他頓時領悟，她要離開了。

不是因為壓在胸口的耳朵聽不見她胸口的鼓動，而是站在死亡邊緣的她，試著憐憫、安慰他。比起自己的疼痛與痛苦，她更想要撫慰他的悲傷。她知道，自己已經到了遙不可及、在地面生活的人絕對無法抵達的高遠處。

雖然現在如此互相碰觸，但兩人已經身處異地了。

不管他多麼懂事，都不會有個欣慰他懂事的人來救她。

「做了這種事情，我會下地獄嗎？」

她的話語在胸口直接響起，他也把話語直接打在她的胸口。

「妳才不會下地獄。」

「師父說過，說不好聽的話、說謊、做汙穢之事的人就會下地獄。」

「妳才不會下地獄。我可以跟妳賭。如果妳下地獄，那就是妳贏了，做為懲罰，我一定會去救妳。如果妳沒下地獄，那就是我贏，我會買甜點去給妳。」

她痛苦地吐出一口氣。

「從小，他們就一直告訴我這個世界快要毀滅了。因為害怕，所以我想要成為拯救世界的人。因為好想要成為那樣的人，所以我才生病了。所以，我覺得這樣很好。」

他從她的胸口抬起頭，伸手想要碰觸她蓄滿淚水的眼。淚珠像逃脫般流過她的太陽穴而去。

他想著，她是長這樣嗎？雪白肌膚沒有任何斑點，眼神清澈，感覺只要注視她的眼就能連她的心一併看穿。唇瓣柔嫩，讓人以為是剛掉落的花瓣。

去除一切多餘，美到讓人覺得可怕。難道連生命都只是她的美，而非本質嗎？

「對不起喔，關於住在那個小鎮的夢想，你得要自己實現了。」

「那是我自顧自說出來的事情，妳不需要道歉。」

他的唇吻上她的額頭。

「真的很對不起。」

「夠了，別再說對不起。」

吻她的臉頰、吻她的耳，嘗到淚水的味道。

「說妳喜歡我。」

「我喜歡你。」
她的話搔動他的臉頰。
「說妳愛我。」
「我愛你。」
「我也愛妳。」
「嗯。」
「不管妳身處何方，我的心永遠與妳同在。」
「嗯，謝謝你。」
「即使如此──」
他抬起身體，戴上眼鏡，想要窺探藏在她眼睛深處的東西。
即使如此──妳還是不願意真正愛我嗎？
她展現出來的慈愛彷彿敬語，隱藏她真正的心意。
他想起她飄浮在「Cascade Shield」正中心的身影。保護他人，自己無法行動。
神啊、世間啊、地獄什麼的，他希望她別想這些無所謂的東西，只想著自己。希望她不是用這般清澈的眼神，而是用熊熊燃燒的眼神看自己。
他摘下眼鏡揉眼睛，眼前的她露出淡淡笑容。
「即使如此，怎樣？」

「沒什麼。」

他站直身體，戴上眼鏡。

「我先走了。」

「嗯。」她摸摸他的手。「幫我請醫生來，還有上面那些人。」

「我知道了。」

他後退一步，距離一步看著她。她連接著機器，穿著他人給予的衣服，彷彿變成他不認識的陌生人。

「上原普魯登斯。」

他一喊，她轉過頭來看他。

「趁著結婚，我要改名字。」

「我還挺喜歡妳的本名耶。」

「只有你會說這種話。」

他又退了一步。

「再見。」

她的臉有一半遮掩在枕頭中。

「再見。」

一點一點後退後，後腳跟撞到醫療推車。她嘖了一聲，他把推車擺回原來位置，繼續往後退。自動門打開。

醫生和護士站在走廊，蒼和醫生對上眼後，醫生點點頭，走進治療室裡。自動門關上，看不見遙夏了。

遙夏說那個醫生在搞外遇。雖然不知道真假，但蒼有種不想讓那個醫生碰觸遙夏的想法。那是世間墮落的人類。

他拜託護士把參觀室裡的人請來。

和大槻一起爬上樓梯的途中，蒼和遙夏的母親擦肩而過。雖然感覺到她的視線，但他選擇忽視。

從參觀室的窗戶往下看，治療室顯得狹窄。裡面滿滿是人，只有身處中心的她沐浴在光線下無比明亮。

站在人工心肺旁的醫師比著手勢說著什麼，但被身穿西裝的師父與應和他的信眾們的祈禱聲掩蓋。「父與子與犯下的罪行，子與父與犯下的罪行」，歌聲般的聲音甚至穿透玻璃傳到參觀室裡。

蒼低下頭，離開參觀室。聲音沒有傳到走廊，他和快步行走的護士擦身而過，經過遙夏的病房前。

他沒進過她的病房，拉開門走進去，病床已經搬去治療室，所以室內相當寬敞，燈也沒關。

牆壁上貼著豬的圖畫，那是他還住院時玩的遊戲，不能用手機查就要畫出動物的畫。她不擅長畫畫，他總是嘲笑她的作品。

桌上放著小說的文庫本，他拿起來翻看，有什麼東西從書頁間滑落、飄舞。他撿起掉在地上的東西，那是押花，粉紅色花朵，他看過——是他探病帶來的花。

翻開其他頁面，扁平乾燥的花瓣陸陸續續遮掩著文字出現。白花、紅花、黃花。

「不是說對花沒有興趣嗎？」

他低喃，但沒人回答。

他隱約相信有「投胎轉世」這件事，不知道她信不信。只不過，如果她要投胎轉世，希望她能變成花。他也想要變成花，不要再生為人啊、男人、女人這類的。

背後傳來開門聲，大槻走進病房，蒼把書擺回原位。

大槻在沙發上坐下。

「人工心肺剛剛停了。」

大槻雙手摀住臉，深深吐一口氣，最後忍不住啜泣。

蒼站在他面前，手放他肩膀上，然後將手移向他的平頭，撫摸刺刺的短髮。這是模仿她對他所做的事情。

「大槻先生，謝謝你聽我說話。」

如果沒有人聽那些日子發生的事，遙夏他們的喜悅與痛苦就會不見天日。

大槻抬起頭，淚濕的臉頰閃著光芒。

「為什麼啊？為什麼遙夏這樣的年輕人非死不可？」

這個問題，蒼也重複問過好幾次。在那個鎮上，有過好幾次無法不抱持這種疑問的時候。遙夏應該會拿相同的問題質問神明吧。蒼不知道他該對誰問這個問題才好。

即將轉暗的天空，雲朵還留著些許藍。沉下海平面那頭的太陽，和在山上看見的不同，好遙遠，彷彿拒人於千里之外。

該怎樣才能將遙夏的慈悲帶給其他人呢？對眼前流淚的人到底該伸出手說什麼才行呢？詢問的對象已經不在了。

靜靜轉暗的病房，將蒼染上相同色彩。

喪禮當天下著雨。

蒼從橫山台站前搭巴士，在位於山間的殯儀館前下車。

他對寫著「回歸御前膝下　初鹿野普魯登斯」的看板拍照，傳給在醫院的大槻，但也不知道這句話是什麼意思。

他沒走進會場，只是撐著傘站在外面。四周的山脈因雨而煙霧渺渺，他想著，這種日子在杉樹底下跑步應該很舒服吧。

過一會兒，巴士來了，下車的乘客中有他認識的人。

那位中年女性走過會場入口前，來到他身邊。

「久疏問候了。」

「妳好。」

他低下頭。

是三國花蓮的母親，上一次見面也是在喪禮上。

花蓮在那間醫院上吊自殺。住院中，她的皮膚下不斷長出細針，總是全身是血。臉也開始長出細針後，她就不肯出病房了。

他出院時，她還相當有精神。

「我們病房就在隔壁，我原以為你晚上會來偷襲我，還等著你來，結果你一次也沒來過。」

她那樣說著，笑聲響徹醫院大廳。

「真下流，所以我才討厭世間的人。」

他說完後，遙夏一臉不悅地瞪著他。

現在，兩人都已經不在人世。

上一次見面時，花蓮的母親過度悲傷到沒人攙扶就站不起來，但今天相當冷靜。

「身體狀況怎樣？」

「目前看起來還不錯。」

喪禮開始後，會場傳來歌聲般的聲音。

他仍然站在外頭。有點悶熱，他把傘柄靠在肩頭，用手臂擦拭滲出的汗水。

雙親的喪禮在沒有骨灰的情況下舉行，聽新聞說，近期似乎要把暫時埋葬在避難區域內的遺體挖出來。拿回遺體後，這次會舉辦怎樣的儀式呢？

現在會場內的人，追悼遙夏的方式相當奇怪，但蒼也能理解，對他們來說，這大概是最棒的方式了吧。但他們的世界觀、生死觀，是不是就是逼遙夏有那種結局的原因呢？他想用別的方法送她離開。

會場前廣場停著一輛車，被雨淋濕後，發出幾乎令人不快的黑亮光芒，連對車子沒興趣的蒼也知道這是高級車。

副駕駛座走下身穿西裝的男子，他打開後座車門遞出傘。接過傘的男人走下車，環視四周，發現蒼之後露出微笑。

男人往這邊走來，蒼用力吐了一口氣。

「你不進去嗎？」

襷木清二稍微舉高傘，低頭看著蒼。對於在炎熱天氣穿黑西裝、繫黑領帶的人，蒼覺得穿著學校短袖制服的自己相當不成體統。

「我已經要回去了。」

蒼壓低傘，遮住對方的視線。

這張臉經常出現在新聞上。那個「災害」現場的總指揮，現在也因為負責與維拉克的協商而受矚目。

「真令人心痛。」襷木說道，「前途無量的年輕人竟然因為這種原因死亡。」

「是你殺的。」蒼的聲音悶在傘下，「不只遙夏，還包括『Wild Fire』小隊的所有人，沙也變成那樣也是你造成的。」

「他們全是依自己的意願進入避難區域。」

襷木斬釘截鐵地說道，彷彿已說過無數次這句台詞。他的座車為了要停進停車場，駛過蒼面前。

「所以要自己負責嗎？原來如此。」

蒼邁開腳步，傘與傘互撞，水滴呈放射狀撒開。

「你呢？身體怎樣？」

背後傳來襷木的聲音，蒼沒有轉頭。

「身體很好，雖然有病。」

副駕駛座上的男人站在會場入口，側眼看著蒼。男人相當高大。雖然襷木也很高，但男人更高。聽見會場內傳來信徒們達到最高潮的歌聲，男人看了會場入口。

都說要回去了，蒼只能往巴士站走去。

他在屋簷下的長椅落座，下一班車是四十分鐘後。

他從口袋中拿出退燒藥咬碎。閉上眼，傾聽打在屋頂上的雨聲，想著如果這裡是湖底，又是怎樣的聲音呢？

不管到哪裡都再也見不到遙夏，這個想法如水壓般壓在他身上。

他又開始奔跑。

雖然在山裡奔跑最棒的是可以獨處，但跑了之後才發現，在城市裡也能獨處。只要越過行人，專注於自己的速度就好。

與因為人工種植的杉樹而呈現單調景色的山脈相較，城市有更多變化。因為想看這幅光景，他搭著電車到慢跑路線。想到家裡後面就有小山的那段時光，感覺自己來到相當遙遠的地方。

城市的景色相當有趣。因為和維拉克締結了共同宣言，四處可見祝賀海報與布條，飄散著些微祭典般的喧鬧。

城市道路平坦，少有受傷風險這點真棒。即使如此，他還是覺得小鎮才「正確」。離開時間越長，小鎮的正確越像是信仰般，強力鞭策他向前。

他每次跑步時都會做紀錄，記下距離、時間以及看見的景色。

「你跑成這樣是想要幹嘛？」母親曾這樣問他，他現在可以驕傲地回答——要在將要來到的「正式上場」中成功。

電視節目和網路皆大肆報導那件事，沒有任何人提到他的計畫。如同與維拉克第一次接觸時背後的那場戰役。

那天，跑上平常的路線後，那裡相當擁擠。林蔭道左右擠滿人潮，彷彿馬拉松比賽時的加油群眾。還能看見電視台攝影機。警察站在人行道與車道間，嚴密監視著周遭。平常總是緊閉的大門打開了。

他避開人群開始奔跑，這條路線的優點就是沒有斑馬線，可以毫不停歇地跑下去。從高到誇張的柵欄縫隙中可以看見西洋宮殿般的建築，他在沿著宮殿石牆的直線道路上加速。

衝上最後的坡道後，他停下腳步，調整呼吸，從腰包中拿出水瓶喝水。因為受傷因素，離開小鎮後他嚴重運動不足。因此，剛開始重新跑步時沒一會兒就累癱了，現在則逐漸回到在小鎮時的狀態。

走近林蔭道旁的群眾，看見有人揮舞著不知在哪發送的小國旗。還有人拿著寫上「維拉克公開謝罪」、「反對共同宣言」的看板。其中也看見魔骸，他們拿著紅藍色的細長旗子。看了警察一眼，他們的動作越來越慌亂，「正式上場」的時刻逼近了。

突然有人拍他肩膀。

轉頭一看是一個紅髮女子。漂亮的綠色眼睛看著他，臉上帶著微笑。

「唷。」

她非常親密地打招呼，蒼以為她大概是想問路吧。

「什麼事？」

她指著他的臉：「眼睛好了嗎？」

「……什麼？」

他迅速轉過去。

對方仍然帶著笑容。

「我掉進湖裡傷了脖子，花了一段時間才治好。但多虧如此，我在這段時間學會日語了。」

「妳這傢伙……」

他往後跳了一步。

雖然沒戴頭盔，但沒有錯，是那個「狗」。

「很厲害對吧？沒翻譯機也能通呢。」

「狗」笑道。

他往周遭看，好幾個魔骸朝這邊走來，大概是想包圍他。

「上原蒼，說明一下，你在這裡幹什麼？」

「狗」的聲音相當平靜。他也深呼吸，避免自己嚇到說不出話來。

「跑步。」

「在迎賓館旁邊嗎？」

「沒錯。」

「在日本政府邀請維拉克使節團舉辦晚宴這天？」

「只是剛好。」

「原來如此，只是剛好啊。」

「狗」咧嘴笑，嘴巴幾乎要裂到耳朵旁了。蒼心想，這點和蜥蜴真像。

「那麼，初鹿野普魯登斯過世後，你開始到迎賓館旁跑步也只是剛好嗎？」

蒼的視線轉回林蔭道，車隊開進來了。晚宴出席者們——人類與維拉克。持抗議看板的人開始騷動，大聲唱和著「維拉克公開謝罪」。

「正式上場」開始了。

「我們一直監視著你，我們現在的工作是護衛高官。」

「狗」別開視線，眼神交會後，四個魔骸打算上前壓制他。

魔骸的手放在他肩膀上，又大又重。

「救我！」他大喊，「維拉克公開謝罪！維拉克公開謝罪！」

從魔骸間的空隙看見有人往這邊走近。

「喂，你們在幹嘛？」

持抗議看板的人擠進他和魔骸之間。

「放開這個人！」

「這些混帳蜥蜴！」

「滾回去！滾回去！」

小爭執爆發了，魔骸被人群包圍，即使被推也不抵抗，看起來像不知道該拿比自己矮小的人類怎麼辦。

「狗」瞪著他，走近他。雖然撥開人群前進，但旁邊沒人注意她。大概是體格與人類相近，所以不被當成魔骸的同伴。

白髮男子搭上他的肩膀。

「你沒事吧？」

蒼朝他一笑。

「謝謝，幫大忙了。」

蒼抓起男子的頭髮，把他的頭往「狗」的臉上敲下去，「狗」大聲尖叫。

蒼變出「Bloodlet Lancet」，刺進地面。

默念「消失吧」，爆炸風讓他的身體浮起來。

越過人群，他在車道上落地。車隊的第一輛車朝他駛來。

他再次用「Lancet」飛上天，車輛從他眼下開過去。

他在卡車般的大車車頂降落。這是魔骸的車，在這附近跑步時看過無數次了。

看了接續的車輛，他見過後方第五輛車的司機。

將長槍插進車頂，往前飛，沿路閃起的閃光燈刺進他的眼睛。

降落在引擎蓋上，副駕駛座上的男人睜大眼睛。他看過這個人，當然也看過後座的男人。削落擋風玻璃和一部分車頂，玻璃碎片閃閃發光朝後方流逝。

「如果不想死就停下車。」

蒼用槍尖指著司機，另一隻手變出標槍。

車輛緊急煞車。插進引擎蓋上的標槍撐住他，沒讓他跟著慣性作用甩出去。

「我要找的不是你們，閃開。」

他說完後，前座兩人依舊沒有離開，他想著「既然如此」，引爆了標槍。引擎蓋炸飛，路旁傳來驚聲尖叫。

前座兩人終於慌張解開安全帶下車，後座的男人也打算逃跑。

蒼跳上車頂，俯視男人。

「襷木清二！」

蒼朝著打開車門打算逃跑的男人後背一記飛踢，男人倒下，趴在地上。

當男人打算起身時蒼又追加一踢，讓他仰躺。

這是在電視上，以及在那個鎮上見過的人——襷木清二。

蒼跨坐在男人身上，長槍抵在他眼前。

「你要殺了我嗎？」

襷木凝視槍尖，蒼沒有回答。
「就算殺了我，你的同伴們也沒有辦法復活。」
「你說的是。」
「你反對和維拉克的共同宣言嗎？那是將全體人類捲進去的巨大流變，光靠你一個人的力量無法阻止。」
「我根本不在乎那種事情。」
蒼抬起頭，路旁的人都拿起手機朝他拍攝。
確實有巨大流變，兩萬人被吞噬其中喪命。隨波逐流的蒼，看著一個又一個人死去。他拚了命想要掙扎，也有人與他同樣掙扎後喪命。
也有利用這些人，把功勞全攬在自己身上，長命百歲的人。
「丟掉武器！」
背後傳來尖銳聲音。
轉頭一看，警方舉槍包圍住他，另外一群則試圖驅離人群。
蒼的視線轉回襷木身上。昂貴西裝沾滿塵沙，男人的表情看起來稍微放鬆，大概因為警方抵達而安心了吧。
槍尖抵著他的喉頭，蒼的臉貼近全身緊繃的他。
「現在這裡拍攝的照片和影片將會在網路上流傳，大家都會想知道『那長槍到底是什麼』、『為什麼有人想要攻擊欅木』。你自己親口說明吧，我已經累了，什麼都不想說了。」
蒼舉起長槍引爆，轟聲響徹林蔭道，警察們也一瞬間腳軟。
「手抱頭跪下！」
蒼沒有聽從指令，打開隱身長槍中緊握的拳頭，小球從他掌心落下。
那是花蓮在山裡找到，由一拋給他的球。
蒼閉上眼睛。
光線炸裂，鮮血般的紅穿透眼瞼塗滿他的視野。
蒼轉過身去，邁開腳步奔跑。路旁的人皆摀著眼睛蹲下身。欅木和包圍蒼的警方近距離接觸光線，現在大概什麼也看不見。
利用「Lancet」往前飛，越過人群，往前奔馳。
他就是為了這一天不斷跑步，腳步絲毫沒有減緩。
又進入獨處的世界了。

他花了一天來到湖畔。
靠在龍瀨橋的欄杆上，眺望往山的那頭沉下的夕陽，擠在山間的湖面小波浪溶化夕陽。
雖是八月，湖面吹來的風卻相當冰冷。他從背包中拿出風衣穿上。他事先把行李藏在逃脫路線上，也準備好自行車，騎車上山，昨天在山上度過一夜。

與那時相同，小鎮空無一人。即使如此，他現在已經不想要獨自一人在此生活。根本沒有任何「正確」，遙夏不在這裡。

蒼從皮夾中拿出她做的押花，這是他從病房偷拿出來的。乾燥花瓣在冷風吹拂下，無依無靠地飄盪。

原本想丟進湖裡又反悔了，遙夏不在這裡，她的心也不在這裡，只有蒼想要把她與這塊土地連結。

一個夢想也沒實現，一個人也沒守護住。

冷風吹過無人小鎮，山上樹木搖擺。同一陣風在湖面掀起波紋，打碎倒映湖面的陽光，吹到他身上。

太陽融於自身染橘的天空中，失去輪廓。

所有事物皆從遠方而來，只在此處停留片刻，又往遠方離去，一切皆互相連結。

眼淚流出，失去遙夏那時也沒哭泣啊。

越過欄杆在橋邊坐下，雙腳擺盪的那個空間沒有任何阻擋，直直朝下方的湖面延伸。現在這段時光，連接著與遙夏待在湖底的時光、邊走山路邊鬥嘴的時光、在沙灘上彼此凝視親吻的時光。

淚珠滴落，掉進一片黑影的湖面，立刻不見蹤影。

空中響起巨大聲響，尖銳、刺耳的聲音。

原本只是夕陽空中的小黑點漸漸膨脹，最後在橋面降落。
「狗」摘下那個長吻頭盔，紅髮飄盪。
蒼摘下眼鏡，用掌心拭淚。
「好美。」
「狗」靠在欄杆上，看著西方天空。
「這幅光景肯定是從幾千、幾萬年前至今都沒變吧。」
「這個湖泊七十年前才建成。」
他說完後，「狗」笑了。
「別計較那種細節啦。」
風吹過支撐橋面的鋼索以及欄杆，發出聲響。
「妳來抓我的嗎？」
他抬頭看站在身後的「狗」。
「我們沒有這等權力，那是這個國家警方的工作。」
「明明監視我還敢說。」
「我們可是偷偷來的。」
「狗」雙手夾在腋下，露出滑稽表情。
他又喝了水。雖然是自來水，但他覺得大概和那條河在某處連結吧。

「狗」腳踩上欄杆，站在欄杆上，從稍高處低頭俯視蒼。

「上原蒼接下來打算怎麼辦？」

「誰知道？」

他搖晃水瓶，看著裡面晃動的小氣泡。

「你有地方可去嗎？」

「這裡就是我的去處，這個小鎮。接下來不知道。」

轉動水瓶，裡面出現漩渦。

冷風吹拂，夕陽以可見的速度朝山的那頭沉下去。

「如果沒地方可去，要來我這裡嗎？」

「狗」靜靜說出這句話。

「妳那裡？」

他抬頭看她，她勾起被風吹亂的紅髮。

「提供軍事服務的公司，我想要你加入我的小組。」

「就算妳說想要我……」

「而且，只要挖來新人，我就有獎勵金可以拿。」

「露出馬腳了吧。」

他冷笑一聲。「狗」跳下欄杆站在他身邊。

「你是個好戰士，不管什麼狀況皆毫無畏懼地戰鬥。我喜歡好戰士。」
他從口袋中拿出藥咬碎，苦澀味讓他唾液直冒。
帶給地面每個角落熱力一整天的太陽，結束今天的工作離開了，光線也漸漸消失。
他不想要看這最後一刻，閉上眼睛。
風不變，令人傻眼地不變，吹拂湖面而過。

終　章　關於他留下的那些事

Several things I talked to her at the beach hospital

有咖啡的香氣。

一個身影橫越床鋪前方。

「沙也妹妹，早安。」

大槻的臉湊過來探看。

一如往常的一天開始了。

「身體感覺怎樣？」

沙也心中有答案——和平常一樣，但這句話無從傳到外界。找不到出口的話語，撞上她內側的柔軟牆壁後反彈，漸漸沉進黑暗深處，最後，連她自己也想不起來那到底是什麼。

對身體失去自由的她來說，只有產生話語時的這種觸感，象徵她還活著。

「花，開始有點枯萎了耶。」

床邊桌上擺著雙親三天前拿來的花。

「我開電視喔。」

正面牆壁上的大電視亮了。

沙也喜歡電視，畫面一幕一幕轉換。只要看電視，就能忘記話語才出現就消失的悲傷。

「又是『十八歲高中男生』的話題啊。」

沙發上的大槻說道。

電視上，播放著近期不斷重播的影片。身穿慢跑裝的男生跳上行進的車輛，炸毀車輛。慢跑衣男踢倒打算逃跑的男人，男生手上有長槍般的東西，他的臉打上馬賽克。

「網路上早就傳遍他的長相和名字了啊。」

他是小鎮的居民、雙親死於該疾病的事情早已眾所皆知。

襷木清二在記者會上說明那長槍是「疾病的一種型態」，此外，也暗示有其他相同症狀的病患。在那之後，他就以身體不適為由住院，再也沒出現在大眾面前。因此，各種臆測滿天飛。

「這個評論員太過分了。」大槻憤慨說著，「他竟然說小蒼是『要把維拉克逐出這個星球的排外主義者』耶，這人根本什麼都不懂。」

沙也沒有憤怒，只是悲傷。蒼失去遙夏，而沙也一次失去了蒼和遙夏兩個人。

十八歲高中男生現在仍行蹤不明。

「恐怖分子」這句話傳入耳中，大槻關掉電視。

「真希望他在做那種事情前可以找我商量，因為我也有類似經驗。那種不在意他人目光，只朝著目標前進的經驗。」

聽見啜飲咖啡的聲音。

「我上大學後開始玩樂團，真的沉浸其中，希望將來有天可以靠著音樂生活，大學還休學了，結果回過神來已經三十歲。很可笑吧？冷靜想想立刻就知道我沒有才華啊。那時候的我腦袋真的壞了，簡直跟生病一樣。想要成為什麼的想法彷彿熱病，生病後會因為高熱飄飄然，根本無法思考任何事。」

沙也想著，即使如此，有些事情也得在生病後才能辦到。

想要成為什麼的夢想，並非選擇的結果，而是只能那樣活著。揮動大劍、與異形作戰的夢想，和兒時玩伴的遙夏一起來場大冒險的夢想，和帶著陰影的少年在戰鬥中心意互通的夢想——如果知道能實現這種孩子氣的夢想，除了飛蛾撲火外沒有其他選擇。

不後悔。就算重來一次，還是會作相同的夢吧。

蒼說出的故事好讓人懷念。他在床邊闡述那些日子、那些戰鬥的時候，大家都在——遙夏、由一、花蓮還有「Wild Fire」小隊的所有人，連沒見過面的脩介和美森也在。大家不知道前方有怎樣的命運，只是散發追夢者特有的光與熱。

真想要永遠待在他闡述的故事當中。

但所有人都離開了。蒼走了、遙夏死了，大家都在追夢的途中倒下。

只有沙也一個人，無法動彈地待在這裡。

感覺到好久不曾有過的熱。關在內側的東西找到出口，疼得爆發出來。

「沙也妹妹……妳在哭嗎？」大槻湊近，手貼上她的臉，「妳該不會聽得見我說話吧？」

與呼氣不同的東西竄出咽喉。

「不得了……」

大槻撲向床頭，按下護士鈴，用令人耳疼的聲音大喊：

「快點來！沙也醒過來了！」

大概是等不及護士前來吧，他衝出病房。

寧靜回到房內。

耳邊響起蒼的話，感覺還聽見遙夏冷淡的聲音。

只要患病的一天，她就覺得與他們同在。

床邊桌上的鮮花，一片花瓣掉落。

完

後記

從我有記憶起，我從未住院過，但不知為何，我一直有種將長期住院的少女丟在醫院裡、自己活到現在的感覺。

這個故事就是從這種妄想中誕生。

一開始想到的是「因為想而罹患的病」這個標題，以及男主角到醫院探訪少女的想像。那是大約六年前的事。

我在只有四行概要的情況下，連同之後出版的《夏日時分的吸血鬼》企劃書一起交給當時的責任編輯，然後被打回票。

做其他事情一段時間後，這段期間，關於住院少女的想像仍未消失過，於是從二〇一五年秋天左右，我開始準備將其具體成形。具體來說，我去了主角居住小鎮原型的地方走走，也去看了以前的肺結核病療養所（現在已經變成醫院或安養中心），參加大醫院舉辦的活動，親身感受醫院裡的氣氛。

花了一年以上時間寫作，也曾遭遇幾次迷失目標的狀況。但是，因為建立起「因為想而罹患的病」的文字檔案，所以我還能繼續往前邁進。

雖然出版時的標題更動了，但我想要感謝它。謝謝它如馬拉松的配速員般，牽引我前進。

小學時祖母住院，我常從自己的書中挑出推薦的書借給她看。

雖然祖母沒有出院，就這樣過世了，但與誰分享喜歡書籍的喜悅，現在還留在我心中。

要是把這本想寫才寫的書拿給祖母看，她肯定會為我開心吧。

因為我沒有朋友，在那之後，我也沒有與他人分享喜歡書籍的機會，但現在，我透過寫小說，可以把喜歡的書、走過的地方、不願捨棄的妄想與非常多人共享。這是至高無上的幸福。

衷心感謝閱讀這本書的你。

石川博品

國家圖書館出版品預行編目資料

在海邊醫院對她說過的那些故事 / 石川博品作 ;
林于楟譯. -- 初版. -- 臺北市 : 臺灣角川,
2020.03
　面 ;　公分

譯自 : 海辺の病院で彼女と話した幾つかのこと
ISBN 978-957-743-639-9(平裝)

861.57　　　　　　　　　　109001093

輕文學
Light Literature

在海邊醫院對她說過的那些故事

原著名＊海辺の病院で彼女と話した幾つかのこと

作　　者＊石川博品
插　　畫＊米山舞
譯　　者＊林于楟

2020年3月9日　初版第1刷發行
2022年9月21日　初版第2刷發行

發 行 人＊岩崎剛人
總　　監＊呂慧君
總 編 輯＊蔡佩芬
主　　編＊李維莉
設計主編＊許景舜
印　　務＊李明修（主任）、張加恩（主任）、張凱棋

台灣角川

發 行 所＊台灣角川股份有限公司
地　　址＊104台北市中山區松江路223號3樓
電　　話＊（02）2515-3000
傳　　真＊（02）2515-0033
網　　址＊www.kadokawa.com.tw
劃撥帳戶＊台灣角川股份有限公司
劃撥帳號＊19487412
法律顧問＊有澤法律事務所
製　　版＊尚騰印刷事業有限公司
I S B N＊978-957-743-639-9